ullstein

Das Buch

Die schüchterne Jessica ist bitter enttäuscht von der Liebe: Ihr Exfreund Robin konnte ihre sexuellen Wünsche nicht befriedigen und redete Jessica ein, dass es daran läge, dass sie frigide sei. Seitdem beschränken sich ihre erotischen Abenteuer auf einsame Stunden mit ihrem Vibrator. Als sie dann in ihrer Anstellung als Privatsekretärin der erfolgreichen Brüder Luke, Patrick und Julian mit der Aufgabe konfrontiert wird, eine Sex-Party für ihre Chefs und deren Kunden zu organisieren, ist sie zunächst völlig überfordert. Vor allem die Tatsache, dass der sonst so vernünftige Luke, in den Jessica schon seit einer Weile heimlich verliebt ist, dabei mitmacht, gefällt ihr ganz und gar nicht. Während sie das erotische Treiben auf der Party beobachtet, findet sie aber wider Erwarten Gefallen an dem, was sie sieht, und lässt sich zum ersten Mal von ihren Gelüsten treiben. Jessicas ausgelassene Freundin Debbie hat bereits ein Auge auf den attraktiven Patrick geworfen, und während sich die beiden ausgiebig amüsieren, scheint Luke Jessica auf einmal mit ganz anderen Augen zu sehen …

Die Autorin

Die Wahl-Berlinerin Tabea Namour hat unter anderem Namen bereits mehrere Romane in verschiedenen Genres veröffentlicht.

Tabea Namour

Die Privatsekretärin

Erotischer Roman

Ullstein

Besuchen Sie uns im Internet:
www.ullstein-taschenbuch.de

Mix
Produktgruppe aus vorbildlich bewirtschafteten Wäldern und anderen kontrollierten Herkünften
www.fsc.org Zert.-Nr. GFA-COC-001278
© 1996 Forest Stewardship Council
FSC

Dieses Taschenbuch wurde auf FSC-zertifiziertem Papier gedruckt.
FSC (Forest Stewardship Council) ist eine nichtstaatliche, gemeinnützige Organisation, die sich für eine ökologische und sozialverantwortliche Nutzung der Wälder unserer Erde einsetzt.

Ungekürzte Ausgabe im Ullstein Taschenbuch
1. Auflage September 2010
2. Auflage 2010

Umschlaggestaltung: HildenDesign, München
Titelabbildung: © Dphotographer/iStockphoto
Satz: Pinkuin Satz und Datentechnik, Berlin
Gesetzt aus der Sabon
Papier: Pamo Super von Arctic Paper Mochenwangen GmbH
Druck und Bindearbeiten: CPI – Ebner & Spiegel, Ulm
Printed in Germany
ISBN 978-3-548-28206-0

Kapitel 1

Als Jessica an diesem strahlenden Frühlingsmorgen in ihren knallblauen Twingo stieg, hatte sie noch keine Ahnung, welcher Schock sie heute erwartete. Sie legte ihre schwarze Tasche mit dem auffallenden Karabinerhaken neben sich auf den Sitz, zog ihr blaues Kostüm glatt und warf einen raschen Blick in den Rückspiegel. Zwei große blaue Augen, die perfekt mit dem Kostüm – und dem Wagen! – harmonierten, umrandet von langen schwarzen Wimpern, blickten sie an. Ihre Haare hatte sie wie immer streng aus dem Gesicht gekämmt und zu einem Dutt hochgesteckt. »Schneewittchen« hatte Robin sie wegen ihrer langen, glänzenden, fast schwarzen Haare und ihrem zarten, hellen Teint genannt. Jessica biss sich auf die Lippe. Robin. Es war schon so lange her, aber es tat immer noch weh. Jessica sah im Spiegel, wie ihre Augen dunkler wurden. Dann trat sie entschlossen aufs Gaspedal. Sie wollte jetzt nicht an Robin denken, dazu war der Tag einfach zu schön.

Die Sonne blendete sie, und Jessicas volle Lippen verzogen sich zu einem Lächeln. Sie genoss die Wärme und das Licht, sie liebte die Jahreszeit, wenn das Leben in der Natur wieder erwachte. Es machte Mut und Hoffnung, und jeder Frühling war ein Neubeginn.

Jessicas Lächeln vertiefte sich. Genau heute vor einem Jahr hatte es für sie in puncto Job einen Neubeginn gegeben, für den sie immer noch dankbar war. Heute vor einem Jahr hatte sie die Stelle als Privatsekretärin bei drei erfolgreichen Brüdern angetreten.

Luke, Patrick und Julian handelten mit wertvollen Antiquitäten und richteten darüber hinaus Villen und Luxushotels für ihre zahlungskräftige Kundschaft ein. Sie reisten auf der Suche nach erlesenen Einrichtungsgegenständen quer um den Globus, um für die Menschen, die schon alles hatten, den Luxus zu beschaffen, den sie noch nicht hatten. Die drei residierten in einer imposanten Villa, in der jeder der Brüder seinen eigenen Flügel bewohnte und in der sich auch die Büroräume befanden. Mit der Zeit war Jessica nicht nur die Privatsekretärin der drei Männer, sondern gleichzeitig auch so etwas wie ihre Haushälterin geworden. Sie musste zwar nicht höchstpersönlich den Putzlappen schwingen, sorgte aber dafür, dass jemand anders es tat. Wenn die Männer nach einem anstrengenden Flug erschöpft nach Hause kamen, erwarteten sie ein perfektes Zuhause, in dem sie sich nicht um fehlendes Shampoo, tropfende Wasserhähne oder einen Fussel auf der cremefarbenen Designercouch kümmern mussten. Ebenso erwarteten sie, dass Jessica allzeit bereit war, wenn ihnen beispielsweise nachts um drei einfiel, dass sie am nächsten Tag unbedingt nach Rom fliegen mussten. Dafür hatte Jessica oft auch ein paar Tage am Stück frei und wurde sehr gut bezahlt. Ihr gefiel das unregelmäßige Arbeiten, das ihr ein Gefühl von Freiheit gab. Sie war mit ihrem Job hochzufrieden und hätte sich keinen besseren vorstellen können.

Nach einer guten halben Stunde kam sie schließlich in Knightsbridge, der vornehmen Wohngegend Londons, an. Ihre Absätze klapperten auf dem Gehweg, als sie auf den schneeweißen, mit goldenen Ornamenten verzierten Zaun zuschritt. Dahinter lag ein liebevoll angelegter Vorgarten, der aus einem perfekt gestutzten Rasen und einigen kleinen Blumeninseln bestand. Üppige Rosensträucher verströmten einen betörenden Duft. In der Mitte prangte ein plätschernder Brunnen mit einer römischen Figur, einem nackten Adonis. Es war ein richtiges kleines Paradies.

Die ebenfalls schneeweiße Villa hatte große, bogenförmige Fenster. Die glänzenden lilafarbenen Dachziegel stellten einen interessanten Kontrast zu dem hellen Weiß dar. Das verwinkelte Gebäude bestand aus mehreren Teilen. Der vordere Teil war sechseckig, die anderen Teile viereckig. Der Clou war eine Art runder Turm an der rechten Seite. Hier lagen die edel ausgestatteten Büroräume.

Jessica steckte den Schlüssel ins Schloss und öffnete die schwere mahagonifarbene Eingangstür. Die achteckige Halle, die sie betrat, war komplett aus Marmor und wurde von weißen Säulen gestützt. An den Wänden hingen vereinzelt barocke Spiegel und Gemälde, und klassizistische Malereien verzierten die Decke.

Sie steuerte auf ihr Büro zu, in dem sie ganz besonders die Wand liebte, die komplett verglast war und in den prachtvollen Garten führte. Eine andere der cremefarbenen Wände war in ihrer ganzen Breite mit weißen Ausziehschränken bestückt, die die Brüder extra aus New York hatten einfliegen lassen, auf der anderen Seite prangte ein riesiger weißer Schreibtisch. Das war ihr Arbeitsplatz. Auch nach einem Jahr beeindruckte sie dieser Luxus immer noch.

Sie schaltete den flachen weißen Laptop auf dem Schreibtisch ein und sah die Mappen durch, die man ihr hingelegt hatte. Dann checkte sie ihre Emails, denn im fortgeschrittenen Zeitalter der Technik gab es keine Bänder mehr, sondern Diktate per Mail. Der Posteingang war heute allerdings leer.

»Hallo, Jessica.« Sie erkannte die tiefe, samtige Stimme von Luke und drehte sich um. Luke Turner schritt mit schnellen, festen Schritten auf sie zu. Er überragte sie trotz ihrer Stöckelschuhe um mindestens anderthalb Köpfe, war sehr schlank und hatte ein überaus markantes, längliches Gesicht. Die tiefblauen Augen erinnerten sie jedes Mal an einen strahlend blauen Himmel am Meer. Seine Nase war geradlinig und relativ groß, seine Unterlippe voll, während die Oberlippe eher schmal war, was ihm etwas Strenges gab. Er war stets gleichmäßig gebräunt, als käme er direkt von den Kanarischen Inseln; meist kam er aber lediglich aus dem hauseigenen Solarium. Seine Haare waren dunkelgrau, sehr kurz und äußerst akkurat geschnitten. Der graublaue, maßgeschneiderte Anzug harmonierte perfekt mit seinen Augen. Jessica hatte Luke in dem ganzen Jahr, seit sie hier arbeitete, noch nie in einem anderen Outfit als in Anzug und Krawatte gesehen, er schien darin zu schlafen!

»Alles Gute zum einjährigen Jubiläum«, sagte Luke etwas förmlich und legte Jessica einen Strauß aus Sonnenblumen, orange-gelben Rosen und roten Gerbera in die Arme.

Jessicas Wangen röteten sich vor Freude. Sie strahlte Luke an.

»Vielen, vielen Dank«, sagte sie mit leuchtenden Augen. »Das ist wahnsinnig lieb von dir, Luke! Dass du daran gedacht hast! Und dann auch noch meine Lieblingsblumen!«

Luke verzog seinen Mund zu einem angedeuteten Lächeln. Überschwenglich war er noch nie gewesen.

»Ich hole am besten gleich mal eine Vase«, sagte Jessica.

Luke nickte knapp.

»Kommst du danach bitte in mein Büro?«, sagte er, »Julian und Patrick sind auch da. Wir haben etwas mit dir zu besprechen.«

Wenige Minuten später betrat Jessica Lukes riesiges, sonnendurchflutetes Büro, dessen Fenster von der Decke bis zum Boden reichten. Der Raum, eher schon ein Saal, war in klaren Farben und Linien gehalten, und auch hier dominierte die Farbe Weiß. An der linken Seite stand eine übergroße weiße Ledercouch mit zwei Sesseln, davor ein Tisch mit einer schwarzen Glasplatte. Direkt gegenüber befand sich ein gigantischer Flachbildschirm, fast schon ein Heimkino. Vor diesem Heimkino standen Lukes Geschäftspartner, in persona seine Brüder Patrick und Julian.

Patrick sah Luke so gar nicht ähnlich. Bis auf die strahlend blauen Augen, die fast immer lachten und blitzten und alles andere als streng guckten. Er war muskulös und bestens durchtrainiert, wie das enge T-Shirt unschwer erkennen ließ. Im Gegensatz zu Luke, der sogar im maßgeschneiderten Anzug zu schlafen schien, kleidete er sich sehr salopp und modern. Er hatte ein ovales, sonnengebräuntes Gesicht, eine schmale Nase und volle, sinnliche Lippen. Seine Haare waren blond und wuschelig, als sei er gerade aus dem Bett gekommen. Er wirkte stets fröhlich und unbeschwert, ganz das Gegenteil seines strengen Bruders.

Julian war mit seinen 25 Jahren gute zehn Jahre jünger als seine beiden Brüder. Er wirkte zart und filigran, hatte längere, gelockte, dunkle Haare und sah immer etwas verträumt aus. Er war der Kreative des Dreiergespanns; wenn eine stilvolle Luxusvilla komplett neu eingerichtet werden musste, war er derjenige, der sofort die zündende Idee hatte. Patrick reiste dann quer durch die Weltgeschichte, um die exquisiten Stücke zu besorgen, und Luke führte die Verhandlungen. Er war ein knallharter Geschäftsmann und holte immer das Beste für sich und seine Partner heraus. So ergänzten sich die drei perfekt.

Julian reichte Jessica ein Sektglas.

»Wir möchten auf dich anstoßen«, sagte er fröhlich und prostete ihr zu. »Heute vor einem Jahr war unser Glückstag.«

»Meiner auch«, sagte Jessica.

Die vier nippten an ihren Gläsern. Der gut gekühlte Champagner perlte.

Luke deutete mit einem knappen Kopfnicken auf die Couch.

»Setzen wir uns doch«, schlug er vor und wartete, bis Jessica auf einem Sessel Platz genommen hatte. Dann ließ er sich ebenfalls auf der Couch nieder. Patrick und Julian folgten seinem Beispiel.

Luke knöpfte sein Sakko auf und lehnte sich zurück. Er schlug die Beine übereinander und legte die Hände neben sich. Dann tauschte er mit seinen Brüdern einen kurzen Blick.

»Du hast ja schon so einiges für uns organisiert«, begann er.

Jessica nickte und dachte an die obskuren Bestellungen der verwöhnten und gelangweilten Reichen. Man durfte wirklich nicht näher darüber nachdenken, was es bedeutete, wenn man eine Flasche Wein organisierte, die so viel kostete, wie eine ganze Familie in einem Jahr zum Leben hatte – wenn es eine gutsituierte Familie war!

Zwischen Lukes Augenbrauen bildete sich eine steile Falte. So sah er immer aus, wenn er angestrengt nachdachte oder sich konzentrierte. Patrick drehte seinen

Sektkelch in der Hand, und Julian kaute auf seiner Unterlippe herum. Es sah fast so aus, als sei den Männern ihr Anliegen unangenehm. Jessica wartete gespannt.

»Diesmal sollst du wieder etwas für uns organisieren, aber es unterscheidet sich erheblich von dem, was du ansonsten so tust. Wir übertragen dir diese Aufgabe auch nur, weil wir wissen, dass du absolut diskret, zuverlässig und loyal bist.« Luke sah sie ernst, fast streng an. Jessica kannte diesen Blick. Er setzte ihn immer dann auf, wenn er bei Verhandlungen etwas unbedingt durchsetzen wollte und sein Geschäftspartner sich sträubte. Doch meistens setzte Luke sich durch, er war ein Kämpfer und hasste es zu verlieren.

Luke stellte sein Glas auf dem Tisch ab. Es klirrte leise. Er legte seine Hände in den Schoß.

Die Männer tauschten wieder Blicke.

»Nun, es handelt sich um eine Party«, ergriff Patrick das Wort und kratzte sich am Kopf. »Du sollst eine Party für uns organisieren.«

Jessica nickte. Warum um Himmels willen diese Ansprache? Sie hatte schon oft Partys für die drei organisiert, und da diese Partys immer etwas ganz Besonderes sein sollten, war es auch jedes Mal eine Heidenarbeit für sie gewesen. Vielleicht sollte das Fest diesmal alle Grenzen sprengen, und die Brüder wollten Hunderte von Leuten einladen, so dass Jessica Tag und Nacht würde arbeiten müssen? Aber deshalb so eine Rede?

»Es ist eine spezielle Party.« Patrick drehte das Glas in seinen Händen etwas schneller, während Luke aus dem Fenster sah. Jessica spürte, wie ihre Wangen von dem Sekt ganz heiß wurden. Sie vertrug keinen Alkohol – ein einziges Glas reichte, und sie war für den Rest des Tages außer Gefecht gesetzt. Sie musste aufpassen.

»Es geht um … äh … also, weniger um kulinarische

als eher um … hm … körperliche Gelüste«, stotterte Julian. Jessica sah ihn verwundert an. Sie verstand kein Wort.

»Sagen wir es ohne Umschweife.« Luke räusperte sich und blickte Jessica direkt ins Gesicht. »Es handelt sich um eine Sexparty.« Sein linkes Auge zuckte fast unmerklich, aber Jessica kannte ihn gut genug, um zu wissen, dass das seine Nervosität verriet.

Sie hörte, was er sagte, begriff es aber nicht. Das Summen in ihren Ohren verstärkte sich.

»Hier sind die Unterlagen.« Luke stand auf und überreichte ihr eine dünne Mappe. Sie nahm sein Aftershave wahr – dezent und doch betörend. Sein Auge zuckte nun stärker. »Dort findest du alles, was du für die Organisation benötigst.«

Jessica nickte automatisch. Noch immer erreichten sie seine Worte nicht. Sie war wie betäubt. Auch die drei Brüder gaben keinen Mucks von sich. Man hätte eine Stecknadel fallen hören können. Schließlich brach Patrick das Schweigen.

»Ist das okay?«, erkundigte er sich und fuhr sich mit beiden Händen durch seine Wuschelhaare. »Fühlst du dich einer solchen Aufgabe gewachsen?«

Drei Augenpaare blickten sie an.

»Aber ja«, sagte Jessica und drückte die Mappe an sich. »Natürlich. Kein Problem.«

Erst als sie an ihrem Schreibtisch saß und das Brummen in ihrem Kopf etwas nachließ, begriff sie, was sie da tun sollte. Sie sollte eine Party organisieren, auf der ihre Chefs Sex hatten! Jessica schluckte. War sie von dem halben Glas Champagner schon betrunken, oder hatte sie das eben richtig verstanden?

Ihre Hände zitterten leicht, als sie die Mappe aufschlug. Sie hatte es richtig verstanden. Bilder von schönen Frauen, die als Callgirls arbeiteten, sowie der Flyer eines »erotischen Balletts« flatterten ihr entgegen. Jessica stützte ihr Gesicht auf beide Hände und wünschte sich, die rasenden Kopfschmerzen würden endlich nachlassen. Langsam nahm sie ein Blatt hoch, auf dem handschriftliche Notizen vermerkt waren. Jessica brauchte eine Weile, bis sie begriff, dass es sich nicht um die Büfett- und Getränkewünsche ihrer Chefs handelte, sondern um die Damenwahl!

Jessicas Schläfen pochten. Ihre Chefs suchten sich die Frauen, mit denen sie ins Bett gingen, wie eine Ware aus! Das war doch einfach furchtbar!

Sie erhob sich schwankend. Ihr Schädel schien zu zerplatzen, sie brauchte unbedingt eine Kopfschmerztablette. Es bereitete ihr einige Mühe, in die großzügige Küche zu gelangen. Die Brüder kochten zwar eigentlich nie, trotzdem war die exquisite Designer-Küche mit allen Schikanen eingerichtet. Jessica brauchte nicht lange zu suchen, die Tabletten waren da, wo sie immer waren, in einem kleinen Becher auf dem obersten Regal. Als sie sich ein Glas Wasser eingoss, spürte sie, dass jemand hinter ihr stand.

»Na, hat dich das so mitgenommen?«, vernahm sie Patricks Stimme. Sie setzte das Glas an die Lippen und spülte die Tablette hinunter, dann drehte sie sich um.

Was der quirlige Patrick auf einer Sexparty wollte, wusste sie nun wirklich nicht. Er war ein Hansdampf in allen Gassen, quatschte jede Frau zwischen 15 und 50 an und konnte sich über mangelndes Interesse weiß Gott nicht beklagen.

»Ich glaube, es war eher der Sekt«, sagte Jessica und hielt sich an einem Stuhl fest. »Ich habe noch nicht gefrühstückt.«

Patrick schwang sich leichtfüßig auf die weiße Marmorplatte, die der feudalen Küche als Arbeitsplatte diente. Er baumelte mit den Füßen und sah Jessica besorgt an.

»Du siehst gar nicht gut aus. Sollen wir dich nach Hause schicken?«

Jessica schüttelte den Kopf.

»Nein, nein, es geht schon wieder.«

»Aber du bist ganz grün im Gesicht«, beharrte Patrick. Dann ging ein Leuchten über sein Gesicht.

»Hey, ich hab's«, rief er. »Du bist schwanger!«

Jessica sah ihn völlig perplex an.

Wie sollte sie schwanger sein, wenn sie seit anderthalb Jahren mit keinem Mann mehr geschlafen hatte?

»Nein.« Sie lachte etwas gekünstelt. »Nein, ich bin nicht schwanger.«

»Patrick?«, hörten sie Lukes Stimme. »Bist du hier?«

»Jawohl«, rief Patrick. »Ich sitze hier auf der Küchenanrichte, geschätzter Bruder.«

Luke erschien mit einer dicken Mappe im Türrahmen. Er war so groß, dass er mit dem Kopf nur knapp den Rahmen verfehlte.

»Ich wäre dir sehr verbunden, wenn du deinen diversen Damen ausrichten könntest, dass sie nicht minütlich hier im Büro anrufen sollen«, sagte er kühl und sah seinen Bruder strafend an. »Ich hatte in den letzten zehn Minuten gleich drei an der Strippe und habe wirklich Wichtigeres zu tun, als deine Affären zu verwalten.«

»Ich gebe dir gern eine ab«, grinste Patrick gutgelaunt. »Wer war es denn?«

Luke studierte seinen Zettel.

»Denise, Jody und Tracy.«

»Wow!« Patrick sprang von der Marmorplatte herunter und riss Luke den Zettel aus der Hand. »Tracy! Die Frau ist der Wahnsinn, das hab ich noch nie erlebt. Willst du wissen, was ...?«

»Nein, will ich nicht.« Auf Lukes Stirn bildete sich wieder diese steile Falte, die er bald auch nicht mehr mit Botox würde retuschieren können, wenn er weiterhin so ein finsteres Gesicht machte.

»Ich würde lieber wissen, was der Auftrag für Khem macht.« Sein Blick schien Patrick zu durchbohren.

Patrick zuckte lässig die Achseln.

»Ein durchgeknallter Ölscheich will sich einen neuen Palast einrichten«, berichtete er zu Jessica gewandt. »Tausend Sonderwünsche, Wasserhähne aus purem Gold mit Diamanten in Herzform und all solche Scherze. Und natürlich möglichst alles vorgestern. Dazu will er unbedingt Hunderte von seltenen Skulpturen und Gemälden haben und mich dafür durch die Weltgeschichte scheuchen, der Blödmann.«

»Wenn der Blödmann zahlt, haben wir für die nächsten zwei Jahre ausgesorgt.« Lukes Stimme war eisig, seine Lippen ein schmaler Strich. »Ich fände es sehr hilfreich, wenn du dich weniger um die Frauen und dafür mehr um das Geschäft kümmern würdest. Skulpturen und Gemälde für mehrere Hunderttausend Euro ersteigert man nicht mal eben bei eBay, da muss man quer durch die Welt reisen. Und das ist dein Job.«

Oje, die Stimmung wurde jetzt aber verdammt ungemütlich! Jessica nahm ihr Glas und huschte aus der Küche. Keinesfalls wollte sie Patrick und Luke bei ihren Streitereien belauschen.

»Weißt du was, du brauchst einfach mal wieder eine Frau«, hörte sie Patricks Stimme und blieb wie angewurzelt stehen. »Du bist nur deshalb so unausstehlich, weil du dein gutes Stück schon viel zu lange nicht mehr versenkt hast. Du solltest wirklich mehr Sex haben und weniger arbeiten; die Party wird dir guttun.«

Jessicas Wangen wurden heiß, und sie machte, dass sie in ihr Büro kam. War die Party am Ende ein Geschenk von Patrick an Luke? Weil er fand, dass sein Bruder ... Jessica wagte es nicht, den Gedanken zu Ende zu denken. Sie wollte überhaupt nicht mehr an das alles hier denken. Aber sie würde es müssen, wenn sie diese gottverdammte Party organisieren wollte! Sie stöhnte leise. Diese Aufgabe war ein Alptraum!

Sie nahm sich wieder die Mappe vor und versuchte jegliche Emotionen zu verdrängen. Sie organisierte eine Party, sonst nichts. Die Frauen waren Gäste, keine Callgirls. Das Ballett war einfach nur ein Ballett. Sie würde es bestellen und damit basta. Dazu noch die Getränke und das Essen – alles kein Problem. Sie griff nach dem Zettel mit den handschriftlichen Notizen.

Die Damen sollen rasiert und nicht gepierct sein, bitte klären. Und zwei sollten lesbischen Spielchen nicht abgeneigt sein.

Klar, es war eine Aufgabe wie jede andere!

Jessica konnte sich kaum auf ihre sonstigen Aufgaben konzentrieren, da die Party immer wieder durch ihr Hirn geisterte. Sie war froh, als ihr Feierabend nahte. Ihre beste Freundin Debbie hatte versprochen, sie abzuholen, und wartete verabredungsgemäß vor dem Tor.

»Draußen steht die absolute Hammerfrau«, hörte Jessica Patricks Stimme. »Direkt vor unserer Tür! Sie scheint auf jemanden zu warten. Ich weiß auch schon, auf wen: auf mich.«

Jessica schnappte sich ihre Tasche und traf Patrick in der Halle. Er stand am Fenster und starrte fasziniert in den Garten hinaus.

»Das ist meine Freundin Debbie«, erklärte Jessica. »Sie holt mich ab.«

»Wieso steht sie denn draußen?«, wollte Patrick wissen. »Lass sie doch rein!« Schwungvoll riss er die Tür auf.

»Immer hereinspaziert!«, rief er und machte eine einladende Handbewegung. »Nur nicht schüchtern.«

Herablassend sah Debbie ihn an. Wenn es etwas gab, das sie nicht war, dann war es schüchtern.

Nun tauchte auch Luke aus seinem Büro auf und blickte erstaunt nach draußen. Das war Jessicas beste Freundin? Jessica, die stets in schlichten, eher langweiligen Kostümen herumlief, hatte eine Freundin mit knallroten Haaren, schweren Nietenketten und schwarzer Lederkluft? Einen Vamp?

Debbie schob sich lasziv eine Zigarette zwischen ihre tiefrot geschminkten Lippen und inhalierte tief. Patrick stockte fast der Atem. Diese Frau war eine Göttin! Er spürte, wie sich zwischen seinen Beinen eine angenehme Wärme ausbreitete.

Jetzt drehte sich Debbie um und kam langsam auf das Haus zu. Ihr Gang war wiegend und aufreizend und erinnerte ihn an Marilyn Monroe in »Niagara«. Majestätisch schritt sie die Stufen hoch und stand dann in der Halle.

»Guten Tag«, sagte sie mit rauchiger Stimme und sah sich um.

»Wow, die Jungs haben's aber dicke, was? Ist ja voll der Palast!«

»Wir bemühen uns.« Patrick machte ein paar Schritte auf sie zu und konnte ihr sinnliches Parfüm riechen.

Debbie krauste ihre Stirn. »Bist du auch einer von den reichen Jungs hier oder der Gärtner?«, fragte sie dreist. Jessica war es peinlich, aber Patrick sah in seinen ausgewaschenen Jeans in der Tat nicht wie der Herrscher dieses Palastes aus. Patricks Grinsen vertiefte sich und gab ein Grübchen preis.

»Beides«, erläuterte er. »Ab und zu schneide ich eigenhändig mit der Nagelschere den Rasen oder bringe den Fischen im Teich das Schwimmen bei. Und wer bist du? Die rote Hexe auf dem Besenstiel?«

Debbie zog amüsiert eine Augenbraue hoch. »Sehr gut erkannt. Mein Besenstiel steht draußen, auf dem reite ich gleich mit Jessica davon.«

»Und was machst du sonst so – außer reiten?«, fragte Patrick anzüglich und genierte sich nicht, unverhohlen auf Debbies Brüste zu starren, die sich unter ihrem knallengen Shirt deutlich abzeichneten.

Debbie bemerkte Patricks Blick und grinste in sich hinein. Die Typen waren doch alle gleich und mit den banalsten Reizen zu beeindrucken!

»Im Moment arbeite ich als telefonische Sexberaterin«, gab sie Auskunft und machte ein verschmitztes Gesicht. Patricks Augen weiteten sich ungläubig.

»Wenn du also Probleme diesbezüglich haben solltest, kann ich dir gern meine Karte geben«, sagte Debbie unbekümmert. Patrick verschlug es für einen Moment die Sprache, was ihm äußerst selten passierte.

»Ich glaube nicht, dass Patrick ... äh ... deine Dienste in Anspruch nehmen muss«, stotterte Jessica verlegen, der die Situation entsetzlich unangenehm war. Patrick hatte sich wieder gefangen und strahlte Debbie an.

»Im Moment habe ich in dieser Hinsicht zum Glück noch keine Probleme, aber was nicht ist, kann ja noch werden.« Seine blauen Augen funkelten. »Dann werde ich mich natürlich sofort vertrauensvoll an die Frau auf dem Besenstiel wenden. Vielleicht bringst du mir ja das Reiten bei. Auf dem Stiel. Dem Besenstiel, meine ich.«

Debbie lachte aus vollem Hals, und Patrick stimmte ein. Sie warf ihre langen feuerroten Haare zurück.

»Ich kann dir noch so einiges beibringen«, sagte sie mit einem frechen Grinsen im Gesicht. »Ich gebe auch sehr gerne Nachhilfestunden.« Sie fuchtelte wild mit den Armen und griff dann in die Tasche ihrer mit Nieten besetzten schwarzen Lederjacke. »Hier ist meine Karte. Die Gespräche sind zwar nicht ganz billig, aber das dürfte in deinem Fall ja egal sein. Also, mach mich noch reicher, als ich ohnehin schon bin.«

»Es wird mir ein Vergnügen sein«, feixte Patrick.

Luke betrachtete ein paar Meter entfernt stirnrunzelnd das Szenario. Das war mal wieder typisch: Sein Bruder hatte wie immer nichts anderes zu tun, als die beste Freundin ihrer Sekretärin anzubaggern. Mit langen Schritten eilte er auf das Dreiergespann zu.

»Guten Tag«, begrüßte er Debbie und reichte ihr förmlich die Hand. »Ich bin Luke Turner.«

»Deborah Wilson.« Artig gab sie ihm die Hand und sah plötzlich ganz zahm aus. Mensch, war der Typ groß, fast furchteinflößend!

»Ich habe noch ein paar wichtige Dinge mit meinem Bruder zu besprechen. Dringend.« Strafend sah Luke Patrick an.

»Ja, natürlich«, parierte Debbie sofort. »Wir wollten sowieso jetzt los.« Sie hakte Jessica unter und zog sie zur Tür.

»Auf bald«, sagte sie und warf Patrick unter ihren langen Wimpern einen verführerischen Blick zu.

»Ich rufe an!«, rief Patrick hinter ihnen her, dann fiel die Tür ins Schloss.

»Wow, das ist aber ein Süßer«, fand Debbie und verdrehte die Augen. »Aber der nagelt wahrscheinlich alles, was nicht bei drei auf den Bäumen ist, oder?«

Jessica nickte. »Ja, so ungefähr.«

»Wow, das ist aber eine Süße«, sagte Patrick auf der anderen Seite der Tür und sah Luke perplex an. »Hättest du gedacht, dass unsere biedere Jessica so eine interessante, flippige Freundin hat?«

Luke rollte mit den Augen und atmete tief ein.

»Kannst du eigentlich mal an was anderes denken als an dein nächstes Abenteuer?«, fragte er grimmig. »Zum Beispiel daran, dass Khem immer noch auf ein Angebot von dir wartet?«

»Jaja«, winkte Patrick genervt ab und rollte nun seinerseits mit den Augen. »Ich weiß, ich weiß. Ich soll mich mehr ums Geschäft als um die Mädels kümmern. Aber ich sage dir, Luke, auf dem Sterbebett werden die Stunden im Büro nicht die sein, an die du dich am liebsten erinnerst. Du solltest dein Leben wirklich mehr genießen, anstatt immer nur zu ackern.«

»Einer von uns muss es ja tun«, erwiderte Luke schroff. »Sonst genießt du dein Leben bald im Ghetto.«

Patrick stimmte die ersten Takte von Elvis Presleys »In the ghetto« an und lachte dann schallend. Luke schüttelte den Kopf und sah seinen Bruder streng an, musste dann aber gegen seinen Willen grinsen.

»Okay, ich mache mich an die Arbeit«, verkündete Patrick und schlug seinem großen Bruder auf die Schulter. »Ich verspreche dir, dass ich in der nächsten Stunde keine einzige Frau anbaggern werde.«

»Welch große Leistung«, lobte Luke ihn kopfschüttelnd. »Ich werde dir einen Orden verleihen und dich zum Ritter schlagen.«

»Ich habe uns was zu essen bestellt, in einer Viertelstunde müsste es hier sein«, verkündete Debbie, als Jessica ihre Wohnungstür aufschloss. »Und zwar habe ich dein Lieblingsgericht beim Thailänder geordert, extra scharf.«

»Danke, ich sterbe vor Hunger! Du bist ein Schatz.«

Debbie war nicht nur ein Schatz, sie war auch noch ein Schatz mit viel Zeit. Da sie von ihren Eltern, die bei einem tragischen Autounfall ums Leben gekommen waren, eine Menge Geld geerbt hatte, musste sie eigentlich gar keinem Beruf nachgehen. Doch es reizte sie, so viele Jobs wie möglich kennenzulernen, so dass sie gern mal als Bedienung, Kassiererin oder sogar Toilettenfrau jobbte, weil sie wissen wollte, wie das Leben mit so einem Job war. Sie nannte das Horizonterweiterung.

»Debbie, du glaubst nicht, was ich dir jetzt erzähle«, begann Jessica und ließ sich auf die Couch fallen. »Ich kann es einfach nicht fassen! Bisher dachte ich immer ... Luke, Patrick und Julian sind so nette Chefs, aber das, was sie jetzt von mir verlangen ...« Sie schüttelte den Kopf.

»Wieso, sollst du jemanden um die Ecke bringen?«, fragte Debbie ungerührt und versuchte, sich ihre Overknee-Stiefel auszuziehen.

»Ich soll eine Sexparty organisieren!«, stöhnte Jessica. »Das ist doch völlig pervers! Ich kann das nicht!« Verzweifelt sah sie Debbie an.

»Scheiß-Stiefel«, fluchte Debbie. »Meine Waden sind einfach zu fett!« Dann hielt sie inne und legte ihre Stirn in Falten.

»Du sollst was?« Sie begann wiehernd zu lachen und schlug sich mit der flachen Hand vor die Stirn. »Wie jetzt? Für wen?«

Jessica schluckte. »Für meine drei Chefs.«

Debbie bekam spontan einen Lachkrampf und konnte sich gar nicht mehr beruhigen.

»Da haben sie sich ja die Richtige ausgesucht«, prustete sie. »Ausgerechnet du!«

Jessica runzelte gekränkt die Stirn.

»Sorry«, entschuldigte sich Debbie. »Aber – ganz ehrlich – dafür bist du doch die absolute Fehlbesetzung! Wie lange ist es her, seit du einen Mann hattest?«

Jessica kaute auf ihrer Unterlippe herum. »Seit mit Robin Schluss ist.«

»Also anderthalb Jahre«, rechnete Debbie. »Also echt – ich kapiere nicht, warum du dir nicht wenigstens ab und zu eine kleine Affäre gönnst. Sex macht solchen Spaß!«

»Dir vielleicht«, murmelte Jessica leise und kuschelte sich noch tiefer in das Sofa.

»Dir nicht?«, fragte Debbie ungläubig und zerrte weiter an ihrem Stiefel herum. Vergeblich.

»Ich finde, Sex wird total überbewertet«, erwiderte Jessica und sah Debbie bei ihren Bemühungen abwesend zu. »Meine Güte, als ob es nichts anderes auf der Welt gäbe!«

»Doch, gibt es, aber nichts Schöneres«, konstatierte Debbie. »Vorausgesetzt natürlich, man hat den geeigneten Partner.« Endlich hörte der Stiefel auf, sich an ihr Bein zu klammern – und Debbie fiel rücklings auf den Boden.

»Diese Biester bringen mich um!«, fluchte sie.

»Den geeigneten Partner hast du offenbar noch nicht gefunden, sonst würdest du nicht so oft wechseln«, sagte Jessica von der Couch her.

»Ich liebe eben die Abwechslung.« Debbie war nicht im Geringsten beleidigt, einer ihrer vielen Vorzüge. »Warum soll man sich mit einem begnügen, wenn man alle haben kann? Aber zurück zu deiner neuen Aufgabe: Die Jungs wollen also eine zünftige Orgie feiern. Und du, was sollst du dabei machen? Du musst ihnen aber nicht hilfreich die Kondome überziehen, oder?« Debbie prustete wieder los und nahm sich den zweiten Stiefel vor.

»Du bist unmöglich«, fand Jessica, musste aber grinsen. »Ich soll in diesem Club anrufen und fragen, ob die Callgirls da ... äh ... rasiert und gepierct sind und ob sie lesbische Spielchen mitspielen. Debbie, ich beiße mir lieber die Zunge ab, als so was zu fragen! Ich werde ja schon knallrot, wenn ich dir das erzähle!«

»Bei mir musst du wirklich keine Hemmungen haben«, winkte Debbie ab und befreite ihr zweites Bein von dem anhänglichen Stiefel. Dann setzte sie sich im Schneidersitz zu Jessica auf die Couch.

»Also, erstens könntest du eine Email schreiben, was vielleicht weniger peinlich wäre«, schlug sie vor. Jessica verzog das Gesicht.

»Zweitens kann ich natürlich dort anrufen«, meinte Debbie leichthin. »Mir macht das überhaupt nichts aus. Hast du die Unterlagen mitgenommen?«

Jessica nickte. »Ja, habe ich, ich wollte sie dir nämlich zeigen. Die Mappe ist in meiner Tasche.«

Debbie sprang von der Couch und rannte in den Flur.

»Einen guten Geschmack haben die Jungs ja«, hörte Jessica sie rufen. »Obwohl – für tausend Pfund pro Nacht kann man natürlich auch einiges erwarten. Hast du dir die Mädels mal angesehen?«

»Nur ganz kurz«, gab Jessica zurück.

Debbie kam im Laufschritt zurück.

»Echt hübsche Ladies«, meinte sie, die Augen auf die Bilder in der Mappe geheftet. »Willst du gar nicht wissen, wer sich wen ausgesucht hat? Auf wen, glaubst du, steht dieser strenge Typ im Anzug? Der ist bestimmt ein ganz Wilder. Die, die so korrekt aussehen, haben es doch immer faustdick hinter den Ohren.«

»Das ist mir ehrlich gesagt ziemlich egal«, wehrte Jessica ab.

»Hast du dir deine Chefs nie im Bett vorgestellt?«, wollte Debbie amüsiert wissen und faltete den Flyer des erotischen Balletts auseinander.

»Um Gottes willen, nein!«, rief Jessica. »Das sind meine Vorgesetzten!«

»Na und?! In erster Linie sind es Männer«, stellte Debbie sachlich fest. »Und die haben nun mal Bedürfnisse. Ganz ehrlich, Jessy – ich verstehe nicht, warum du so geschockt bist. Sie sind Kerle und wollen ihren Spaß haben – wo ist das Problem?«

Jessica fiel dazu nicht gleich eine Antwort ein.

»Ich will es einfach nicht mitkriegen«, sagte sie schließlich. »Sie können ja machen, was sie wollen, aber was habe ich damit zu tun? Wieso muss ich so eine Party organisieren? Warum ziehen sie mich da mit rein?«

»Weil du ihre Sekretärin bist«, erinnerte Debbie sie. »Du organisierst doch sonst auch alles für sie. Und so dramatisch ist das doch nun wirklich nicht. Komm, ich rufe da jetzt mal an. Was soll ich denn fragen?«

Debbie bereitete es keinerlei Schwierigkeiten, die gewünschten Fragen zu stellen, ihr fielen selbst sogar noch weitaus peinlichere ein. Jessica raufte sich innerlich die Haare und machte Debbie Zeichen, das Gespräch zu beenden, doch Debbie ließ sich nicht beirren.

»Also, die sind alle rasiert und gepierct ist keine«, gab sie Auskunft. »Stell dir vor, manche Herren wollen sogar explizit Frauen mit heraushängenden Schamlippen, an denen dann Glöckchen oder andere Dinge hängen!«

Jessica schüttelte sich. »Debbie, kannst du bitte damit mal aufhören?«

Debbie lachte schallend. »Ich finde das alles hochinteressant! Guck mal, eine Lady soll ganz in Lack kommen. Was glaubst du, wer der Lackfetischist ist?«

»Ist mir ehrlich gesagt völlig egal«, stöhnte Jessica und schloss die Augen.

»Bestimmt Luke«, tippte Debbie.

Jessica öffnete wieder ihre Augen. »Nein«, widersprach sie sofort. »Luke ist es ganz bestimmt nicht.«

Ihr fiel wieder ein, was Patrick in der Küche zu seinem Bruder gesagt hatte. Ob Luke der Party freudig entgegensah? Oder war das Ganze Patricks Idee, und Luke machte nur widerwillig mit? Und Julian? Patrick konnte sie sich noch am ehesten bei so einer Aktion vorstellen. Aber Luke – den stets perfekt gekleideten, eleganten Luke ...

Debbie grinste. »Luke in einem Ganzkörper-Lack-Outfit, das hätte doch was.« Sie begann schallend zu lachen.

»Ich habe Luke bisher nur im Anzug gesehen«, gab Jessica zurück. »Er trägt eigentlich nie was anderes.«

Luke wirkte immer seriös, gediegen, perfekt. Die Vorstellung von ihm in einem Lack-Outfit war unfreiwillig komisch.

»Vielleicht trägt er sogar eine Gasmaske dazu«, sinnierte Debbie.

In diesem Moment klingelte es, und Debbie sprang auf.

»Futter, endlich!«, rief sie und kramte ihr Portemonnaie aus ihrer Tasche.

»Debbie, lass mich doch mal bezahlen«, sagte Jessica.

»Dauernd lädst du mich ein, das muss wirklich nicht sein.«

»Papperlapapp«, wehrte Debbie ab. »Warum sollte ich dich nicht einladen? Ich habe doch genug Geld. Denk immer daran: Man kann nichts mitnehmen.«

»Trotzdem.« Jessica schüttelte den Kopf, doch Debbie duldete keine Widerrede. Nach dem Essen wurde Jessica müde.

»Leg dich doch hin und schlaf ein bisschen«, schlug Debbie vor. »Ich kann mich schon selbst beschäftigen. Oder ich schleiche mich ganz leise davon. Aber zuerst stecke ich mir mal eine an.« Sie ging auf Strümpfen zur Balkontür und öffnete sie. Rauchen durfte man bei Jessica nämlich nur auf dem Balkon.

Debbie kramte eine zerknautschte Zigarettenschachtel aus ihrer Tasche und zündete sich einen Glimmstengel an. Was war nur mit Jessica los? Nicht zum ersten Mal fiel ihr auf, dass sie immer etwas merkwürdig reagierte, wenn es um das Thema Sex ging. Seit Robin sich von ihr getrennt hatte, ging sie Männern förmlich aus dem Weg und behauptete, sie habe einfach kein Interesse an einer Beziehung und sei glücklich mit ihren drei Kaninchen. Für Debbie, die nichts anbrennen ließ, war das völlig unverständlich. Ob sie Robin etwa immer noch liebte und ihm nachtrauerte? So richtig hatte Debbie nie herauskriegen können, warum er sich von Jessica getrennt hatte. Ihre Standardantwort hatte stets »Wir passen einfach nicht zusammen« gelautet, aber konkreter war sie nie geworden.

Debbie blies den Rauch in die Luft. Oder hatte Jessica einfach keine Lust auf Geschlechtsverkehr und brauchte gar keinen Mann? Es sollte ja tatsächlich Frauen geben, denen das so gar nicht wichtig war und die ihn nur über sich ergehen ließen, um ihrem Mann einen Gefallen zu tun. Debbie konnte sich das zwar nicht wirklich vorstellen, aber sie hatte davon gehört.

Nachdenklich lehnte sie sich über die Brüstung und entdeckte auf dem Balkon nebenan einen muskulösen Typ mit nacktem Oberkörper, der ebenfalls eine Zigarette in der Hand hatte.

»Na, hat man dich auch ausgesperrt?«, rief sie. Der Mann zuckte zusammen und drehte dann seinen Kopf in ihre Richtung. Debbie winkte ihm fröhlich zu.

»Das Schicksal teilen wir offenbar«, rief sie und riskierte einen zweiten Blick, der sich durchaus lohnte. Was für ein knackiger Kerl!

»Nein, mich hat niemand ausgesperrt, ich wohne alleine«, erwiderte er. »Aber frische Luft tut manchmal ganz gut, wenn man den ganzen Tag vor dem Bildschirm sitzt.«

»Was machst du denn den ganzen Tag vor dem Monitor?«, wollte Debbie wissen. »Auf verbotenen Seiten rumsurfen?«

Der Typ verzog den Mund zu einem leichten Grinsen.

»Ich bin Schriftsteller.«

»Das ist ja spannend«, fand Debbie. »Ich heiße übrigens Debbie, und du?«

»Denis«, sagte der Schriftsteller.

»Kann ich auf deinem Balkon weiterrauchen, Denis?«, ging Debbie in die Vollen. »Meine Freundin ist leider gerade eingeschlafen.«

Denis sah etwas verdutzt aus.

»Äh ... ja, natürlich – wenn du meinst.«

»Ich meine.«

Vergnügt schlich Debbie sich zu Jessica, die tief und fest schlief. Wieso hatte Jessica ihr denn noch nie etwas von ihrem schnuckeligen Nachbarn erzählt? Ach ja, weil Jessica sich nicht für Männer interessierte, klar. Debbie nahm Jessicas Schlüssel vom Türhaken, zog die Wohnungstür leise ins Schloss und huschte über den Flur. Denis stand bereits in der Tür. Er war zweifellos sehr attraktiv – dunkler Lockenkopf, durchtrainiert, ein offenes, markantes Gesicht. Leider hatte er sich inzwischen ein Hemd übergeworfen.

»Endlich muss ich nicht mehr allein rauchen«, begrüßte ihn Debbie und lachte.

In dem großen Zimmer, das Jessica etwas bieder als Wohnzimmer eingerichtet hatte, stand mitten im Raum ein riesiges Bett mit blutroter Satin-Bettwäsche, auf der ein schwarzer Totenkopf prangte. Am Fenster thronte ein mächtiger Schreibtisch aus Stahl, an der Decke hing ein riesiger schwarzer Kronleuchter – und das war es. Am spektakulärsten fand Debbie die schwarzen Wände, die an einigen Stellen mit weißen Laken zugehängt waren, die ebenfalls ein Totenkopf zierte.

»Du schreibst bestimmt mystische Romane«, vermutete Debbie und sah sich staunend um. »Oder Gruselgeschichten mit Vampiren oder so was.«

Denis zündete sich die nächste Zigarette an.

»Ich schreibe Kindergeschichten«, sagte er und inhalierte tief.

»Was?« Debbie lachte ungläubig auf.

Wortlos hielt Denis ihr ein Buch hin.

Denis Morton. Samthörnchen und der Weg zu den Sternen. Zwölf bezaubernde Kindergeschichten.

»Komisch, dass dich Totenköpfe zu Kindergeschichten inspirieren«, sagte Debbie kopfschüttelnd.

»Du meinst, ein Zimmer voller Plüschbären würde besser passen?«

»Vielleicht.«

»Ich kann dich beruhigen, ich schreibe nicht nur

Kinderbücher. Es stimmt, ich schreibe auch mystische Geschichten.«

Denis nahm auf seinem Schreibtischstuhl Platz und tippte etwas ein. Eine schwarz-rote Internetseite öffnete sich.

Morton Sined: Hexenland – eine Reise in die Zwischenwelten, las Debbie.

Auf einem Jahrmarkt lässt sich Brian von einer alten Zigeunerin hypnotisieren. Durch eine leichtsinnig platzierte posthypnotische Nachricht erhält er plötzlich Zugang zu anderen Dimensionen des Bewusstseins. Vor allem der Geist eines Mädchens, der keine Ruhe finden kann, nimmt immer wieder Kontakt zu Brian auf. Um wieder ein normales Leben führen zu können, muss er schließlich einen brutalen Mord aufklären und eine vergrabene Leiche finden. Doch der Killer, mit dessen blutrünstiger Tat alles begann, ist Brian schon auf den Fersen.

»Ja, das passt schon eher zu deiner Einrichtung«, fand Debbie. Während sie den Text las, stand sie hinter Denis und beugte sich etwas vor, so dass ihre langen Haare seine Schultern streiften. Sie spürte, wie er leicht zusammenzuckte.

»Du machst mich jetzt ehrlich gesagt etwas nervös, wenn du so dicht hinter mir stehst«, sagte er mit belegter Stimme. Debbie lächelte in sich hinein. Wie süß! Wie alt mochte der Junge sein? Höchstens Anfang zwanzig, überlegte sie, und damit mindestens zehn Jahre jünger als sie selbst.

»Angenehm nervös oder unangenehm nervös?«, erkundigte sie sich.

Denis drehte seinen Kopf etwas unsicher zu ihr herum. Er hatte dunkle Augen, für einen Mann extrem dichte, schwarze Wimpern und sehr schön geschwungene Augenbrauen.

»Äh ... eher angenehm, würde ich sagen«, sagte er schließlich.

Debbie legte ihre Hände auf seine Schultern. Als sie keinen Widerstand spürte, glitten ihre Finger tiefer und verharrten bei seinen Brustwarzen. Denis stöhnte überrascht auf. Debbie begann die kleinen Warzen sanft zu umkreisen. Er sank in seinem Stuhl etwas tiefer und schloss die Augen. Sie warf einen Blick auf seine Jeans, die sich jetzt zu füllen schien. Gut so!

Breitbeinig setzte sie sich dem erstaunten Denis auf den Schoß und fingerte an dem Knopf seiner Jeans herum. Denis öffnete den Mund, um etwas zu sagen, schloss ihn dann aber wieder. Er sah ziemlich verwirrt aus.

Debbie zog nun seinen Reißverschluss nach unten, und im selben Moment sprang ihr sein steil aufgerichteter Penis entgegen. Debbie seufzte auf. Ja, genau das war es gewesen, was ihr gefehlt hatte! Den ganzen Tag war sie schon merkwürdig gereizt und nervös gewesen, und jetzt wusste sie auch, warum: Sie brauchte einen Penis, und zwar dringend. Kein Rumknutschen, kein Küssen, kein Vorspiel, einfach nur einen Penis.

Mit zitternden Fingern griff sie nach seinem zuckenden Glied. Denis' Blick wurde etwas starr. Debbie schob ihren Slip zur Seite und führte seinen Penis an ihre Vulva. Sie sah ihm fest in die Augen, als sie sich langsam auf seinen Schaft hinuntergleiten ließ und seufzte glücklich auf. Gott, tat das gut! Und jetzt würde sie das Bürschchen ordentlich reiten!

Jessica wachte auf und war etwas benommen. Es dauerte eine Weile, bis sie begriff, wo sie war. Sie lag zu Hause auf ihrer Couch. Und wo war Debbie?

Jessica blinzelte und sah auf die Uhr. Sie musste kurz

eingenickt sein. Vielleicht war Debbie im Bad? Jessica richtete sich auf und hielt inne. Was war denn das? Sie konnte es ganz deutlich hören – da stöhnten direkt nebenan zwei Leute, ein Mann und eine Frau. Jessica starrte ihre Wand an, als erwartete sie, dass sie sich plötzlich in ein gläsernes Mauerwerk verwandeln würde.

Nein, es war bestimmt nicht so, wie sie dachte – niemals. Sie war eingeschlafen, und Debbie stiefelte derweil nach nebenan, um ... nein, das war unmöglich! Selbst die Männer verschleißende Debbie würde nicht zu ihrem scheuen Nachbarn Denis gehen, um ihn zu vernaschen. Ganz abgesehen davon, dass er ganz sicher auch nicht mitmachen würde.

Sie wohnte jetzt seit zwei Jahren in diesem Haus und kannte Denis nur flüchtig. Sie wusste, dass er Bücher schrieb und recht zurückgezogen lebte. Zwei oder drei Mal hatte sie sich etwas von ihm ausgeliehen, und sie hatten ein paar Floskeln ausgetauscht, aber richtig kennengelernt hatten sie sich nie. Trotzdem hatte sie ihn recht sympathisch gefunden.

Jessica erhob sich und ging ins Bad. Nein, hier war Debbie nicht.

»Debbie?«, rief sie. »Debbie, wo bist du denn?«

Sie warf einen Blick auf ihren Schlüsselhaken und stellte fest, dass ihr Schlüssel weg war. Okay, Debbie war also kurz mal rausgegangen. Vielleicht holte sie sich Zigaretten.

Jessica ging zurück in ihr Wohnzimmer und ließ sich wieder auf der Couch nieder. Sie versuchte die Jubelschreie von nebenan so gut es ging zu ignorieren und griff nach der Mappe.

Die Frauen, die sich ihre drei Chefs ausgesucht hatten, waren zweifellos sehr hübsch, perfekt sozusagen. Ebenmäßige Gesichter, makellose Körper, lange Haare und natürlich blutjung. Eine davon sah ihr sogar ziemlich ähnlich. Jessica sah genauer hin. Das Mädchen wurde doch tatsächlich als »Schneewittchen« beschrieben, ihr Kosename! Jessica spürte einen Stich tief in ihrem Herzen. Wann würde es endlich aufhören wehzutun?

Das Callgirl hatte die gleichen langen dunklen Haare, den gleichen hellen Teint und auch die vollen Lippen wie Jessica. Nur dass Jessicas Lippen nie tiefrot geschminkt waren und sie sich auch nicht busenfrei, in Strapsen und knallroten High Heels präsentiert hätte.

Welche sich Luke wohl ausgesucht hat?, schoss es Jessica durch den Kopf und erschrak fast über diesen Gedanken. Sie konnte sich den ernsthaften Luke beim besten Willen nicht in Ekstase vorstellen. Und – sie wollte das auch gar nicht!

Eine halbe Stunde später hörte Jessica, wie sich die Wohnungstür öffnete.

»Du musst nicht schleichen, ich bin wach«, rief sie.

Etwas atemlos stürmte Debbie ins Zimmer. »Hi, Süße, geht's dir besser?«, fragte sie gutgelaunt. Ihre Wangen waren rosig, und sie strahlte.

Jessica schüttelte den Kopf. »Debbie, ich glaube das einfach nicht! Gib's zu – du warst bei Denis.«

»Ja, und? Er stand einsam und allein auf seinem Balkon und rauchte – genau wie ich – und da haben wir eben zusammen eine geraucht, was ist denn schon dabei?«

Jessica rollte mit den Augen. »Gib dir keine Mühe, ihr wart nicht zu überhören.«

Debbie wurde nicht mal rot, sondern zuckte nur mit den Schultern.

»Ja, gut, haben wir eben danach eine geraucht. War

zwar nicht die brüllende Ekstase, aber so ein kleiner Ritt am Nachmittag tut schon ganz gut.«

Jessica massierte ihre pochenden Schläfen. Sie liebte ihre Freundin Debbie, aber manchmal konnte sie ihre vulgären Sprüche einfach nicht ertragen.

»Der Kleine ist aber noch nicht ganz trocken hinter den Ohren«, fuhr Debbie unbekümmert fort. »Du hättest mal sein Gesicht sehen sollen, als ich seinen Penis aus der Hose geholt habe. Damit hat der wohl gar nicht gerechnet.«

»Debbie, bitte nicht heute«, stöhnte Jessica.

»Und dann kam der ewig nicht«, fuhr Debbie gnadenlos fort. »Mann, das hat vielleicht gedauert! Ich glaube, der war irgendwie so geschockt über diese Aktion, dass er überhaupt nicht abspritzen konnte.«

»Debbie!«, schrie Jessica völlig außer sich und schlug mit der Hand auf den Tisch, dass die Gläser, die darauf standen, klirrten.

»Debbie, hör jetzt sofort mit diesen Sprüchen auf! Ich halte es einfach nicht mehr aus, wie du mit den Männern umgehst! Du bist auch nicht besser als Luke, Patrick und Julian. Wie kann man sich seinen Partner nur aussuchen wie eine Ware? Habt ihr denn alle überhaupt keine Gefühle mehr? Besteht ein Mann für dich nur aus einem Penis? Hast du kein Herz, keine Seele? Mein Gott, Debbie, du bist wirklich ein Luder! Wie kannst du nur einfach zu dem schüchternen Denis gehen und dich auf ihn stürzen? Du kennst ihn doch überhaupt nicht! Warum nimmst du dir nicht einfach einen Vibrator?«

Jessicas Gesicht war knallrot, und sie war den Tränen nahe. Debbie sah sie völlig perplex an.

»Ihr seid alle so … roh.« Jessicas Stimme bebte. »Du benutzt die Männer doch nur zu deiner Triebbefriedigung. Es ist dir völlig egal, mit wem du ins Bett gehst –

Hauptsache, es hängt ein … äh … Schwanz dran.« Es fiel ihr schwer, das Wort »Schwanz« überhaupt in den Mund zu nehmen.

»Na ja, ohne wäre es ziemlich sinnlos«, konnte sich Debbie nicht verkneifen zu sagen. Jessica sah sie mit einem Blick an, unter dem sogar Debbie erschauerte.

»Okay, okay, ich sag nichts mehr.« Debbie hob beide Hände hoch. »Und ich lasse dich jetzt wohl besser allein. War wohl alles etwas zu viel für dich heute. Ich rufe dich morgen an.«

Jessica blieb allein zurück. Am Morgen war ihre Welt noch in Ordnung gewesen, und nun lag irgendwie alles in Scherben. Und das Schlimmste war, dass sie selbst nicht wusste, warum sie eigentlich so überreagierte.

Debbie wollte offensichtlich Buße tun und lud Jessica am nächsten Wochenende zu einem Theaterstück ein. Jessica hatte sich inzwischen, zumindest oberflächlich betrachtet, etwas von ihrem Schock erholt und alle Vorbereitungen für die Party getroffen. Das Thema war damit für sie erledigt.

»Das Stück heißt ›Roomservice‹ und ist superwitzig«, berichtete Debbie aufgeregt. »Es hat durchweg gute Kritiken bekommen und ist schon 1937 am Broadway gelaufen.«

»Ich weiß nicht …«, sagte Jessica und schielte zu ihrer Fernsehzeitung. Kam heute nicht die x-te Wiederholung von »Dirty Dancing«?

»Komm, Süße, mit deinen Kaninchen kannst du dich immer noch unterhalten«, drängte Debbie. »Du gehst sowieso viel zu selten aus. Jessy, du bist 33 und nicht 83! Etwas mehr Kultur würde dir guttun.«

»Stimmt ja«, seufzte Jessica, deren Leben seit der Trennung von Robin in der Tat aus nicht viel mehr als arbeiten, schlafen und essen bestand. Sie fühlte sich manchmal wie Dornröschen – nur, dass sie nicht auf ihren Prinz wartete, der sie wachküsste. Aber worauf wartete sie dann?

»Also gut«, gab sie schließlich nach, und Debbie gab jubelndes Indianergeheul von sich.

»Klasse«, freute sie sich. »Kommst du so gegen fünf zu mir?«

»Abgemacht.«

Debbies Begrüßung war jedes Mal sehr speziell, so auch heute.

»So willst du ins Theater gehen?«, waren ihre ersten Worte, als sie ihre Freundin erblickte.

»Wieso?« Jessica sah an sich hinunter. »Ich sehe doch ganz normal aus.«

»Jessy, wir gehen ins Theater und nicht auf eine Beerdigung!« Debbie zog Jessica in ihre Wohnung, in der Jessica wie immer die nackte männliche Schaufensterpuppe ins Auge stach, die ein Hundehalsband mit Stacheln trug. Da die Ausbuchtung an entscheidender Stelle nur andeutungsweise vorhanden war, hatte Debbie der Puppe kurzerhand einen schwarzen Dildo umgeschnallt. Jessica fragte sich, wie wohl der Briefträger oder die Nachbarn auf Debbies Dildo-Puppe reagierten, aber wahrscheinlich wussten bereits alle, dass Debbie völlig durchgeknallt, aber harmlos war.

Debbie verdrehte die Augen. »Du siehst aus wie deine eigene Urgroßmutter.«

Gekränkt sah Jessica sich im Spiegel an. Sie trug ein schwarzes Kleid – was war daran falsch?

»Das Kleid ist zu lang und zu weit«, gab Debbie ihr sogleich die Antwort. »Wenn du eine Matrone wärst, würde ich das ja verstehen, aber du hast die absolute

Traumfigur! Leider sieht man nie was davon, weil du ständig in irgendwelchen Säcken rumrennst.«

»Nicht jeder fühlt sich im durchsichtigen BH und bauchfrei wohl«, konterte Jessica.

»Nein, aber es gibt ja auch so was wie ein Zwischending. Du ziehst was von mir an, so gehe ich mit dir nicht weg«, bestimmte Debbie resolut. »Ich will, dass du hübsch aussiehst und dass sich die Männer nach dir umdrehen.«

Jessica musste lachen. »Debbie, ich will keinen Mann.«

»Keine Widerrede, du ziehst was Anständiges an.« Das Wort klang aus Debbies Mund irgendwie seltsam.

»Hier!« Sie zog ein schillerndes Etwas aus dem Schrank.

»Auf keinen Fall!«, protestierte Jessica, als sie sah, dass der Stoff in der Taille durchsichtig war.

»Spielverderber«, murmelte Debbie und wühlte in ihrem überdimensionalen Kleiderschrank.

Nach einer halben Stunde und hitzigen Diskussionen – Jessica weigerte sich standhaft, in einem Shirt mit einem riesigen Reißverschluss quer über dem Busen auszugehen – hatten sich die beiden endlich geeinigt: Jessica zwängte sich in ein enges, elastisches, rotes Top und einen schwarzen Stretchrock, der ihr bis knapp übers Knie ging. Nach einigem Hin und Her konnte Debbie ihre Freundin zu schwarzen Strümpfen mit Netzmuster überreden. Jessica tröstete sich mit dem Gedanken, dass sie im Theater ja die meiste Zeit sitzen würde und ansonsten ihre Jacke überwerfen konnte, denn wohl fühlte sie sich in diesem Outfit nicht. Doch Debbie war vollauf zufrieden.

»Endlich sieht man deinen tollen Busen und deine schmale Taille«, schwärmte sie. »Jessy, du bist echt eine

Schönheit! Schade nur, dass du das immer so versteckst! Jetzt fehlt nur noch der blutrote Lippenstift.« Jessica gab es auf zu protestieren und ließ sich von Debbie die Lippen anmalen.

»Und dieser langweilige Dutt hat heute auch mal Pause«, bestimmte Debbie und öffnete Jessicas lange Haare. Jessica sah sich kritisch im Spiegel an.

»Ehrlich, jetzt sehe ich auch nicht viel anders aus als diese Callgirls«, meinte sie.

»Ja, du könntest eine Menge Geld verdienen«, grinste Debbie, die in einem hautengen, giftgrünen Schlauchkleid steckte, das wunderbar mit ihrer roten Haarmähne harmonierte. »Lass uns gehen, meine Schöne!«

Das Stück war in der Tat sehr lustig, und die beiden Frauen lachten Tränen. Jessica musste zugeben, dass sie sich schon lange nicht mehr so amüsiert hatte, und war froh, dass sie Debbies Einladung angenommen hatte. Debbie hatte vollkommen recht, sie musste endlich wieder unter Leute und konnte sich nicht ewig zu Hause vergraben! Robin war Vergangenheit!

»Hey, wen haben wir denn da?«, rief Debbie plötzlich und stieß ihre Freundin unsanft in die Seite. Jessica folgte Debbies Blick und entdeckte an der Bar – Patrick! Jetzt drehte er sich um und starrte die beiden Frauen an. Dann ging ein Leuchten über sein Gesicht, und er nahm Kurs auf die zwei. Wie immer sah er phantastisch aus: Wuschelblonde Haare, blaue Jeans, schwarzer Blazer. Ein Mann, dem die Frauen nachschauten – auch hier.

»Was für eine Überraschung!«, sagte er und verbeugte sich. »Die Hexe auf dem Besenstiel! Hast du deinen Besen wieder mit dabei?«

»Ja, immer«, erwiderte Debbie und verbiss sich im

letzten Moment »Genau wie du deinen Stiel«, denn sie hatte Jessica versprochen, den ganzen Abend lang keine einzige anzügliche Bemerkung von sich zu geben. O Gott, was für eine Herausforderung – nun, da Patrick hier war! Debbie merkte, dass sie sich freute, ihn wiederzusehen, wenn sie ihn auch kaum kannte.

Patrick strahlte Debbie an, und sie strahlte zurück. Dann erst nahm er Jessica wahr und zog bewundernd die Augenbrauen hoch. Die Kleine hatte ja eine wahre Metamorphose durchgemacht!

»Wie gefällt euch das Stück denn?«, erkundigte er sich.

»Großartig!«, sagte Debbie mit leuchtenden Augen. »Ich habe fast unter dem Stuhl gelegen vor lauter Lachen.«

»Bist du allein hier?«, fragte Jessica. Patrick schüttelte den Kopf.

»Nein. Mein charmanter Bruder Luke begleitet mich, und die Johnsons sind auch mitgekommen. Wollt ihr kurz hallo sagen?«

Die beiden Frauen nickten und folgten Patrick dann durch die Menge. Debbie entging nicht, dass sich sowohl Männer als auch Frauen nach ihnen umdrehten – und sie genoss es. Sie wusste, dass sie umwerfend aussah; Jessica sah ebenfalls zum Anbeißen aus und – warum sollte sie es sich nicht eingestehen – Patrick ebenfalls.

Jessica klopfte das Herz bis zum Hals. Leider hatte sie ihre Jacke an der Garderobe abgegeben. Sie kam sich fast nackt vor, als sie sich vorstellte, dass sie gleich Luke in diesem abenteuerlichen Outfit unter die Augen treten würde. Warum hatte sie sich auch von Debbie überreden lassen, sich in diese viel zu engen und kurzen Klamotten zu zwängen?

Jessica erkannte Luke schon von weitem, er sie offenbar nicht. Natürlich trug er wie immer einen hellblauen Anzug und sah genauso gut aus wie im Büro.

Moment mal – hatte sie gerade gedacht, dass er umwerfend aussah? Jessica schrak zusammen. Seit wann dachte sie darüber nach, wie ihr Chef aussah?

»Schau mal, wen ich getroffen habe«, sagte Patrick und machte eine ausladende Handbewegung. »Darf ich vorstellen: Das sind Jessica und Debbie, Luke ist ja allseits bekannt, Madeleine und Albert Johnson.«

Luke starrte Jessica an, als sähe er sie zum ersten Mal. In gewisser Weise tat er das sicher auch, denn bisher kannte er Jessica nur als unauffälliges Mäuschen im biederen Kostüm.

»Äh ... hallo«, sagte Jessica und versuchte ihren Rock nach unten zu ziehen. Dann verschränkte sie ihre Arme vor ihrem Busen. Himmel, hätte sie doch bloß ihr weites schwarzes Kleid an, dann würde Luke sie jetzt nicht so anstarren!

»Tja, da verschlägt es dir die Sprache, was?« Patrick klopfte Luke kameradschaftlich auf den Rücken. »Ich hätte unsere Jessica auch fast nicht wiedererkannt. Jessica ist unsere Sekretärin«, wandte er sich an das Ehepaar Johnson.

Jessica kannte die Johnsons vom Telefon. Sie handelten mit Immobilien, hatten viele Verbindungen zur Upper Class und schoben den Turner-Brüdern immer wieder lukrative Aufträge herüber. Die Brüder beteiligten sie dafür am Gewinn, und so wusch eine Hand die andere. Die Geschäftsbeziehung schien nun schon über Jahre hinweg gut zu funktionieren.

Madeleine Johnson war makellos vom Scheitel bis zur Sohle. Sie mochte in den Vierzigern sein, hatte weißblonde Haare, die sie zu einer Hochfrisur aufgetürmt hatte, ein ebenmäßiges, völlig faltenfreies Gesicht und eine ebenso perfekte Figur, die in einem eng anliegenden, glitzernden Silberkostüm steckte.

Ihr Mann Albert war wesentlich älter und fast vollständig ergraut. Er hatte ein hageres, kantiges Gesicht, eine lange, scharf gebogene Nase und stechende dunkle Augen. Nicht umsonst wurde er in Insiderkreisen Haifisch genannt, wobei sich dieser Spitzname vorwiegend auf seine Qualitäten als Immobilienmakler bezog. Er trug einen schwarzen Designeranzug und ein weißes Hemd.

Madeleine starrte Jessica überrascht an. Dann musterte sie sie eingehend von oben bis unten. Jessica war diese Musterung ausgesprochen peinlich. Bestimmt dachte Mrs. Johnson, dass die Sekretärin ihrer Geschäftspartner herumlief wie eine Nutte!

»Sehr angenehm«, sagte sie schließlich und hielt ihr – zu Jessicas Verwunderung – die Wange hin. Verwirrt legte Jessica ihre Wange gegen die der fremden Frau. Der Duft eines betörenden Parfüms schlug ihr entgegen. Ihr Gatte gab Jessica und Debbie zu deren Überraschung sehr galant einen Handkuss!

Jessica lächelte Luke zaghaft an. Er sah so verdattert aus, dass sie sich brennend wünschte, ihr weites Kleid würde plötzlich aus dem Boden wachsen.

Luke räusperte sich. »Du siehst ... sehr verändert aus«, sagte er schließlich, und sein linkes Auge zuckte ein wenig.

Jessica hob die Schultern. »Das war Debbies Idee.« Es klang wie eine Entschuldigung. Lukes Auge zuckte etwas heftiger.

»Das war nicht negativ gemeint«, fügte er hinzu und sah Jessica noch einmal staunend an. »Eher – im Gegenteil.«

»Also, ich bin froh, dass Jessica nicht immer so rumläuft, ich würde ja gar nicht mehr arbeiten«, mischte Patrick sich ein.

»Das tust du auch so nicht«, murmelte Luke in sich hinein, doch Jessica hörte es trotzdem. Sie musste grinsen.

Die Klingel bedeutete ihnen, sich wieder an ihre Plätze zu begeben.

»Na, dann – viel Spaß noch«, verabschiedete sich Patrick. »Vielleicht treffen wir uns nachher ja noch im Foyer.«

»Luke sind ja fast die Augen aus dem Kopf gefallen«, kicherte Debbie. »Der hatte bestimmt einen stehen in seinem eleganten Anzug. O sorry, ich hatte ja versprochen ... tut mir leid. Ich wollte natürlich sagen: Der war ja total hingerissen von dir!«

»Vielleicht war er auch nur entsetzt, wie ich in meiner Freizeit rumlaufe«, mutmaßte Jessica düster.

»Also, entsetzt sah er nicht gerade aus«, feixte Debbie. »Eher entrückt.«

Jessica ließ sich auf ihrem Platz nieder. Luke und entrückt? Debbie übertrieb maßlos! Aber es stimmte, diesen Blick hatte sie noch nie bei ihm gesehen.

Nachdem das Stück unter tosendem Beifall geendet hatte und sich die Schauspieler wieder und wieder hatten verneigen müssen, trafen Jessica und Debbie im Foyer tatsächlich auf Luke, Patrick und die Johnsons.

»Kommt doch noch mit, wir wollen essen gehen«, schlug Patrick vor und verschlang Debbie mit den Augen.

»Patrick, wir wollten etwas besprechen – eine geschäftliche Sache«, erinnerte Madeleine ihn und zog missbilligend ihre Augenbrauen hoch.

»Ach ja, stimmt«, sagte Patrick bedauernd. »Das ist ja schade.«

Luke nahm Jessicas Jacke und hielt sie ihr hin. »Bitte sehr.«

»Oh, danke.« Jessica schlüpfte vor lauter Aufregung in den falschen Ärmel. Als sie ihren Fehler bemerkte, lief sie puterrot an.

»Wir versuchen es einfach mit dem anderen«, sagte Luke mit weicher Stimme und lächelte. Diesmal erwischte Jessica den richtigen Ärmel, verlor aber das Gleichgewicht und sank Luke an die Brust. Geistesgegenwärtig hielt er sie fest. Für den Bruchteil einer Sekunde waren sich ihre Gesichter ganz nah, sie spürte seinen Atem, roch sein Aftershave und sah in seine unglaublichen blauen Augen. Die Welt stand für einen Moment still.

Als sie sich wieder drehte, saß Jessica schon im Auto, eine aufgeregt plappernde Debbie neben sich. Sie hörte kaum, was sie sagte, so gefangen war sie immer noch von diesem Augenblick, der sich wie eine süße Ewigkeit angefühlt hatte.

Kapitel 2

Jessicas Herz begann wie wild zu klopfen, als sie zwei Tage später in ihrem Büro saß und Lukes Schritte hörte. Längst konnte sie jeden der Brüder an seinem Gang erkennen, und diese langen, energischen Schritte gehörten eindeutig zu Luke.

»Guten Morgen, Jessica«, begrüßte Luke seine Sekretärin und lächelte sie freundlich an.

»Hallo, Luke«, erwiderte Jessica und spielte nervös mit ihrem Kugelschreiber. Warum war sie nur so aufgeregt? Sie sah diesen Mann seit einem Jahr fast jeden Tag! Okay, sie war am Samstag gestolpert, und er hatte sie aufgefangen, aber was sollte das verändert haben?

Luke sah sie an, als ob er etwas sagen wollte, doch dann schien er es sich anders zu überlegen. Er setzte sich mit einem eleganten Schwung auf Jessicas Schreibtischplatte, gab ihr einige Anweisungen, und Jessica machte sich eifrig Notizen. Es war alles wie immer. Nichts hatte sich verändert.

»Da wäre … hm … noch etwas.« Luke blinzelte. Überrascht sah Jessica hoch. Er hatte einen Gesichtsausdruck, den sie noch nie bei ihm gesehen hatte. Er sah verlegen aus; so, als ob er sich in seiner Haut ganz und gar nicht wohl fühlen würde. Das war höchst ungewöhnlich, denn Luke war normalerweise das personifizierte Selbstbewusstsein. Jessica hatte noch nie erlebt, dass ihm irgendetwas dermaßen peinlich gewesen war.

Luke holte tief Luft.

»Es fällt mir nicht ganz leicht, dich darum zu bitten, aber … Du weißt ja, dass Albert und Madeleine uns oft sehr lukrative Aufträge vermitteln. Das bedeutet, wir können ihnen schlecht einen Gefallen abschlagen, wenn sie uns dann mal um einen bitten. Obwohl ich es in diesem Fall wirklich sehr gerne tun würde.«

Jessica nickte und spürte, wie sich ein flaues Gefühl in ihr ausbreitete. Wenn er schon so anfing, konnte das nichts Gutes bedeuten!

Lukes Auge zuckte nervös.

»Ich sage es einfach geradeheraus.« Er schluckte und sah aus dem Fenster. Jessica spürte ein Kribbeln in ihrem Magen. O Gott, das klang nach nichts Gutem. Genauso hatte er ausgesehen, als er ihr gesagt hatte, sie solle diese Party organisieren. Und jetzt? Gab es noch eine Steigerung?

Die gab es.

»Madeleine möchte, dass du sie filmst.« Es fiel Luke offenbar sehr schwer, dies auszusprechen. Jessica begriff nicht sofort, was er ihr damit sagen wollte, und starrte ihn verständnislos an.

»Wie – sie filmen?«, wiederholte sie und runzelte die Stirn. Wobei sollte sie die vornehme Madeleine filmen? Sie verstand kein Wort.

Luke erhob sich abrupt und ging ein paar Schritte auf die Fenster zu. Er drehte Jessica den Rücken zu und versteckte seine Hände in den Hosentaschen.

»Na ja, auf dieser Party«, murmelte er und seufzte. Es war ihm deutlich anzumerken, wie unbehaglich er sich fühlte. Er sah auf den Boden und wippte unruhig mit seinem Fuß hin und her. So nervös kannte Jessica ihn überhaupt nicht.

»Ich … verstehe nicht ganz«, stotterte Jessica, obwohl ihr so langsam schwante, worum es hier ging.

Aber – das konnte einfach nicht wahr sein! Die Vorstellung war so ungeheuerlich, dass sie schlichtweg unmöglich war! Obwohl – so, wie Luke herumdruckste… Um Gottes willen! Jessica wurde heiß und kalt zugleich. Nein, das würde er niemals von ihr verlangen!

Luke spürte tiefes Mitleid in sich aufsteigen, als er Jessicas entsetztes Gesicht sah. Sie wirkte völlig hilflos und überfordert. Warum war er auch von all diesen seltsamen Menschen umgeben, die nichts als ihre perversen Wünsche im Kopf hatten? Erst wurde er von seinen Brüdern zu dieser bescheuerten Sexparty überredet, und jetzt musste seine Sekretärin auch noch seine wollüstige Geschäftspartnerin beim Sex filmen! Das ging einfach zu weit! Er hätte Madeleine in die Schranken weisen sollen, aber einen Auftrag von 200 000 Pfund schlug man nicht so ohne weiteres in den Wind.

Eine Weile sahen sich die beiden stumm an. Luke zuckte mit den Schultern und sah plötzlich sehr müde aus. Er machte eine hilflose Handbewegung.

»Du meinst, ich soll Madeleine beim … äh …« Jessica brach hilflos ab. Nein, sie konnte es einfach nicht aussprechen. Luke nickte.

»Aber – warum ausgerechnet ich?«, wollte sie wissen und erkannte ihre eigene Stimme nicht mehr.

Luke fuhr sich mit der Hand durch die Haare und sah angestrengt aus dem Fenster. Gott, war das peinlich! Er konnte Jessica einfach nicht die ganze Wahrheit sagen. Die Wahrheit war nämlich, dass sich Madeleine das Callgirl, das Jessicas Zwillingsschwester hätte sein können, für ihre lesbischen Ambitionen ausgesucht hatte.

Als Madeleine Jessica im Theater gesehen hatte, war sie hochentzückt über deren Anblick gewesen und hatte spontan beschlossen, dass Jessica – und nur Jessica – sie filmen sollte. Es erregte sie über alle Maßen, zu wissen, dass genau diese Frau, die sie so überaus attraktiv fand, sie beim Sex beobachtete. Besser gesagt: beobachten musste. Und wenn Madeleine sich etwas in den Kopf gesetzt hatte, dann wurde das auch durchgeführt, sonst konnte sie sehr ungemütlich werden. Sie wäre sogar dazu imstande, den Brüdern jegliche Aufträge zu entziehen – und das wäre eine Katastrophe. Aber dafür Jessica zu opfern, tat Luke in der Seele weh, es riss ihn fast entzwei.

Luke machte ein paar Schritte auf Jessica zu. In seinen Augen lag ein gequälter Ausdruck. Man konnte deutlich sehen, dass ihm das, war er hier sagen musste, völlig zuwider war.

»Keine Ahnung, warum sie dich ausgewählt hat«, log er mit denkbar schlechtem Gewissen. »Sie hat dich damals im Theater gesehen und sich in den Kopf gesetzt, dass sie von dir gefilmt werden will. Du kennst Madeleine ja, sie ist unnachgiebig. Aber weißt du, vielleicht reicht es ja, wenn sie denkt, du würdest sie filmen. Das heißt, du begrüßt sie und verschwindest dann – ob in den Raum, in dem die Monitore stehen oder nach Hause, das kann sie ja nicht nachvollziehen. Könntest du dich vielleicht damit arrangieren?«

»Was für einen Raum, in dem die Monitore stehen?«, fragte Jessica verwirrt, die sich schon mit einer Handycam durch die kopulierende Menschenmenge hatte jagen sehen.

Luke seufzte tief auf.

»Das kommt noch erschwerend hinzu. Die Party muss verlegt werden, und zwar in einen Club, der über genau diese Modalitäten verfügt. Weißt du, wenn die Johnsons nicht unsere wichtigsten Auftraggeber wären, würde ich das niemals von dir verlangen. Aber du weißt ja selber, wie wichtig sie für uns sind. Wir können es uns nicht leisten, sie zu verärgern. Ich gebe dir gleich die Adresse von diesem neuen Club.«

Luke sah sehr zerknirscht aus. Es schien ihm wirklich etwas auszumachen, das war nicht nur so dahingesagt.

Jessica biss sich auf die Lippe. Sie sah aus, als würde sie jeden Moment in Tränen ausbrechen. Luke fühlte plötzlich ein warmes Gefühl in sich aufsteigen und hatte das überraschende Bedürfnis, sie in den Arm zu nehmen und sie vor dieser ganzen Gesellschaft zu beschützen. Sie war viel zu zart und zerbrechlich für diese Welt. Warum konnten auch alle immer nur an Sex denken? Er hatte das nie verstanden.

Ohne nachzudenken, legte er seine Hand auf ihre Schulter.

»Es tut mir wirklich leid, dir all das zumuten zu müssen«, sagte er, und seine Stimme klang ganz weich. Jessica hob den Kopf und sah ihn an. Seine blauen Augen waren voller Mitgefühl. Und da war noch etwas in seinen Augen, das sie jedoch nicht fassen konnte. Etwas Warmes, Liebevolles, Beschützendes. Jessica verspürte plötzlich den übermächtigen Drang, sich in seine starken Arme zu werfen, an seine Brust zu schmiegen und ihn nie wieder loszulassen. Er sollte alles Unheil von ihr abwehren, vor allem diese sonderbaren Menschen mit ihren perversen Wünschen. Luke war nicht so. Es war ihm so unangenehm, das konnte sie deutlich sehen, und ganz sicher war diese blöde Party nicht seine Idee gewesen.

Sie versank in seinen wunderschönen blauen Augen, und wieder hörte die Welt auf, sich zu drehen. Die Sekunden wurden zu einer Ewigkeit. Jessica fühlte sich wie in Trance.

Abrupt zog Luke seine Hand zurück und räusperte sich.

»Du bekommst natürlich einen entsprechenden Bonus für diese Sonderleistung.« Jetzt sah er wieder ganz geschäftsmäßig aus. Jessica erwachte unsanft aus ihrem Taumel und sah ihn enttäuscht an. Sie wollte keinen Sonderbonus. Sie wollte, dass er sie wieder so ansah wie noch vor einem Augenblick, der sie in einen regelrechten Rausch versetzt hatte. Es war, als hätte sie ihm bis auf den Grund seiner Seele sehen können, als hätte er ihr etwas gezeigt, das er sonst nie jemandem zeigte. Oder drehte sie jetzt schon völlig durch, weil sie so geschockt war?

Jessica wusste, dass ihre beste Freundin Debbie immer für schräge Sachen zu haben war, und da Sex sowieso ihr liebstes Hobby war, hatte sie auch überhaupt nichts dagegen, andere Menschen beim Sex zu filmen. Im Gegenteil, sie war Feuer und Flamme!

»Klar mache ich das für dich!«, rief sie euphorisch und strahlte. »Das ist doch superinteressant! Geh du ruhig nach Hause – verstehe ich zwar nicht, aber ist ja egal – ich werde mir jedenfalls alles von Anfang bis Ende angucken, ich will nichts verpassen.« Ihre Augen glitzerten. Das hatte sie sich schon immer gewünscht: Echten Leuten bei echtem Sex zusehen! Außerdem: Patrick war einer von diesen Menschen, und obwohl sie es sich nicht einmal selbst eingestehen wollte, wurde sie ganz aufgeregt bei dem Gedanken, ihn dabei zu beobachten. Mehr noch: Es erregte sie. Aber das durfte sie Jessica auf keinen Fall sagen, denn die schien seit ihrer Trennung von Robin irgendwie ein etwas gestörtes Verhältnis zu Männern zu haben. Und dass Debbie ihre Männer wechselte wie andere Menschen ihre Hemden – das hatte nicht erst einmal zu erhitzten Diskussionen zwischen den Freundinnen geführt.

Jessica grinste schwach. Einerseits bewunderte sie es, wie locker Debbie mit dem Thema umging, andererseits verachtete sie manchmal fast deren Verhalten. Aber in diesem Fall war es die Rettung, denn so musste sie sich die Orgie nicht selbst ansehen!

Zwei Tage vor der Party ließen sich die beiden Frauen von einem Techniker des Clubs die Kameraanlage erklären und waren – zumindest technisch gesehen – nun bestens gerüstet.

Während Debbie völlig aufgeregt war und die Party gar nicht abwarten konnte, hielt Jessicas Freude sich spürbar in Grenzen. Sie wollte sich lieber erst gar nicht vorstellen, was da auf sie zukam. Am besten, sie begrüßte diese Madeleine Johnson und verschwand dann schnellstens nach Hause. Luke hatte ja recht – niemand würde wissen, ob sie filmte oder jemand anders.

Dann war es so weit! In einer Stunde würde die Party beginnen!

Jessica, die auf Madeleines Wunsch dasselbe Outfit trug wie am Abend im Theater, zündete riesige Kerzen in wuchtigen Metallständern an, während Debbie alle roten Lampen einschaltete. Sofort breitete sich eine warme Atmosphäre aus.

Der Club war nicht groß und wirkte sehr erlesen. Auf mehreren Ebenen standen rote Plüschsessel mit kleinen Glastischchen sowie einige Sofas. Sowohl die Sessel als auch die Sofas hatte Jessica mit farbigen Laken abgedeckt, denn hier würde es später sicher feucht-fröhlich zugehen. Matratzen, auf die sie rote Satinlaken gelegt hatte, waren ebenfalls vorhanden. Es gab eine Bar, eine Tanzfläche und eine Bühne, auf der ganz zu Anfang das erotische Ballett tanzen sollte. Auch hier war Jessicas

Einsatz gefragt, denn sie sollte den Vorhang öffnen und schließen und erst dann in die Kabine zum Filmen gehen.

Jessica kontrollierte das Büfett und die Getränke und spürte einen dicken Knoten im Bauch. Allein die Vorstellung, ihre Chefs beim Sex zu beobachten, ließ sie fast ohnmächtig werden. Immerhin hatte man sich darauf verständigt, dass nur zwei Kameras eingeschaltet wurden – alles, was sich außerhalb dieser Kameras abspielte, würde sie gar nicht sehen.

Obwohl sie es sich nicht eingestehen wollte, fürchtete sie sich am meisten davor, Luke dabei zusehen zu müssen. Wie sollte sie ihm jemals wieder in die Augen blicken können? Bei Patrick und Julian würde es schon schlimm genug sein, aber bei Luke war es irgendwie noch schlimmer. Sie wollte einfach nicht dabei zusehen, wie er mit einer Frau herummachte! Sie mochte Luke sehr und fand es degradierend, dass auch er einer von den seelenlosen Männern sein sollte, die wild in der Gegend herumbumsten. Das passte einfach nicht zu ihm! Er war ein Gentleman!

Jessica pustete sich das verschwitzte Haar aus der Stirn. Sie hatte Luke in dem Jahr, in dem sie für die Brüder arbeitete, förmlich auf einen Sockel gehoben. Er war stets höflich, charmant und elegant, ein Mann von Welt eben, und sie konnte und wollte sich einfach nicht vorstellen, dass er sich mit billigen Callgirls abgab. Okay, von billig konnte bei tausend Pfund pro Nacht und Mädchen zwar nicht die Rede sein, aber dass er sich allen Ernstes Frauen kaufte, passte einfach nicht zu ihm. Es zerstörte komplett das Bild, das Jessica von ihm hatte, und das machte sie irgendwie ganz fertig. Er sollte einfach nicht so sein!

Pünktlich um acht Uhr erschienen die Gäste, die drei Callgirls sowie ein Callboy, den Jessica in letzter Minute auf Julians Wunsch noch dazugebucht hatte. Die Brüder waren noch nicht anwesend, während das Ballett bereits hinter der Bühne wartete.

Jessica atmete tief ein und stakste mit butterweichen Knien auf Madeleine Johnson zu. Was für perverse Phantasien hatte diese Frau eigentlich? Jessica war nicht dumm; ihr war klar, dass es eine Bewandtnis haben musste, dass ausgerechnet sie diese Dame filmen sollte. Wahrscheinlich machte sie der Gedanke an.

Jessica bekam eine Gänsehaut. Was für eine unwirkliche Situation! Mrs. Johnson sah so vornehm und distinguiert aus wie immer, fast ein bisschen streng. Sie trug ein taubenblaues Kostüm, eine weiße Seidenbluse und hatte ihr blondes Haar zu einer kunstvollen Frisur hochgesteckt. Ihr ovales Gesicht war dezent geschminkt, ihre Haut glatt und rosig. Sie wirkte grazil und adrett in ihrem Outfit und sah eher aus, als ob sie ins Theater oder zu einer Vernissage gehen wollte. Jessica konnte sich beim besten Willen nicht vorstellen, dass diese Frau sich gleich körperlichen Gelüsten hingeben würde. Und sie sollte das dann auch noch filmen! Sie spürte, wie ihr Herz wild gegen ihre Brust hämmerte. Was mochte Mrs. Johnson in diesem Augenblick wohl denken? Ihre Wangen brannten, wahrscheinlich hatte sie einen knallroten Kopf.

»Hallo, Jessica«, gurrte Madeleine. »Was für eine Freude, Sie zu sehen!« Zu Jessicas Überraschung zog sie sie an sich. Jessica war so überrumpelt, dass sie es geschehen ließ. Was hätte sie auch tun sollen?

»Ich freue mich wirklich sehr, dass Sie mich filmen werden.« Madeleines Augen hinter den mehrfach getuschten Wimpern glitzerten, und sie sah Jessica bedeutsam an. Jessica registrierte, dass die Frau sehr verführerisch duftete. Klar, sie hatte ja noch einiges vor.

Jessica begann zu schwitzen und starrte Madeleine an. Sie wusste nicht, was sie erwidern sollte. Sie konnte ja schlecht sagen, dass sich ihr allein bei dem Gedanken der Magen umdrehte und sie sowieso ihre Freundin einsetzen würde. Und dass sie Madeleine geradezu pervers fand, wäre wohl auch nicht die richtige Erwiderung gewesen.

Madeleine lächelte und verschlang Jessica fast mit den Augen. Dann strich sie ihr zart eine Haarsträhne aus dem Gesicht. Jessica zuckte zusammen. Es war wie ein elektrischer Schlag.

»Ich hoffe, Sie haben dabei viel Spaß.« Madeleines Stimme wurde leicht heiser, und ihre Augen funkelten. Sanft strich sie übers Jessicas Arm, der ohnehin schon mit Gänsehaut übersät war.

»Ja … äh … danke.« Jessica schluckte mühsam.

»Gleichfalls«, fügte sie noch hinzu und spürte, wie ihr Gesicht prickelte. Was für eine peinliche Situation!

»Ich zeige Ihnen noch, welche beiden Kameras eingeschaltet sind. Sie müssten sich dann bitte hier oder dort aufhalten.« Jessica wies auf eine Matratze und einen Sessel. Madeleine nickte zufrieden.

»Das mache ich doch gerne. Behalten Sie mich bitte gut im Bild und machen Sie auch einige Nahaufnahmen von … na, Sie wissen schon.« Sie lachte etwas heiser, und Jessicas Herz klopfte wie verrückt. Wahrscheinlich würde sie den Abend gar nicht überleben, sondern an einem Herzinfarkt sterben. Mit zitternden Knien drehte sie sich um, rannte und stieß mit jemandem zusammen.

»Oh, hallo, heute so stürmisch?«, lachte Patrick. »Guten Abend.«

Patrick machte seinem Namen als Womanizer wie immer alle Ehre. Er trug eine schwarze Jeans und ein schwarzes Shirt, in dem sein durchtrainierter Körper bestens zur Geltung kam. Seine blauen Augen blitzten, seine blonden Haare hatten den üblichen »Out of bed«-Look, so dass man sofort das Bedürfnis verspürte, darin herumzuwuscheln.

»Hallo«, erwiderte Jessica. »Es sind schon alle da, und das Ballett wartet auch schon.«

»Perfekt«, fand Patrick und strahlte.

Schüchtern drängte Julian sich an seinem Bruder vorbei und sah sich mit großen Augen um. Er trug ein weißes Hemd und eine schwarze Lederhose und wirkte fast fragil. Kein Wunder – seit Jessica ihn kannte, war er ständig auf Diät.

»Wo ist denn Luke?«, erkundigte sich Jessica und merkte, dass ihre Stimme zitterte.

Patrick verdrehte die Augen.

»Der kommt nicht«, sagte Julian.

Jessica starrte ihn sprachlos an. Im selben Moment machte ihr Herz einen riesigen Freudensprung. Luke kam nicht! Sie würde ihm nicht beim Sex zusehen müssen! Sie hatte es ja gewusst – er war eben doch ein Gentleman und schlief nicht mit irgendwelchen bestellten Callgirls! Luke war anders als die anderen Männer!

Schlagartig lösten sich ihre Magenkrämpfe.

»Ach ... und wieso nicht?« Sie bemühte sich sehr, sich ihre Freude und Erleichterung nicht allzu sehr anmerken zu lassen.

»Er muss arbeiten.« Patrick zog seine linke Augenbraue hoch. »Samstagabend um acht! Der hat sie doch nicht mehr alle! Aber egal, wir amüsieren uns jedenfalls, was, Bruderherz?«

Julian nickte verlegen.

Jessica hätte laut singen können. Ihr fiel nicht nur ein Stein, sondern ein ganzes Gebirge vom Herzen. Luke war der Ehrenmann, für den sie ihn immer gehalten hatte. Das Ganze war Patricks Idee gewesen, und Luke hatte sich nur breitschlagen lassen, im letzten Moment aber doch die Notbremse gezogen. Weil es nicht seine Welt war, weil er das gar nicht nötig hatte und sich nicht auf dieses Niveau begeben wollte. Und da gehörte er auch definitiv nicht hin!

Julian und Patrick begrüßten Madeleine und Albert sowie die Callgirls Cherie, Claire und Scarlett und den Callboy Joshua. Man versorgte sich zuerst am Büfett mit erlesenen Speisen und Champagner und nahm dann in den flauschigen Sesseln Platz. Als das Gemurmel allmählich verebbte, drückte Jessica auf einen Knopf, mit dem sie mit der Garderobe der Balletttänzer verbunden war.

»Sind Sie so weit, soll ich den Vorhang öffnen?«, erkundigte sie sich und erhielt die Anweisung, den Vorhang in exakt sechzig Sekunden zu öffnen. Nach einer Minute zog Jessica an einem Hebel und der rote, schwere Vorhang öffnete sich langsam.

Auf der Bühne erschienen ein Balletttänzer und eine Tänzerin. Anmutig bewegten sie sich über das Parkett, sprangen leichtfüßig in die Luft. Grazil und anscheinend völlig schwerelos schwebten sie aufeinander zu, umfassten einander, trennten sich wieder. Gefesselt sah Jessica zu. Sie musste sowieso hierbleiben, um den Vorhang nach der Performance wieder zu schließen, da konnte sie auch zuschauen. Wie anmutig die beiden sich bewegten, wie schön sie aussahen! Jessica lehnte sich zurück und erschrak fast, als der Tänzer seine schöne

Partnerin in den Schritt fasste und sie hoch über sich schwenkte. Das war an sich noch nicht ungewöhnlich, doch als er sie sanft nach unten gleiten ließ, verharrte sein Gesicht kurz unter ihrem Bauchnabel, und er ließ seine Nase über ihre Scham gleiten. Richtig, es war ja ein erotisches Ballett!

In der nächsten Sequenz, als die Tänzerin in seinen Armen lag, fuhren ihre zierlichen Hände über die Ausbuchtung in der typischen hautengen Hose eines Balletttänzers. Der Tänzer spreizte seine Beine etwas und blieb in dieser Position. Seine Partnerin streichelte die sich vergrößernde Beule, denn auf ein Suspensorium hatten die Tänzer gänzlich verzichtet.

Der Tanz wechselte sich nun ab mit immer häufigeren Streicheleinheiten. Es war ungewöhnlich, faszinierend und erregend, ein einerseits klassisches Ballettspiel zu beobachten, das gleichzeitig immer intimer wurde. Schließlich öffneten beide einen Reißverschluss, der verborgen im Schritt lag, und gaben somit ihre Geschlechtsteile frei. Ein Raunen ging durch die Gäste.

Als der Tänzer beim nächsten Sprung seine Tanzpartnerin auffing, schlang sie die Beine um seine schmalen Hüften und führte seinen Penis in sich ein. Er bewegte sie auf und nieder, kniete sich dann hin und führte seine anmutigen Bewegungen fort. Immer noch war es mehr Ballett als Sex und wirkte nicht im Geringsten anstößig. Es sah einfach nur bezaubernd aus, die Bewegungen waren weich und geschmeidig.

Nun betraten weitere sechs Tänzer, drei Frauen und drei Männer, die Bühne. In der nächsten halben Stunde drehten sie sich, warfen sich gegenseitig in die Luft, umschlangen sich, drehten ihre Pirouetten – und berührten sich wie zufällig immer wieder an ihren intimsten Stellen, bis sie schließlich im großen Finale alle auf der Bühne lagen und sich leckten, streichelten oder penetrierten. Die Bühne war von leisem Stöhnen erfüllt, die Musik hatte aufgehört. Es war ein überaus faszinierender, stimulierender Anblick. Die Frauen zuckten und wanden sich unter den Zungen und Fingern der Männer ebenso wie die Männer, wenn die Frauen ihre Penisse massierten oder in den Mund nahmen.

Am Schluss, als die Musik wieder erklang – sehr leise, damit sie nicht das Stöhnen der erregten Menschen übertönte – war jedes Paar körperlich ineinander versunken. Einer nach dem anderen der Männer stöhnte laut auf, als er seinen Höhepunkt erreichte – oder simulierte – und umschlang danach anmutig seine Partnerin, um verschlungen mit ihr liegenzubleiben. Es war ein grandioses Schlussbild. Die Musik verebbte. Eine Weile war es still, dann klatschte das Publikum begeistert.

Jessica war ganz ergriffen. Was für ein wunderschöner Akt der Hingabe! Fast hätte sie vergessen, den Hebel zu betätigen, der den Vorhang wieder schloss, so versunken war sie in den Anblick. Ihr Job hier war beendet, nun musste sie in den Kameraraum. Vorher riskierte sie jedoch einen schnellen Blick ins Publikum.

Madeleines Wangen waren gerötet, und auch die beiden Brüder hatten ihre Gesichtsmuskeln nicht mehr ganz unter Kontrolle. Nur Mr. Johnson saß steif und starr da und schien völlig unbeeindruckt von der Performance zu sein.

»Das war ja … sehr anregend«, sagte Madeleine mit heiserer Stimme und erhob ihr Glas. »Stoßen wir an auf weitere prickelnde Momente.« Die Sektkelche klirrten.

Die blonde Claire, die ein langes weißes Abendkleid mit einem Dekolleté bis zum Bauchnabel trug und die rothaarige Scarlet, die ihren perfekten Körper in weiße

Dessous gehüllt hatte, setzten sich zu Mr. Johnson, der sie lüstern ansah.

Nun erhob sich Patrick. Er war wie immer lässig in Jeans und T-Shirt gekleidet – und die Jeans hatte schon eine ziemliche Beule. Jessicas Kloß im Hals wurde größer, und sie blieb wie angewurzelt stehen. Patrick ging schnurstracks auf Madeleine zu und packte sie bei der Schulter.

»Steh auf!«, herrschte er sie an. »Ich weiß, was du brauchst.« Madeleines Gesicht überzog sich mit einer feinen Röte, aber sie stand sofort auf. Patrick sah sie streng an. Dann nahm er ihre Hand und führte sie direkt vor eine der Kameras.

»Du ziehst dich jetzt aus«, befahl er.

Jessica machte, dass sie in ihre Kabine kam. Jetzt ging es also los!

»Kamera läuft«, begrüßte Debbie sie mit roten Wangen. »Madeleine ist bestens im Bild.«

Jessica warf einen Blick auf den Bildschirm und sah, wie Madeleine gehorsam die Jacke ihres Kostüms aufknöpfte. Patrick starrte sie unverwandt an. Dann folgte der Rock, schließlich die Bluse – und die vornehme Mrs. Johnson stand im weißen Body vor Patrick. Sie hatte volle Brüste und eine makellose Figur. Trotz ihres Alters konnte sie mühelos mit den Callgirls mithalten – wenn Jessica auch bezweifelte, dass alles an ihr echt war.

Madeleines Busen hob und senkte sich heftig. Patrick ergriff wieder ihre Hand und legte ihr eine Handschelle an, erst an der rechten, dann an der linken Hand. So geschickt, wie er die Handschellen befestigte, tat er das nicht zum ersten Mal. Auch Madeleines Füße wurden in Ketten gelegt. Schließlich stand Madeleine vor ihm – lang gestreckt, hilflos, wehrlos, ausgeliefert. Sie schloss die Augen.

Patrick goss sich in aller Ruhe ein Glas Champagner ein und trank einen Schluck. Dann hatte er plötzlich eine Gerte in der Hand. Er ging einmal um Madeleine herum und fuhr dann mit der Gerte über ihren Hals, hinunter zum Dekolleté. Dann strich er mit dem Endstück langsam über die Stelle unterhalb ihres Bauchnabels und ging tiefer. Madeleine seufzte auf und begann leicht zu zittern. Zwischen ihren Beinen konnte man auf ihrem weißen Body eine winzige feuchte Spur sehen.

Jessicas Mund wurde trocken, und sie wandte den Blick ab. Sie hatte das Gefühl, es gehörte sich einfach nicht, Mrs. Johnson bei den Intimitäten zu beobachten – auch, wenn diese das unbedingt wollte.

Scheu glitt ihr Blick zur Seite, wo Debbie fast in den Bildschirm hineinkroch. Die schien derartige Skrupel nicht zu haben.

Eigentlich kann ich jetzt gehen, dachte Jessica, denn schließlich filmte Debbie. Sie zögerte. Ja, sie konnte gehen, es gab keinen Grund, warum sie noch länger hierbleiben sollte. Doch irgendetwas in ihr sträubte sich dagegen. Irgendetwas hielt sie hier fest. Mit klopfendem Herzen drehte sie ihren Kopf wieder um und starrte auf den Monitor.

Patrick glitt nun mit der Gerte genau über die winzige feuchte Stelle, wieder und wieder. Madeleine begann leise zu stöhnen, ihr Becken vibrierte leicht. Dann zog Patrick die Gerte abrupt zurück und holte etwas aus einer Tasche. Jessica erkannte einen roten Plüsch-Vibrator. Er schaltete ihn ein und strich damit eine Zeit lang über Madeleines Po. Schließlich ließ er den Vibrator zwischen ihre Beine gleiten. Madeleines Stöhnen wurde lauter. Patrick reizte Madeleine eine Weile mit dem Vibrator, dann entzog er ihn ihr ebenso abrupt, wie er vorher die Gerte weggezogen hatte. Madeleine stöhnte frustriert auf und öffnete die Augen. Patrick sah sie unverwandt an, tat aber nichts. Madeleine versuchte ihr Becken zu bewegen. Verzweifelt blickte sie ihn an. Es war ihr deutlich anzusehen, dass sie nach einer weiteren Stimulation lechzte. Doch Patrick tat ihr diesen Gefallen nicht.

Stattdessen begann er sanft über seine Jeans zu streichen und ließ Madeleine dabei nicht aus den Augen. Sie begann zu wimmern und starrte verlangend auf seine Hose. Doch Patrick machte keinerlei Anstalten, irgendetwas zu tun.

Dafür tauchte der Callboy Joshua plötzlich hinter Madeleine auf. Sie konnte ihn nicht sehen und zuckte erschrocken zusammen, als er sie von hinten umschlang. Dann erkannte sie ihre Chance und begann verlangend ihren Po an ihm zu reiben.

»Bitte«, flehte sie. Ihre vornehmen Gesichtszüge waren ihr komplett entglitten. »Bitte …«

Joshua fackelte nicht lange, zog seine Hose bis zu den Knien herunter und schob seinen steifen Penis ein Stück zwischen Madeleines Beine, die beglückt aufschrie, und rieb sich an ihren Oberschenkeln. Der feuchte Fleck auf ihrem Body wurde größer.

Patrick lehnte an einem Sessel und sah Madeleine und Joshua einfach nur zu. In seinem Gesicht zuckte es. Offenbar erregte ihn das, was er sah. Seine Hand streichelte die Beule seiner Hose. Jessica spürte, wie ihr Herz bis zum Hals klopfte. Patrick so zu sehen, war schon sehr … speziell. Natürlich hatten auch ihre Chefs ein Liebesleben, aber sie hatte nie darüber nachgedacht. Warum auch? Das ging sie schließlich nichts an. Aber nun, wo Patrick mit einer Erektion unter seiner Jeans hier stand, war das Sexleben ihrer Chefs plötzlich sehr real und ging sie sehr wohl etwas an. Und es war … durchaus erregend, ihn so zu sehen.

Joshua knöpfte mit flinken Fingern Madeleines Body im Schritt auf. Madeleine stöhnte und warf ihren Kopf in den Nacken. Ihr perfektes Make-up bekam Risse, ihr Gesicht glänzte, und ein Schweißtropfen perlte an ihrem Hals entlang. Jessica konnte all diese Details so gut erkennen, weil Debbie soeben den Zoom betätigt hatte, und sie nun dadurch Madeleines aufgelöstes Gesicht groß vor sich sah.

Debbie zoomte wieder zurück und richtete die Kamera auf Joshuas beachtlichen Penis, der sich immer heftiger zwischen Madeleines Beinen rieb. Auch Madeleine bewegte sich und war bemüht, Joshua in sich aufzunehmen, doch er entwischte ihr immer wieder und tat ihr nicht den Gefallen. Man konnte auch ohne Zoom deutlich sehen, dass Madeleine es kaum noch vor lauter Wollust aushielt, den Penis endlich in sich zu spüren.

»Du bist ziemlich mannstoll.« Patrick sah Madeleine unbarmherzig an.

»Du schubberst dich an ihm wie eine läufige Hündin. Du kannst es wohl gar nicht mehr erwarten, bis er dich aufspießt, was? Schämst du dich nicht?«

Madeleines Antwort war ein lautes Stöhnen.

»Hör auf!«, sagte Patrick barsch zu dem Callboy. »Sie soll warten.«

Joshua gehorchte Patrick aufs Wort und zog sich von Madeleine zurück, die frustriert aufjaulte.

»Zeig ihr deinen Stab«, wies Patrick Joshua an. Joshua gehorchte abermals und begann seinen riesigen Penis sanft zu reiben. Madeleine sah ihm aus glasigen Augen dabei zu.

»Na, du lüsternes Frauenzimmer, da quellen dir die Augen über, was?« Patrick rieb jetzt etwas schneller über seine ausgefüllte Jeans. Madeleines Becken zuckte.

»Den hättest du jetzt gern in dir, nicht wahr?«

Madeleine schluckte und nickte.

»Sag es!«, forderte Patrick sie mit schroffer Stimme auf. »Sag uns, dass du einen dicken Phallus in dir haben willst. Sag uns, wie liebestoll du bist.«

Madeleine atmete heftiger, blieb aber stumm. Flehend sah sie die beiden Männer, deren Erregung unübersehbar war, an.

»Sie will uns nicht sagen, wie geil sie ist.« Patrick zuckte mit den Schultern.

»Na gut, wenn sie nicht will ... Es gibt ja noch andere Frauen hier im Raum, die sich bestimmt glücklich schätzen, wenn sie unsere Schwänze spüren dürfen.«

Er drehte sich um und schickte sich an zu gehen. Joshua folgte seinem Beispiel.

»Nein, halt!« Madeleines Stimme war kaum mehr als ein Wimmern. Ihr Becken zuckte jetzt heftiger, ihr Gesicht glänzte.

»Nein, ich ... ich sag's ja.«

Man konnte deutlich spüren, wie sie mit sich kämpfte. Wie es ihr peinlich war, ihre Erregung zu artikulieren. Aber gleichzeitig schien sie auch Angst davor zu haben, ganz allein hier zu stehen, unbefriedigt, unausgefüllt, erregt.

»So, du hast es dir also überlegt.« Patrick kam wieder näher. Jessica konnte nicht anders, sie musste immer auf die Beule in seiner Jeans starren.

»Nun, ich höre.«

»Ich bin geil.« Madeleines Stimme war nicht lauter als ein Wispern.

»Du musst lauter sprechen«, forderte Patrick sie mit einem diabolischen Grinsen auf.

»Ich bin geil.« Madeleines Stimme wurde einen Hauch lauter. Sie zitterte am ganzen Körper vor Verlangen.

»Hörst du was?« Fragend sah Patrick den Gigolo an. Der grinste nur und schüttelte den Kopf.

»Komm, wir gehen.« Die beiden wandten der gepeinigten Madeleine den Rücken zu.

»Ich bin geil!«, schrie Madeleine völlig außer sich. Ihr ganzer Körper bebte. »Ich bin geil und will befriedigt werden!« Sie begann zu schluchzen.

Auf Jessicas Stirn bildeten sich kleine Schweißperlen. Alles in ihr rumorte, ihre ganze Welt stand Kopf. Einerseits war es ihr peinlich, die vornehme Mrs. Johnson so aufgelöst zu sehen. Sie wollte gar nicht wissen, dass die Auftraggeberin ihrer Chefs in Handschellen irgendwo stand und um Sex bettelte. Von einem ihrer Chefs! Ob die Johnsons deshalb so viele Aufträge herüberreichten? Hatte Patrick schon seit längerer Zeit mit Madeleine eine Affäre? Er trieb es mit ihr, und sie schanzte ihm deshalb millionenschwere Aufträge zu?

Andererseits – und das gestand Jessica sich selbst nur höchst ungern ein – war sie fasziniert von dem, was sie da sah. Die aufs Höchste erregten Menschen, ihre unübersehbare Wollust, das, was sie miteinander taten ... Jessica konnte kaum noch atmen. Außerdem hatte es einen ganz besonderen Reiz, denn sie kannte diese Menschen bisher nur aus ihrem beruflichen Umfeld – und nun konnte sie sie so enthemmt beobachten. Ein Reiz, der sie mehr und mehr in seinen Bann zog. Jessica blieb wie angewurzelt auf ihrem Stuhl sitzen. Um nichts in der Welt hätte sie jetzt gehen können. Sie war wie hypnotisiert. Sie musste einfach bleiben.

Patrick trat so dicht an Madeleine heran, dass er sie fast berührte. Madeleine atmete heftig und laut.

»Soso, du willst also gestoßen werden.« Er befreite ihre schweren Brüste aus dem Body und strich leicht darüber. Sie zuckte heftig zusammen.

»Benimmt man sich so auf einer Party mit fremden Leuten? Was ist mit deinen guten Manieren? Schämst du dich nicht? Was würden die Leute von dir denken, die dich als die disziplinierte Mrs. Johnson kennen, als die wir dich auch kennengelernt haben? Ich muss sagen, du überraschst mich.« Patrick öffnete den obersten Knopf seiner Jeans.

»Bitte.« Madeleine sah Patrick mit einem wirren Blick voller Gier an. Er zog seinen Reißverschluss auf. Madeleine starrte verlangend auf seine Hose. Patrick strich leicht über seinen harten Penis.

»Wir haben Zeit«, gab er bekannt. Dann trat er wieder näher an Madeleine heran und fuhr mit dem Mittelfinger zwischen ihre Beine. Madeleine schrie auf und drückte ihren Unterleib fest gegen seine Hand.

»Bitte!«, wimmerte sie wieder und begann sich an seiner Hand zu reiben.

»Gefällt dir das?«, fragte Patrick mit rauer Stimme.

»Ja«, stöhnte Madeleine. Sie schloss die Augen und gab sich ganz ihrer Erregung hin.

Patrick bewegte seine Finger rhythmisch auf und ab. Debbie zoomte ihn heran. Nun hatten sie Madeleines Geschlechtsteil ganz nah vor der Kamera. Es war feucht und angeschwollen. Jessica konnte erkennen, dass Patrick einen Finger in die Vagina hineinsteckte und mit dem Daumen Madeleines Klitoris stimulierte.

»Später werden wir entscheiden, ob du gefickt wirst«, bestimmte Patrick und ließ seinen Finger hin und her tänzeln. Mit der anderen Hand griff er nach seinem Penis. Madeleine stöhnte lauter.

»Gefällt dir das?«

»Ja … o ja …«

Debbie zoomte wieder, und zwar diesmal auf Patricks Hose. Seine Penisspitze lugte aus seiner Jeans hervor, und er ließ seine Finger sanft darübergleiten.

Joshua näherte sich Madeleine wieder von hinten. Er sah Patrick abwartend an. Der nickte ihm kurz zu. Joshua schob seinen steifen Penis ein zweites Mal zwischen Madeleines Beine, die entzückt aufschrie.

»Ja, das gefällt dir. Der eine reibt dich schön, der andere gibt dir sein Glied.« Patricks Stimme war heiser. Er zog seine Jeans ein wenig nach unten. Jessica vergaß vorübergehend zu atmen. Sie konnte nun ganz deutlich seinen Penis sehen, der aus der Hose ragte. Patrick strich langsam über seinen Schaft.

»O … o …« Madeleine sah Patrick aus glasigen Augen zu, wie er sich selbst streichelte. Ihr Unterleib vibrierte, und sie versuchte sich gegen seine Hand zu pressen.

»Du bist ganz schön nass.« Patricks Stimme war rau. »Du bist lüstern bis zum Anschlag.«

Madeleines Stöhnen wurde immer lauter, er machte seine Sache offenbar gut. Patrick, dessen Adern auf seiner Stirn hervorgetreten waren, massierte sie noch eine Weile, genau wie sich selbst auch, zog jedoch dann abrupt seine Hand weg. Madeleine schrie frustriert auf.

»Mach weiter!«, keuchte sie und stierte Patrick völlig aufgelöst an.

»Ich bin … gleich so weit. Nur noch ein paar Sekunden, ich komme … jeden Moment.« Madeleine konnte vor lauter Erregung kaum noch sprechen. Sie zitterte wie Espenlaub. Ihre kunstvolle Frisur hatte sich vollkommen aufgelöst.

Patrick sah sie unerbittlich an und ließ seinen Penis los.

»Jetzt lassen wir dich erst mal eine Weile alleine«, verkündete er. »Es wird dir nicht schaden, wenn du nur zusehen kannst.«

»Nein!«, schrie Madeleine völlig außer sich. Ihr Kopf ruckte hin und her, und sie zerrte an ihren Fesseln. »Bitte, bitte mach weiter! Ich halte es nicht aus! Bitte, reib mich! Bitte! Ich brauche jetzt meinen Orgasmus! Ich muss kommen! Bitte, quäl mich nicht länger!«

Doch Patrick drehte sich entschlossen um und wandte sich von Madeleine ab. Sie wimmerte immer lauter, je weiter Patrick sich entfernte. Verzweifelt presste sie ihre Beine zusammen, doch sie hatte keine Chance. Sie konnte nichts machen als einfach nur gefesselt dazustehen und zu hoffen, dass sie bald jemand erlöste. Debbie filmte ihr Gesicht in Großaufnahme, die Ohnmacht, die Verzweiflung, die ungestillte Gier. Madeleine weinte fast vor unbefriedigter Geilheit.

»Jessy, kannst du jetzt mal weitermachen?«, fragte Debbie mit heiserer Stimme. Jessica warf einen Blick nach links und erstarrte. Ihre Freundin hatte sich weit zurückgelehnt und vollführte mit ihrer rechten Hand rhythmische Bewegungen zwischen ihren Beinen.

»Was machst du denn da?«, stellte Jessica eine rein rhetorische Frage. Ihre Stimme war kratzig. Debbies Antwort war ein Schnaufen.

»Macht dich das nicht an?«, keuchte Debbie und rieb schneller. Jessica wurde es heiß. Nicht nur im Gesicht, sondern auch zwischen den Beinen. Doch, es machte sie an. Fast schämte sie sich deshalb, aber es machte sie so sehr an, dass sie unruhig auf ihrem Stuhl hin und her zu rutschen begann. Sie hätte sich jetzt auch am liebsten angefasst, traute sich in Debbies Gegenwart jedoch nicht. Außerdem musste sie ja nun das Filmen übernehmen.

Auf dem zweiten Monitor sah sie die platinblonde Cherie mit dem absolut vollkommenen Körper, die mit weit geöffneten Beinen auf einer Matratze lag und leise stöhnte. Albert kniete zwischen ihren Beinen und fuhr mit seiner Zunge an ihren Oberschenkeln entlang. Je höher er kam, desto heftiger zuckte Cheries Becken. Julian hatte sich ihren Brüsten gewidmet, die er sanft umkreiste. Dann strich er über ihre Nippel. Cherie stöhnte lauter. Entweder war sie wirklich erregt, oder sie war eine verdammt gute Schauspielerin, denn ihre Lust wirkte auf Jessica sehr echt. Andererseits war sie ein Callgirl, und für 1000 Pfund pro Nacht konnte man da schon mal Lust simulieren.

Jessica biss sich auf die Lippe und betrachtete ihre Chefs. Patrick hatte einen sportlichen, durchtrainierten Körper, das hatte sie natürlich auch vorher schon gewusst, aber dass er so muskulös war, war ihr nicht aufgefallen. Seine Oberarme waren stark und athletisch, und durch die regelmäßigen Besuche in der hauseigenen Sonnenbank war er überall ebenmäßig braun. Er trug nur noch eine schwarze Unterhose, in der man seine festen Pobacken ahnen konnte.

Julian war eher dünn und schlaksig und hatte nicht ganz so viele Muskeln wie sein Bruder. Auch er war bis auf eine Boxershorts entkleidet.

Während Albert die blonde Cherie immer noch voller Hingabe leckte, stieg Patrick plötzlich über das Mädchen und setzte sich auf ihre Brust. Cherie öffnete die Augen. Ohne ein Wort zu sagen, packte Patrick sie beim Schopf und schob ihr seinen prallen Penis in den Mund. Cherie begann artig zu saugen. Patrick schloss die Augen. Albert ließ von Cherie ab und richtete sich mit rotem Kopf auf. Dann platzierte er sich leicht zitternd und mit Schweißperlen auf der Stirn vor ihre Vulva und stieß sein Glied in sie hinein. Da Cherie nicht viel mehr sehen konnte als Patricks Glied, kam Alberts Eindringen für sie völlig unerwartet. Sie schrie leicht auf und biss Patrick versehentlich in den Penis. Patrick jaulte auf und zog sein bestes Stück sofort aus Cheries Mund. Zornig sah er sie an.

»Das wirst du mir noch büßen«, zischte er und sprang auf.

Dann ging er auf Madeleine zu. Ein Hoffnungsschimmer blitzte in ihren Augen auf. Jessica drückte geistesgegenwärtig die Aufnahmetaste, da Debbie in ihrem Zustand dazu nicht mehr in der Lage zu sein schien.

»Bist du bereit für einen wilden Ritt?«

Madeleine kullerten Tränen über die Wangen.

»Bitte!« Ihre Stimme war nur noch ein Krächzen. »Bitte, quäl mich nicht länger. Ich halte es nicht mehr aus.«

»Wieso quäle ich dich? Habe ich dich eben nicht ordentlich gefingert?«

»Doch«, flüsterte Madeleine unglücklich.

»Ich würde sagen, du revanchierst dich erst mal dafür, bevor ich es dir besorge«, sagte Patrick harsch. »Du kannst mein Glied mit deiner Zunge verwöhnen – aber wehe, du beißt rein wie die andere da, dann lasse ich dich die ganze Woche hier hängen, das verspreche ich dir.«

Madeleine schluckte. Das waren nicht gerade freudige Aussichten.

»Du machst es mir ganz langsam«, bestimmte Patrick. »Du fährst mit deiner Zunge ganz sanft um meinen Schaft und verwöhnst ihn sehr zärtlich. Hast du verstanden?«

»Ja«, wisperte Madeleine. Patrick band sie endlich los, und Madeleine konnte ihr Glück kaum fassen. Er kniete sich auf ein weißes Kissen. Madeleine ging in die Knie und fasste nach seinem Glied.

»Schön vorsichtig!«, raunzte Patrick sie an, noch bevor sie seinen Penis überhaupt in die Hand genommen hatte. Madeleine nickte und rieb sanft den Schaft auf und ab. Patrick schien sich etwas zu entspannen.

Dann glitt sie mit ihrem Kopf tiefer. Patrick hielt sie an den Haaren fest, um sie zurückreißen zu können, falls sie es ihm zu hart machen würde.

Madeleines Mund schloss sich um seine dicke Eichel. Dann bewegte sie ihren Kopf leicht auf und ab. Patrick hielt immer noch ihren Kopf fest, um eingreifen zu können. Doch offenbar war das nicht nötig. Er seufzte tief auf und schloss seine Augen. Dann begann er leise zu stöhnen.

»Ja, mach's mir.« Er bewegte sein Becken leicht vor und zurück.

Nun tauchte Joshua plötzlich wieder auf. Er näherte sich Madeleine von hinten und umfasste ihr Becken mit beiden Händen. Madeleine zuckte kurz zusammen, widmete sich aber mit derselben Intensität Patricks zuckendem Penis.

Joshua schob ihre Pobacken auseinander und legte sich unter sie, so dass er sie lecken konnte. Madeleine begann zu zittern.

Patrick, weit zurückgelehnt, hatte seinen Penis in Madeleines Mund. Er ruckte vor und zurück und stöhnte immer lauter. Madeleines Becken zuckte unter Joshuas Oralkünsten immer heftiger, und es schien, als knickten ihr fast die Beine weg. Und Joshuas Penis stand kerzengerade und wartete nur darauf, dass ihn jemand bestieg. Das war wirklich ein höchst erregender Anblick!

Abrupt zog Patrick seinen Penis aus Madeleines Mund und ging auf Cherie zu, die ihn ängstlich ansah.

»Kommen wir nun zu dir«, sagte Patrick barsch. »Du fandest es wohl witzig, mir eben in die Eichel zu beißen, was?«

»Aber ... das habe ich doch nicht extra gemacht«, wisperte Cherie.

»Egal. Du hast es gemacht.« Patrick griff in ein Kästchen, das auf einem der kleinen Beistelltische stand und befestigte eine Klemme an Cheries Brustwarze. Cherie schrie auf. Patrick irritierte das jedoch nicht im Geringsten, er versah auch Cheries andere Brustwarze mit einer Klemme. Cherie begann zu wimmern.

Seelenruhig beförderte Patrick nun einen riesigen Dildo ans Tageslicht. Er hatte gewaltige Ausmaße, die nichts mit der Realität zu tun hatten.

»Möchtest du den hinten oder vorne genießen?«, erkundigte Patrick sich kalt. Cherie schüttelte verzweifelt den Kopf.

»Bitte nicht«, flüsterte sie. »Der ist viel zu groß.«

»So was kann nie groß genug sein«, erklärte Patrick und griff mit der Hand zwischen Cheries Beine. Sie zuckte heftig zusammen, als er ihre Schamlippen teilte und den Dildo einführte. Dabei schwoll seine Ader auf der Stirn an. Dieses Szenario erregte ihn offenbar sehr.

Cherie schrie auf, doch Patrick kannte kein Erbarmen. Er drückte so lange, bis der gigantische Dildo vollends in Cherie verschwunden war.

»Na siehst du, dein Loch ist ja doch groß genug«, stellte Patrick fest und hatte wie durch Zauberhand einen zweiten, weitaus kleineren Dildo in der Hand. Cherie schloss die Augen und zitterte am ganzen Körper. Sie war schweißnass.

Patrick griff nach einer kleinen Dose mit Gleitgel. Damit rieb er Cheries Anus ausgiebig ein und setzte dann den kleinen Dildo an ihr Hinterteil. Cherie schluchzte leise, sagte aber nichts mehr. Patrick, dessen Penis jetzt beachtliche Ausmaße angenommen hatte, schob den Dildo langsam in Cheries Anus. Als auch dieser vollends in ihr verschwunden war, stand Patrick auf, sah sich sein Werk an und rieb über seinen Schaft. Es erregte ihn, Cherie so zu sehen – gefesselt, mit zwei Dildos in sich und zwei Brustklemmen. Er rieb schneller.

»Wie geht es dir, wenn beide Löcher gestopft sind?«, fragte er heiser. Cherie sah ihn gequält an. Patrick massierte noch ein paar Mal seinen Schaft und starrte sie dabei unentwegt an.

Madeleine kniete inzwischen auf allen vieren, Joshua dicht hinter ihr. Erwartungsvoll und zitternd hielt Madeleine ihm ihr Becken entgegen und wollte das Glied in sich hineinschieben, doch Joshua hielt sie fest. Madeleine stöhnte auf. Joshua nahm seinen Penis in die Hand und strich sanft damit über Madeleines Eingang. Madeleine nahm ihren Kopf in beide Hände und schluchzte unterdrückt. Erst ließ man sie unbefriedigt gefesselt dastehen – und jetzt, wo sie endlich gestoßen werden wollte, versagte man ihr auch noch diese Befriedigung.

Joshua strich zärtlich über Madeleines Hinterteil. Dann führte er seine Eichel in ihre Vagina ein. Sie stöhnte entzückt auf. Endlich!

Nun packte auch Joshua die pure Wollust, die man ihm deutlich ansehen konnte. Sein Gesicht war verzerrt, sein schweißnasser Rücken glänzte, und er biss die Zähne zusammen. Stöhnend begann er Madeleine zu stoßen. Er bewegte sich zuerst quälend langsam in ihr, dann immer schneller.

Jessica sah die rhythmischen Bewegungen der beiden, die Wollust auf ihren Gesichtern. Madeleine schrie wie am Spieß, warf den Kopf hin und her und stieß Joshua heftig ihr Becken entgegen. Joshua bumste sie nun hart und unbarmherzig, immer schneller und fester.

»Ja, gib's mir!«, schrie Madeleine völlig außer sich und rollte mit den Augen. »O Gott, ist das gut!« Sie stöhnte hemmungslos, der Schweiß tropfte an ihrem Körper hinunter, die Haare klebten in ihrem Gesicht. In Joshuas Gesicht arbeitete es. Offenbar hatte er Mühe, bei den wilden Bewegungen, die Madeleine vollführte, seinen Orgasmus hinauszuzögern.

Zu genau dem gelangte Debbie offensichtlich gerade, wie ihr lautes Stöhnen verriet. Jessica schloss die Augen. Sie wusste langsam nicht mehr, ob sie das alles hier real erlebte oder vielleicht gerade nur träumte. Es war alles einfach zu abgefahren.

Joshua hielt Madeleines Pobacken fest und zog sich langsam aus ihr heraus. Madeleine sah ihn fiebrig an. Offenbar hatte sie noch nicht genug.

Wie auf Kommando tauchten Scarlet, Jessicas Double, und Claire neben ihr auf. Sofort stand die Gier wieder in Madeleines Augen. Seufzend sank sie auf den Rücken. Die beiden Mädchen ließen sich jeweils zu Madeleines linker und rechter Seite nieder. Dann begann Scarlet sanft Madeleines verschwitzte rechte Brust zu streicheln, Claire tat dasselbe auf der anderen Seite mit Madeleines linker Brust. Madeleines Becken zuckte heftig, ihre Nippel stellten sich auf.

Die beiden Mädchen streichelten Madeleines Schultern, ihre Arme, die Außenseiten ihres Körpers. Es war jedoch deutlich zu sehen, dass Madeleine eine ganz andere Stimulation brauchte. Sie griff nach Scarlets Hand, öffnete die Beine und führte Scarlets Hand zwischen ihre Schenkel. Scarlets schmaler Finger begann Madeleines Klitoris zu umkreisen. Madeleine stöhnte laut und zog Claire dicht zu sich heran. Dann küsste sie das

Callgirl auf den Mund. Claire erwiderte gehorsam ihren Kuss und versenkte ihre Zunge in Madeleines Mund. Während die beiden Frauen sich zärtlich küssten und Madeleine dabei nach Claires kleinen, festen Brüsten griff, massierte Scarlet in kreisenden Bewegungen Madeleines Kitzler. Jessica stellte den Zoom ein und sah, dass Madeleine vor Nässe triefte. Ihr Stöhnen wurde immer lauter. Sie musste bald so weit sein. Scarlets Bewegungen wurden schneller, Madeleine half ihr, indem sie ihr Becken unaufhörlich kreisen ließ.

»Zeig mir deine Möse«, krächzte Madeleine und zitterte am ganzen Leib. Claire stellte sich so vor Madeleine hin, dass diese ungehindert Aussicht auf Claires Scham hatte. Madeleines Unterleib vibrierte.

»Albert!«, schrie sie plötzlich. »Albert!«

Nun erschien Albert auf dem Bildschirm, stellte sich hinter seine Gattin und schob ihr seinen Daumen in den Mund. Madeleine begann daran zu nuckeln und kam fast im selben Moment. Sie stöhnte laut auf, presste ihre Beine fest zusammen und zuckte unkontrolliert hin und her. Jessica kam es so vor, als würde Madeleines Orgasmus Minuten dauern. Schließlich blieb sie erschöpft und schweißüberströmt liegen. Ihr Gatte streichelte ihr zärtlich übers Haar und bedeutete den beiden Callgirls mit einem Kopfnicken, ihn jetzt allein mit seiner Frau zu lassen. Scarlet und Claire zogen sich sofort zurück.

Liebevoll zog Albert Madeleine an sich, die ihren Kopf in seinem Schoß bettete. Es war eine rührende Geste. Jessica schluckte und hielt sie auf dem Film fest. Wahrscheinlich war ihre Arbeit hiermit beendet, denn Madeleine sah nicht so aus, als würde sie heute noch einmal von den Ohnmächtigen auferstehen. Sie hatte sich in Alberts Schoß gekauert und schien vor sich hinzudämmern.

Jessica sah zum anderen Monitor und rieb sich die Augen. Sie glaubte einfach nicht, was sie da sah:

Julian hatte sich auf alle viere gekniet und hielt Joshua verlangend sein Hinterteil entgegen. Der rieb Julians Anus gerade mit Gleitgel ein und setzte dann seinen Penis, der schon wieder steif war, an. Julian zuckte etwas zusammen, Jessica nicht minder. Julian trieb es mit einem Mann?

Nun begann Joshua sich langsam in Julian hineinzubohren. Zuerst verschwand seine dicke rote Eichel in Julian.

»Ah!«, stöhnte Julian. »O Gott, ist der groß.«

»Ich bin vorsichtig«, flüsterte Joshua.

Jessica hatte noch nie zwei Männer miteinander gesehen und war nicht sicher, wie sie das finden sollte.

»Wow, ist das toll«, sagte Debbie und hatte schon wieder ihre Hand in ihrem Slip. »Zwei Männer, das wollte ich schon immer mal live sehen.«

Joshuas Penis war bislang nur zur Hälfte in Julians Anus verschwunden. Julian war schweißgebadet und zitterte vor Erregung und Gier.

»Entspann dich«, sagte Joshua sanft und strich Julian über den glänzenden Rücken. »Du hast das noch nicht oft gemacht, was?«

Julian schüttelte den Kopf.

»Nein, aber ... ich will es so sehr. Ich will dich spüren – tief in mir drin.« Julian begann wieder vor lauter Verlangen zu zittern.

Atemlos sah Jessica zu, wie sich Joshua langsam vorwärtsschob. Julian schien es sehr zu erregen, denn sein erigierter Penis zuckte aufgeregt.

Die rothaarige Scarlet näherte sich den beiden Männern.

»Braucht ihr Hilfe?«, gurrte sie.

»Ja, blas mir einen«, stieß Julian zwischen den Zähnen hervor, während der Schweiß von seinem Gesicht tropfte und auf dem Handtuch landete. Scarlet kroch blitzschnell unter ihn, legte sich auf den Rücken und nahm Julians harten Penis in den Mund. Gleichzeitig glitt Joshua etwas tiefer in ihn hinein und begann sich vorsichtig zu bewegen. Der Ausdruck auf Julians Gesicht veränderte sich, es spiegelte ungezügelte Wollust wider. Er begann laut zu stöhnen.

Jessica schluckte und schluckte, doch davon ging der Kloß in ihrem Hals auch nicht weg. Julian ließ es sich von einem Mann besorgen!

»O Gott!«, juchzte Julian mit kehliger Stimme. »O ja, stoß mich! Stoß mich fester!«

Joshua stieß erneut zu, und Julians Stöhnen wurde mit jedem Stoß lauter.

Nach einer Weile zog Joshua seinen Penis aus Julian heraus. Julians Rücken glänzte vor Schweiß. Joshua drehte Julian zu sich herum, Scarlet entfernte sich, und Joshua rieb sein Glied gegen das von Julian. Dann begann er beide Penisse gleichzeitig mit seinen Händen zu bearbeiten. Julian sah atemlos zu und begann dann sowohl seinen als auch Joshuas Hoden zu stimulieren.

Joshua erhöhte nun die Geschwindigkeit, sein Gesicht war krebsrot.

»Ich ... komme gleich«, keuchte er und sah Julian ins Gesicht. Julian zitterte am ganzen Körper.

»Ich auch«, keuchte er.

Jessica konnte nicht anders. Sie starrte auf die beiden Penisse, sah die roten Eicheln, die aufblitzten, wenn Joshua die Vorhaut zurückzog – und dann sah sie, wie es weiß aus Julians Glied herausspritzte. Julian warf sich stöhnend hin und her, Joshuas Bewegungen wurden schneller, während er mit glasigen Augen auf Julians Penis starrte.

Zwischen Jessicas Beinen begann es zu pochen. Zwei Männer, die liebestoll bis zum Anschlag waren und sich gegenseitig ihre Penisse massierten, war ein sehr anregender Anblick. Und dass einer davon ihr Chef war, machte die Sache nur noch erregender.

Ihre Brust hob und senkte sich. Sie wünschte sich, Debbie wäre nicht hier, denn dann hätte sie jetzt das getan, was Debbie auch tat. Aber sie konnte einfach nicht, es war ihr zu peinlich. Sie biss die Zähne zusammen und spürte, dass sie feucht war. Ihr ganzer Unterleib wurde mit feinen Nadelstichen malträtiert und schrie förmlich nach Erlösung.

Dann kam auch Joshua. Er stöhnte laut auf und ergoss sich auf Julians Brust, der das Sperma auf seinem Oberkörper verrieb. Beide Männer sanken dann auf der Matratze nieder, und Julian legte seinen Arm um den Callboy.

Jessica stand abrupt auf.

»Debbie, ich verschwinde«, sagte sie. Ihr war schwindlig, die Eindrücke drohten sie zu überwältigen. Es war einfach zu bizarr, die Männer, die ihr täglich Arbeitsanweisungen gaben, so enthemmt zu sehen. Und es war verdammt erregend. Sie hielt es einfach nicht länger aus. Sie musste es sich jetzt selbst machen, sofort.

Verständnislos sah Debbie ihre Freundin an.

»Ich bleibe noch hier«, sagte Debbie und seufzte. Am liebsten wäre sie auf der Stelle in den Club gestürmt und hätte sich Patrick geschnappt. Aber das konnte sie Jessica nun wirklich nicht auf die Nase binden, ihre Freundin hielt sie ja sowieso schon für eine Nymphomanin!

Plötzlich beneidete Jessica Debbie. Sie wäre auch gern geblieben, hätte sich von dem, was sie auf dem Bildschirm sah, angeregt und sich selbst gestreichelt. Aber obwohl Debbie dasselbe tat, wäre Jessica vor Scham im Boden versunken. Nein, sie musste es zu Hause tun – und zwar schnell!

Als sie in ihren Twingo stieg, merkte sie, wie aufgewühlt sie war. Ihr Gesicht war heiß, ihre Hände dagegen ganz kalt. In ihrem Kopf tobte es. Einerseits fand sie es gewöhnungsbedürftig, dass wildfremde Leute, die keinerlei Beziehung zueinander hatten, miteinander Sex hatten, andererseits hatte sie das, was sie gesehen hatte, fasziniert und erregt. Immerhin schienen die Leute sehr viel Spaß gehabt zu haben. Und das war mehr, als sie auf diesem Gebiet jemals gehabt hatte.

Sie fuhr durch die dunkle Nacht und fühlte sich plötzlich sehr einsam. Sicher, seelenloses Bettgehopse mit fremden Menschen war nicht das, wonach sie sich sehnte. Aber jetzt in ein einsames Bett zu steigen, erschien ihr auch nicht gerade verlockend. Sie hätte sich so gern an jemanden angekuschelt, die Wärme eines anderen Körpers gespürt.

Nach der halbstündigen Fahrt zu ihrer Wohnung war ihre Erregung schon wieder abgeklungen. Sie war völlig übermüdet und gleichzeitig total aufgedreht. Immer wieder tauchten die Bilder vor ihrem geistigen Auge auf: Die gefesselte Madeleine, die um Sex bettelte, Julian, der sich von einem Mann in den Hintern stoßen ließ, die erregten Gesichter, die prallen Penisse ... Jessica schminkte sich wie in Zeitlupe ab und blickte in ihr gerötetes Gesicht. Jetzt sah sie Patrick vor sich, der seinen Penis mit entrücktem Gesichtsausdruck massierte.

Jessica spürte ein sehnsüchtiges Ziehen zwischen ihren Beinen. Wie lange war es her, seit sie sich das letzte Mal selbst befriedigt hatte? Ein Jahr? Sie hatte überhaupt kein Bedürfnis danach gehabt – nie.

Das Pochen wurde stärker. In Jessicas Ohren begann es zu rauschen. Sie musste es einfach tun, hier und jetzt, sofort. Wie in Trance stakste sie zu ihrem Bett und legte sich auf die Seite. Sie sah Madeleine auf allen vieren vor sich, die von dem Callboy von hinten genommen wurde.

Jessica drückte ihre Scham gegen ein Kissen und begann sich langsam daran zu reiben. Das süße Gefühl raubte ihr fast die Sinne. Es war so lange her ... Sie schluchzte auf.

Sie sah Patrick vor sich, der sein Glied in Madeleines Mund schob, immer schneller und heftiger. Zögernd legte Jessica ihre Hand zwischen ihre Beine. Das Verlangen dort war übermächtig. Seufzend streifte sie ihren Slip ab und öffnete die Beine. Das Klopfen wurde stärker.

Sie glitt mit ihren Fingern über ihre angeschwollenen Schamlippen und spürte, wie nass sie war. Sanft umkreiste sie ihre Klitoris.

Sie sah Joshua, wie er seinen Penis gegen den von Julian rieb, und sie sah Julians erregtes Gesicht, als er gestoßen wurde und dann, als er kam.

Sie berührte ihre Klitoris und zuckte zusammen. Das Pulsieren in ihrem Schoß wurde heftiger. Plötzlich fiel ihr Debbies letztes Geburtstagsgeschenk ein: Der »ultimative Vibrator«, wie Debbie behauptete. Jessica hatte ihn natürlich noch nie ausprobiert, sondern er lag noch in der Originalverpackung in ihrem Wäscheschrank. Ob jetzt der Zeitpunkt gekommen war, ihn einzuweihen?

Jessica stand auf und merkte, wie wacklig ihre Beine waren. Sie musste nicht lange suchen, bis sie das dezente Geschenk, Modell Butterfly, gefunden hatte. Das Penisteil war mit einer Art Perlen unterlegt, die sich drehten, hatte Debbie berichtet. Auch die Eichel bewegte sich, und für die Stimulierung der Klitoris gab es einen Schmetterling mit Fühlern, daher der Name Butterfly.

Jetzt fehlten nur noch die Batterien! Jessica musste eine Weile suchen und spürte, wie ihre Erregung wuchs. Ihr Unterleib schrie förmlich nach Erlösung, und sie wurde immer nervöser. Wo zum Teufel waren die verdammten Batterien?

Endlich hatte sie sie gefunden. Mit zitternden Fingern legte sie sie in den Vibrator ein und fühlte, wie sich ihr Unterleib zusammenzog. Sie brauchte es wirklich dringend, und zwar jetzt sofort!

Bebend legte sie sich auf den Rücken und hielt den kühlen Dildo an ihre Vagina. Sie schluckte. Ja, sie wollte es. Sie brauchte es.

Aufseufzend schob sie den Dildo hinein. O Gott, tat das gut! Sie schloss die Augen und schob ihn tiefer. Ihr Becken zuckte. Ihre fahrigen Finger suchten den Schalter, damit sich die künstliche Eichel bewegte.

Jessica sank in die Kissen zurück. Was für ein Gefühl! Die Eichel massierte gekonnt die Innenwände ihrer Scheide und sandte kleine Stromschläge durch ihren Körper. Aufgewühlt lag Jessica minutenlang so da und genoss diese Stimulation.

Dann führte sie den kleinen Schmetterling dicht an ihre Klitoris und betätigte den zweiten Schalter. Im selben Moment hatte sie das Gefühl, dass sie explodierte. Alles in ihrem Körper konzentrierte sich plötzlich nur noch auf diesen kleinen Punkt, der nach mehr gierte. Jessica stöhnte auf und schob den Schalter noch ein Stückchen nach oben. Die Vibration wurde schneller, und Jessica atmete heftiger. Sie schob den Dildo ganz tief in sich hinein und erhöhte auch diese Stimulation.

Ihr Körper zuckte und bebte. Sie begann zu keuchen. O Gott, war das schön ... Sie wollte mehr, immer mehr … Ihre Finger umklammerten den Vibrator, der nun auf der höchsten Stufe lief. Flüchtig dachte sie daran, dass man das Surren ganz sicher auf dem Flur hören konnte. Aber das war ihr egal. Alle sollten es hören!

»Ich empfinde wieder etwas«, flüsterte sie und merkte, wie ihr die Tränen kamen. Sie lebte wieder!

Es dauerte nur noch Sekunden, bis der erlösende Orgasmus sie hinwegschwemmte. In dem Moment, als sie kam, nach so langer Zeit endlich wieder einen Höhepunkt hatte, sah sie plötzlich Lukes Gesicht.

Kapitel 3

Der nächste Montag, zwei Tage nach der Party, war turbulent. Jessica erhielt von Luke ein Diktat nach dem anderen und kam vor lauter Tippen gar nicht zum Nachdenken. Als Patrick plötzlich wie aus dem Boden gewachsen vor ihr stand, schrak sie zusammen.

»Jessica, kannst du für mich was im Internet recherchieren?«, fragte Patrick mit gerunzelter Stirn. Er hatte nicht gerade beste Laune, nachdem Luke ihm mal wieder die Leviten gelesen hatte, weil das Angebot für diesen dämlichen Ölscheich immer noch nicht fertig war. Jessica sah ihn erschöpft an. Wie sollte sie das denn auch noch schaffen, wenn Luke wie ein Besessener diktierte? Als Patrick so vor ihr stand, seine blonden Haare wie üblich zerzaust, mit seinem Drei-Tage-Bart und der bronzefarbenen Haut, tauchten plötzlich Bilder vor Jessicas geistigem Auge auf, die so gar nicht hierher passten:

Patrick, wie er seinen steifen Penis massierte; Patrick, wie er Madeleine stimulierte; Patrick, wie er sein Glied in Madeleines Mund schob ... Jessica spürte, wie ihre Wangen heiß wurden, und ihr Blick automatisch zu seiner Jeans glitt. Ihr Herz klopfte so wild, dass es ihr aus der Brust zu springen schien. Gleichzeitig erschrak sie über sich selbst. Um Himmels willen! Wieso dachte sie an so was? Was war denn nur in sie gefahren? Die Party war vorbei, und Patrick war ihr Chef! Sie musste unbedingt vergessen, was sie vor zwei Tagen gesehen hatte!

Doch es gelang ihr nicht. Sie hatte ihn nun mal so gesehen – enthemmt, mit einer riesigen Erektion, stöhnend ... Jessica schluckte schwer. Sie war irgendwie völlig durcheinander. Sie kriegte diese verdammten Bilder einfach nicht mehr aus dem Kopf, dauernd zuckten sie durch ihr Hirn und machten sie ganz verrückt. Und je mehr sie versuchte, diese Bilder zu verdrängen, desto stärker wurden sie. Schlimmer noch: Diese Bilder hatten sie so sehr erregt, dass sie sich nach Ewigkeiten selbst befriedigt hatte. Und auch jetzt spürte sie, dass es zwischen ihren Beinen klopfte und piekte, wenn sie daran dachte. Sie konnte gar nichts dagegen tun.

»Es tut mir furchtbar leid, aber Luke hat so viel diktiert ... Ich weiß nicht, ob ich da noch recherchieren kann«, sagte sie etwas hilflos.

»Nein, das kannst du nicht.« Lukes lange Gestalt tauchte im Türrahmen auf. Sein Blick war streng, fast unerbittlich.

»Das kann mein Herr Bruder sehr gut selbst machen. Ich brauche dich heute ganz für mich. Und im Übrigen ist das auch gar nicht deine Aufgabe.«

Patricks Augenbrauen zogen sich zusammen, und er sah finster drein. Er war eigentlich in zwei Stunden mit seiner neuesten Flamme verabredet und fürchtete, das Date nicht einhalten zu können, wenn er jetzt mit diesen zeitraubenden Recherchen begann.

Luke bedeutete ihm mit einer Handbewegung, ihm in sein Büro zu folgen. Jessica seufzte innerlich auf. Die Kluft zwischen Luke und Patrick schien immer größer zu werden. Je mehr Luke arbeitete, desto mehr widmete sich Patrick seinen Vergnügungen, fast wie ein trotziger Junge.

Jessica erhob sich und zog ihr graues Nadelstreifen-Kostüm glatt. Sie war bisher nicht einmal dazu gekommen, sich einen Kaffee zu holen! Mit schnellen Schritten lief sie Richtung Küche, vorbei an Lukes Tür.

»... schmeiße ich dich raus – ob du mein Bruder bist oder nicht«, hörte sie Luke donnern und zuckte erschrocken zusammen. Rasch ging sie weiter. Das wollte sie lieber alles gar nicht wissen!

In der Küche goss sie sich einen Kaffee ein. Wenn sie ehrlich war, konnte sie Luke verstehen. Er arbeitete rund um die Uhr, während Patrick sich höchstens stundenweise im Büro aufhielt. Dennoch war es Patrick, der einen deutlich gehobenen Lebensstil führte. Er hatte immer das neueste, teuerste Auto, natürlich jedes Jahr ein anderes, und er warf auch ansonsten das Geld mit vollen Händen zum Fenster hinaus. Nur die schicksten Clubs und die besten Restaurants waren gut genug, und das am besten jeden Tag. Auch einen Kurztrip nach Mailand oder Nizza, zu dem er seine Gespielinnen großzügig einlud, gönnte er sich immer öfter. Das Geld dafür verdiente Luke, wenn man es sich recht überlegte. Und dass der auf Dauer nicht Patricks Sponsor sein wollte, war absolut nachzuvollziehen.

Als Jessica mit ihrem Kaffee an Lukes Büro vorbeiging, stürzte Patrick mit hochrotem Gesicht an ihr vorbei. Ohne sie eines Blickes zu würdigen, lief er in sein Büro und knallte die Tür hinter sich zu. Jessica blieb unschlüssig stehen. Sie hatte das Bedürfnis, Luke irgendetwas Nettes zu sagen, ihn aufzumuntern, aber wie? Durch den Türspalt sah sie, wie Luke sich durch seine schon grauen Haare fuhr. Er hatte es wirklich nicht leicht!

Jessica schob die Tür vorsichtig ein Stück auf.

»Luke, möchtest du vielleicht einen Kaffee?« Luke atmete tief aus und sah angestrengt aus dem Fenster. Hatte er sie gar nicht gehört?

»Luke? Hallo?«

Er drehte sich zu ihr um. Sein Blick verriet Anspannung und Kummer. Am liebsten hätte Jessica ihn in den Arm genommen, um ihn zu trösten. Er tat ihr plötzlich wahnsinnig leid.

»Möchtest du einen Kaffee?«, wiederholte sie ihre Frage. Luke sah sie abwesend an.

»Was? Ach so. Ja, danke, das wäre nett«, erwiderte er und versuchte zu lächeln, was ihm nicht ganz gelang.

Jessica ging auf seinen Schreibtisch zu und merkte, wie ihre Hand, mit der sie den Kaffee balancierte, zitterte. Je näher sie auf ihn zukam, desto deutlicher roch sie sein Aftershave.

»Denkst du, dass ich Patrick zu hart anfasse?«, fragte er unvermittelt. Jessica sah ihn erstaunt an, aber offensichtlich erwartete er tatsächlich eine Antwort. Sie stellte die Tasse vor ihm ab und dachte einen Augenblick nach. Was für eine Antwort sollte sie ihm geben? Sie stand auf seiner Seite, aber andererseits war auch Patrick ihr Chef, und sie wollte nichts Schlechtes über ihn sagen.

»Es ist sicher eine schwierige Situation für dich«, sagte sie. »Ich kann dich schon verstehen. Andererseits – Patrick ist halt jung und will sein Leben genießen. Auch das kann ich nachvollziehen. Ihr habt eben völlig unterschiedliche Vorstellungen vom Leben.«

Luke lehnte sich zurück und seufzte.

»Wahrscheinlich lebt er das eine Extrem und ich das andere«, sinnierte er und klopfte mit seinem Bleistift auf den Tisch. »Er lebt nur für sein Vergnügen, ich nur für den Job. Wir finden beide nicht den goldenen Mittelweg.«

Jessica schwieg. Da mochte er wohl recht haben.

»Vielleicht sollte ich für heute mal mit dem Diktieren

aufhören«, sagte Luke unvermittelt und sah Jessica an. »Du hättest sicher auch nichts dagegen. Hast du eigentlich schon was gegessen?«

»Wie bitte?«, fragte Jessica perplex und machte große Augen. Seit wann interessierte sich Luke für ihr kulinarisches Wohlbefinden?

»Hast du schon deine Mittagspause gemacht?« Luke grinste und Jessicas Herz machte einen großen Sprung. Er sah einfach hinreißend aus!

Sie schüttelte den Kopf.

»Blöde Frage«, lachte Luke und erhob sich. »Wie sollst du in Ruhe essen, wenn ich ein Diktat nach dem nächsten produziere?«

Jessica lächelte schwach. Ihr brummte der Kopf, und ihre Hände hatten vom vielen Tippen schon einen Krampf.

»Tut mir leid, dass ich dich heute so hart rangenommen habe«, sagte Luke und schien sich der Doppeldeutigkeit seiner Worte nicht bewusst zu sein, während der Satz Jessica die Röte ins Gesicht trieb.

»Was hältst du davon, wenn wir zusammen essen gehen?« Er ordnete ein paar Unterlagen auf seinem Schreibtisch.

Verwirrt sah Jessica ihn an. Sie war noch niemals mit ihm essen gegangen. Patrick und Julian hatten sie ein paar Mal mitgenommen, während Luke sich meistens etwas bestellt oder gar nichts gegessen hatte. Er hielt essen offenbar für Zeitverschwendung.

»Äh … ja, gerne«, stammelte sie, während in ihrem Kopf alles durcheinanderging. Luke lud sie zum Essen ein? Das war äußerst ungewöhnlich.

»Es ist doch schön, wenn die Rollen mal vertauscht sind«, fand Luke und lockerte seine Krawatte. »Patrick arbeitet – und ich gehe mit einer Frau essen.«

Jessica errötete leicht, als sie daran dachte, dass es bei Patrick ganz sicher nicht beim Essen blieb. Der würde eine Frau noch vor dem Nachtisch »hart rannehmen«. Bei Luke war das nicht zu befürchten.

Jessica begann leicht zu schwitzen und war froh, dass Luke nicht ihre Gedanken lesen konnte. Er griff nach seinem Sakko.

»Hast du spezielle Wünsche?«, erkundigte er sich, und Jessica dachte, dass Patrick diese Frage sicher nach dem Essen stellte. Gleichzeitig ärgerte sie sich darüber, dass ihre Gedanken neuerdings immer öfter anzügliche Formen annahmen. Seit der Party und … na ja, seit sie sich selbst befriedigt hatte. Ihr wurde heiß. Ob Luke es eigentlich auch tat? Onanierte er?

Sie beobachtete ihn, wie er hinter seinem Schreibtisch stand und sie abwartend ansah. Groß, männlich, mit einem markanten Gesicht und diesen wunderschönen blauen Augen. Klar onanierte er, wer nicht?

Jessicas Kehle wurde trocken. Nein, sie wollte das gar nicht denken, aber … es war wie verhext. Sie sah Luke vor sich, wie er nackt im Bett lag und seine Hand zwischen seine Beine glitt. Dann vollführte sein Arm diese Auf- und Abwärtsbewegungen, während er sich selbst stimulierte. Die Augen hielt er geschlossen und stöhnte leise. Er rieb immer schneller, man sah seinen Penis zwischen seinen Finger aufblitzen. Ein Bein war angewinkelt, und sein Gesicht nahm einen entrückten Ausdruck an. Sein Stöhnen wurde lauter, seine Bewegungen heftiger. Jessica wurde ganz schwummrig, und ihre Beine schienen aus Wackelpudding zu sein.

Ich muss sofort aufhören, so einen Mist zu denken, dachte sie mit glühenden Wangen und verfluchte sich für ihre Gedanken. Das war doch nicht normal! Sie dachte darüber nach, wie ihr Chef masturbierte! Was war nur in sie gefahren?

»Äh … nein, ich bin nicht anspruchsvoll«, sagte sie mit hochrotem Kopf. Zum Glück wusste Luke ja nicht, wovon sie wirklich redete.

Luke nickte zufrieden. Ob er es oft tat?

»Okay, ich auch nicht. Gehen wir also zur nächsten Pommesbude«, schlug er vor.

Verwirrt sah Jessica ihn an. Dann lachten beide los.

»Nein, so niveaulos bin ich nicht«, sagte Luke, und ein Lächeln huschte über sein Gesicht.

»Es ist zwar schon Ewigkeiten her, seit ich …« Er brach ab und schüttelte den Kopf. Mit klopfendem Herzen sah Jessica ihn an. Er sah so stark aus, so männlich … Was hatte er sagen wollen? Es war eine Ewigkeit her, seit er essen war? Mit einer Frau essen war? Mit einer Frau geschlafen hatte?

»Du weißt ja, ich arbeite rund um die Uhr«, fügte er hinzu und half Jessica in die Kostümjacke.

»Klappt doch heute ganz gut«, sagte er mit samtiger Stimme dicht an ihrem Ohr. Jessicas Herzklopfen steigerte sich. Verdammt, roch dieser Mann gut!

Luke wusste, was sich gehörte. Er hielt Jessica die Tür auf, half ihr in den Wagen und stieg dann erst ein. Flüchtig dachte Jessica, dass Robin ihr nicht nur einmal die Tür mitten ins Gesicht geschlagen hatte, und es ihm auch völlig egal gewesen war, ob sie schon im Wagen saß oder nicht – Hauptsache, er saß am Steuer. Manieren hatte er jedenfalls keine gehabt. Was hatte sie nur an ihm gefunden?

»Hier um die Ecke ist ein recht guter Italiener«, sagte Luke und setzte seine Sonnenbrille auf. »Ist dir das recht?«

»Sehr gerne.« Jessica nickte und spürte, wie nervös

sie war. Sie ging zum ersten Mal mit Luke essen! Über was sollte sie sich überhaupt mit ihm unterhalten? Was, wenn das Gespräch immer wieder stocken und es ein fürchterlich langweiliges, verkrampftes Mittagessen werden würde?

Ihre Befürchtungen waren unbegründet, denn Luke war ein äußerst charmanter, geistreicher und unterhaltsamer Gesprächspartner. Er erzählte kleine Anekdoten von seinen Reisen und brachte sie oft zum Lachen.

Er kann richtig witzig sein, dachte sie überrascht. *So kenne ich ihn gar nicht.*

Das Essen war ausgezeichnet, und nachdem Jessica sich etwas entspannt hatte, konnte sie es sogar genießen. Sie erzählte von ihren Eltern, ihrer Kindheit und ihren Kaninchen. Im Gegensatz zu vielen anderen Menschen stellte Luke nicht die dumme Frage, was man denn mit so langweiligen Tieren eigentlich anfangen konnte, wenn man sie schon nicht aß. Im Gegenteil, er behauptete tatsächlich, sie niedlich zu finden, und hatte damit natürlich Jessicas Herz im Sturm erobert. Er selbst hatte in seiner Kindheit einen Border-Collie gehabt, an dem er sehr gehangen hatte, und bedauerte es, nun keine Zeit mehr für einen Hund zu haben.

»Diese bedingungslose Liebe ist einfach einzigartig«, sagte er und seine Augen bekamen einen warmen Schimmer. »Ich würde sogar sagen, es ist die reinste Art von Liebe, die es gibt.«

Jessica schwieg ergriffen. Genau das fand sie auch. Aber wenn sie anderen Leuten erzählte, dass sie Tiere mehr liebte als Menschen, wurde sie regelmäßig für nicht normal erklärt.

Als der Nachtisch serviert wurde, lehnte Luke sich zurück. Er zögerte etwas und legte seine Stirn in Falten.

»Ja?«, half Jessica ihm und lächelte. »Was willst du denn sagen?« Sie war ganz entspannt. Das Essen war vorzüglich gewesen, sie hatte sich angeregt mit Luke unterhalten, und sie waren sich sogar etwas näher gekommen. Es hatte Spaß gemacht.

Luke räusperte sich. Dann holte er tief Luft.

»War es schlimm für dich, bei dieser Party die Kamerafrau zu spielen?« Jessica schrak zusammen und hätte fast ihren Löffel fallen lassen. Wie kam er denn jetzt darauf? Sie schluckte. Er hatte es geschafft, mit nur einem einzigen Satz die Atmosphäre komplett zu zerstören. Bravo!

Luke legte beide Hände auf seine Knie.

»Ganz ehrlich – ich habe es gehasst, dich darum zu bitten.« Seine Falte zwischen den Augenbrauen vertiefte sich. »Das war ja nun alles andere als eine klassische Sekretärinnenaufgabe. Ich fand, dass wir dir das nicht zumuten könnten, aber Patrick war natürlich mal wieder scharf auf einen Auftrag von den Johnsons, für den er nicht viel tun musste.«

Er presste die Lippen aufeinander und sein linkes Auge zuckte.

»Ach, es war schon okay.« Jessicas Stimme war etwas kratzig. Nun war sie es, die zögerte. Aber wenn Luke schon so offen und ehrlich war, wollte sie es auch sein.

Sie atmete tief durch und sah ihm in seine blauen Augen.

»Nein, es war nicht okay – zuerst jedenfalls«, sagte sie dann. »Ich war ... Nun, ich war schon geschockt. Ich war geschockt, dass ihr überhaupt so eine Party veranstaltet, und als ich filmen sollte, war ich noch geschockter.« So, nun war es heraus. Sie hielt seinem Blick stand.

Luke nickte.

»Ja, das kann ich sehr gut nachvollziehen.« Er nahm einen Schluck Wasser. »Ich wäre wahrscheinlich auch geschockt gewesen, wenn mir meine Chefs aufgetragen hätten, ich solle für sie eine derartige Party organisieren.«

Jessicas Herz klopfte ihr bis zum Hals. Sie wusste, sie durfte die Frage, die ihr auf den Nägeln brannte, nicht stellen – nämlich, ob Luke tatsächlich an dieser Party hatte teilnehmen wollen und nur kurzfristig abgesagt hatte, oder ob er nie vorgehabt hatte mitzumachen.

»Du musst uns für ziemlich schräge Typen gehalten haben«, sagte Luke und sah plötzlich sehr ernst aus. Jessica zuckte mit den Schultern.

»Nun ja …« Ihr fiel nichts darauf ein. Nein, sie würde ihn nicht fragen. Sie wollte gar nicht hören, dass er Feuer und Flamme und dann nur verhindert gewesen war.

Luke sah aus, als ob er noch etwas sagen wollte, blieb aber stumm.

Sag es, flehte Jessica still. *Sag doch einfach, dass du nicht teilnehmen wolltest und dass deine geilen Brüder dich nur überreden wollten.* Doch Luke schwieg. Dann sah er auf die Uhr.

»Ich fürchte, wir müssen«, sagte er bedauernd. »Ich habe gleich noch einen Termin.«

Jessica nickte. »Ich habe auch noch massig zu tun«, sagte sie. »Mein Chef ist nämlich heute Weltmeister im Diktieren.«

Luke lächelte und sah plötzlich viel jünger aus.

»Dein Chef diktiert heute keinen einzigen Satz mehr«, versprach er. »Für heute soll es mal gut sein.«

Luke hielt Wort. Er setzte Jessica vor der Villa ab, bedankte sich bei ihr für ihre Gesellschaft und brauste zu seinem Termin. Beschwingt betrat Jessica das Haus. Er war so nett gewesen, so charmant und witzig, ein ganz neuer Luke! Und er mochte Tiere! Außerdem hatte es sich nicht so angehört, als sei die Party seine Idee gewesen. Wahrscheinlich hatte er von Anfang an nicht teilnehmen wollen und es ja auch nicht getan.

Als sie in die Eingangshalle kam, traf sie auf Patrick, der sichtlich genervt in sein Handy sprach.

»Nein, es geht heute nicht, auch nicht später«, sagte er aggressiv. »Ich muss nämlich arbeiten. Was gibt es da zu lachen? Ja, ich weiß, dass ich das gesagt habe. Nein, das klappt nicht. Weiß ich nicht. Ich melde mich bei dir. Ciao.« Stöhnend klappte er das Handy zusammen und sah Jessica finster an.

»Könntest du mir bitte diese verdamm… äh, ich meine, könntest du die Unterlagen, die dieser Khem uns geschickt hat, suchen?«

»Ja«, sagte Jessica. »Die sind bei Julian. Ich bringe sie dir sofort.« Sie hängte ihre Jacke auf und klopfte an Julians Tür. Als niemand antwortete, drückte sie die Klinke herunter. Julians Zimmer war leer.

Jessica ging zu seinem Schreibtisch, der penibel aufgeräumt war – im Gegensatz zu Patricks Tisch, auf dem sich sämtliche Unterlagen türmten und auf dem stets das absolute Chaos herrschte. Jessica war es ein Rätsel, dass er dort überhaupt noch etwas fand.

Julians Tisch war so gut wie leer. Jessica überlegte. Wo mochte er die Unterlagen hingelegt haben? Sie griff nach einer Mappe mit der Aufschrift »To do« und löste das Band. Ein Blatt flatterte ihr entgegen und zu Boden. Jessica bückte sich und hob es auf.

Er, 28, ist müde vom ewigen Masturbieren und Phantasieren. Möchte meine zahlreichen Tagträume endlich hemmungslos ausleben!!! Bin leider noch weitgehend unerfahren und suche erfahrenen, sinnlichen, zärtlichen Ihn für leidenschaftliche und tabulose Stunden.

Jessica schluckte. Das war eindeutig Julians Schrift, und es war eindeutig eine Anzeigenaufgabe. Als sie die nächste Seite der Mappe umblätterte, wusste sie auch, wo Julian diese Anzeige platzieren wollte. Ihr fiel ein Hochglanzmagazin mit dem Namen GAY JOY in die Hände, auf dem junge, strahlende Männer nackt posierten. Jessicas Herz begann zu klopfen. Sie wusste, dass sie das Heft sofort wieder zurücklegen sollte, doch ganz automatisch begann sie darin zu blättern.

Sie schrak erst auf, als sich jemand räusperte. Als sie aufblickte, stand Julian etwas betreten in der Tür. Vor lauter Schreck ließ Jessica die Mappe fallen – und plötzlich flatterten Bilder von nackten Männern auf den Boden. Julian stürzte auf sie zu und begann die Bilder hektisch aufzusammeln. Als Jessica sich bückte, um ihm zu helfen, stießen sie mit den Köpfen zusammen.

»Aua!« Vorwurfsvoll sah Julian Jessica an. »Was machst du denn da?«

»Ich suche die Unterlagen von Khem«, erwiderte Jessica und richtete sich auf. Wortlos zog Julian eine Schublade auf und überreichte ihr eine Mappe, auf der »Khem« stand. Da die beiden Mappen völlig identisch aussahen, musste sie sie verwechselt haben.

»Danke.« Jessica drückte die Mappe fest an sich. Julian sah beschämt zu Boden und schob seine »To do« Mappe in die hinterste Ecke der Schublade. Jessica fragte sich, ob ihm eigentlich bewusst war, wie sie ihn vor zwei Tagen gesehen hatte – völlig enthemmt, schweißgebadet und mit dem Penis eines Callboys im Hintern.

Schnell lief sie zu Patrick und überreichte ihm die Mappe. Muffig sah er sie an.

»Falls irgendwelche Frauen anrufen: Ich bin nicht

da«, erklärte er schlechtgelaunt. »Ich muss arbeiten. Wenn sie wissen wollen, wann ich wieder erreichbar bin: wahrscheinlich Weihnachten übernächsten Jahres.« Wütend schlug er die Mappe auf und legte seine Beine auf die schwarze Glasplatte seines Schreibtischs.

Jessica zog es vor, darauf keinen Kommentar abzugeben, und verschwand in ihrem Büro. Die Stimmung hier war ja grauenvoll! Hoffentlich renkte sich das wieder ein.

Zwei Stunden später schickte Patrick ihr per Mail ein Diktat. Überrascht klickte sie auf den Text. Sie konnte sich nicht erinnern, von Patrick jemals ein Diktat erhalten zu haben. Es war das von Luke lang angemahnte Angebot an Khem, zumindest der Anfang davon. Jessica hörte zu und begann zu tippen. Zu ihrer Überraschung diktierte Patrick perfekt und verhaspelte sich kein einziges Mal. Er konnte also, wenn er wollte! Als sie etwa zwei Seiten geschrieben hatte, hörte sie auf dem Band das interne Klingeln des Telefons und dann Patrick, der sich meldete. »Warte mal einen Moment, ich stelle auf laut, dann habe ich beide Hände frei und kann besser suchen«, sagte Patrick, und dann vernahm man ein Rascheln. Offenbar suchte er in seinem Chaos mal wieder wichtige Unterlagen.

»Ich könnte mir auch andere Dinge vorstellen, die du mit deinen beiden Händen tun kannst«, sagte eine rauchige, weibliche Stimme. Patrick lachte verhalten.

»So, was denn zum Beispiel?«

Die Stimme atmete etwas heftiger. »Du könntest sie um deinen dicken Penis legen und auf und ab reiben.«

Jessica fiel fast die Kinnlade samt Kopfhörer herunter. Jetzt erkannte sie auch die Stimme – es war Madeleine! Sie hatte sie selbst mit Patrick verbunden, aber ein geschäftliches Gespräch war das offenbar nicht gewesen!

Patrick lachte wieder.

»Das hat dir am Samstag gefallen, was? Es hat dich angemacht, als du zugeschaut hast.«

»Ja«, sagte Madeleine heiser. »Wenn ich nur daran denke, werde ich schon wieder feucht. Du hast einen wirklich schönen Penis, so dick und prall. Er hat kaum in meinen Mund gepasst.«

Jessicas Wangen wurden heiß. Ob das Diktat beendet war? Vorspulen konnte sie nicht, weil sie dann womöglich einen Teil verpasste. Oder doch, sie konnte ein bisschen vorspulen und dann hören, ob Patrick weiter diktierte oder ob er mit Madeleine telefonierte.

Mit zitternden Händen bewegte Jessica den Cursor weiter nach rechts und drückte dann auf Play.

»Er ist ... schon ziemlich dick«, hörte sie Patrick mit gepresster Stimme sagen. »Ich reibe jetzt den Schaft auf und ab, und die Eichel sticht rot hervor.«

»Ich zerfließe gleich«, keuchte Madeleine. »Ich bin so nass, dass ich immer wieder abrutsche. Ich stelle mir vor, du schiebst dein dickes Glied jetzt ganz tief in mich hinein.« Sie begann zu stöhnen.

Jessica schluckte und bewegte den Cursor wieder ein Stück nach rechts.

»O Gott, ich spritze gleich«, hörte sie Patrick sagen.

Madeleine stöhnte laut und gab dann spitze Schreie von sich. Dann stöhnte auch Patrick auf. Jessica schloss die Augen. Patrick behauptete zu arbeiten – und wichste an seinem Schreibtisch?

Sie fuhr zusammen, als er plötzlich vor ihr stand. Mit einem dicken Kloß im Hals sah sie ihn an. Hatte er tatsächlich eben an seinem Schreibtisch gesessen und onaniert? Hatte er seinen steifen Penis in der Hand gehabt und ihn gerieben?

»Wie weit bist du denn?«, wollte er wissen und fuhr

sich durch seine Haare. Er sah wirklich verdammt attraktiv aus. Kein Wunder, dass die Frauen nur so auf ihn flogen. Jessica hatte heute schon fünf Verehrerinnen abweisen müssen.

»Ich habe jetzt zwei Seiten«, sagte Jessica und merkte, dass ihre Stimme etwas kratzig klang. Sie holte tief Luft. »Allerdings weiß ich nicht, ob das Diktat noch weitergeht. Im Moment höre ich mir gerade ... äh ... dein Telefonat mit Mrs. Johnson an.« Mist, das hatte sie eigentlich gar nicht sagen wollen! Sie biss sich auf die Lippe.

Patrick ließ sich auf ihrem Schreibtisch nieder und lachte unbekümmert. »Jaja, die gute Madeleine, die den Hals nie voll kriegen kann. Ich musste eben tatsächlich Telefonsex simulieren, damit sie Ruhe gab. Keine Sorge, ich habe mir nicht in meinem Büro einen runtergeholt.« Er sah Jessica mit blitzenden Augen an und grinste.

Jessica wurde flammend rot.

»Sorry, ich habe dann wohl vergessen, das Diktiergerät auszuschalten.« Es schien Patrick nicht im Geringsten peinlich zu sein, dass Jessica das Telefonat gehört hatte. Wirklich erstaunlich.

Er ist wie Debbie, dachte Jessica. *Der ist auch nie was peinlich. Und die lässt auch nichts anbrennen. Die beiden sind sich ziemlich ähnlich.*

»Danach geht das Diktat aber nicht weiter«, fuhr er fort. »Das heißt, du bist für heute fertig. Kannst du es mir dann bitte mailen?«

Jessica nickte. Ihr schwirrte der Kopf. Zuerst das Essen mit Luke, dann der peinliche Zwischenfall mit Julian, jetzt der Telefonsex – simuliert oder nicht – von Patrick und Madeleine ... Ihr beschauliches Leben schien irgendwie ziemlich aus den Fugen zu geraten.

»Aber ist doch toll, wenn bei dir endlich mal was passiert«, fand Debbie am Abend dieses aufregenden Tages, nachdem sie sich selbst zu Jessica eingeladen hatte. Sie trug einen schwarz-grünen Overall im Leopardenmuster, dazu giftgrüne, gefährlich hohe Overknee-Stiefel und baute gerade unzählige China-Schälchen vor Jessica auf. Jessica dachte, dass sie in so einer Aufmachung nicht mal zum Karneval marschieren würde, aber für Debbie war das die ganz normale Alltagskleidung.

»Willst du mich zum Platzen bringen?«, lachte Jessica. »Ich war doch heute Mittag schon mit Luke essen.«

»Und, wie war es?«, wollte Debbie mit großen Augen wissen und leckte sich die Finger ab.

»Er ist echt nett«, sagte Jessica. »So unterhaltsam und witzig kannte ich ihn gar nicht. Irgendwie ist er schon ein toller Mann, so elegant und höflich. Und er hat noch Manieren und weiß, wie man sich einer Frau gegenüber benimmt.«

»Ich würde sagen, dich hat's erwischt«, grinste Debbie und zauberte eine Flasche Champagner aus ihrer Tasche.

»Ach, Quatsch«, wehrte Jessica verlegen ab und wickelte eine lange Haarsträhne um ihren Finger. »Luke ist mein Chef.«

»Ja, und?«, ließ Debbie sich nicht beirren und befreite die Schälchen von ihren Deckeln. »Die meisten Leute lernen ihren Partner im Job kennen.«

»Blödsinn«, sagte Jessica mit hochrotem Kopf. »Was hast du denn alles mitgebracht? Wer soll das alles essen? Hast du noch ein paar Leute eingeladen?«

»Lenk jetzt bloß nicht ab!«, lachte Debbie und reichte Jessica einen Teller. »Gib zu, dass Luke dir gefällt.«

»Er ist ganz okay«, sagte Jessica etwas hölzern. »Aber als Mann interessiert er mich nun wirklich nicht.«

Debbie ließ sich auf einen Sessel plumpsen und sah ihre Freundin ungewöhnlich ernst an.

»Jessy, gibt es eigentlich einen Grund, warum dich eigentlich gar kein Mann ›als Mann‹ interessiert?«

»Ich verstehe nicht, was du meinst«, behauptete Jessica und griff nach einer kleinen Frühlingsrolle. »Mhm, die sehen aber lecker aus!« Sie schob die Mini-Rolle in den Mund. »Schmeckt ausgezeichnet!«

»Willst du nicht darüber reden?«, ließ Debbie nicht locker und zog ihre grünen Stiefel aus.

Jessica zuckte mit den Schultern.

»Da gibt es nichts zu reden. Ich habe einfach keine Lust auf eine Beziehung. Ist das so ungewöhnlich? Ich bin gern allein.«

»Ach, Quatsch, niemand ist gern allein«, widersprach Debbie heftig und tunkte ihre Frühlingsrolle in die leckere süß-saure Sauce. »Und du schon gar nicht. Als du damals mit Robin zusammen warst, hast du an ihm geklebt wie Kaugummi.« Mit lautem Plopp öffnete sie die Champagnerflasche. Jessica stand auf, um Sektgläser zu holen.

»Vielleicht liegt es ja auch daran«, meinte sie, als sie zurückkam. »Ich habe damals zu sehr geklammert und genieße jetzt meine Freiheit.«

Debbie runzelte die Stirn und schüttelte dann den Kopf.

»Schade, Jessy«, sagte sie mit traurigem Gesicht. »Ich dachte, wir wären Freundinnen.« Sie nahm einen Schluck Sekt, ohne Jessica zuzuprosten.

Überrascht sah Jessica sie an.

»Das sind wir doch auch.«

Debbie zuckte mit den Schultern und sah aus dem Fenster.

»Freundinnen machen sich nichts vor. Ich weiß nicht,

ob du dich selbst belügst oder nur mich, aber du sagst mir nicht die Wahrheit. Und das kränkt mich. Ich weiß ja, dass ich manchmal oberflächlich und nicht sehr einfühlsam wirke, aber ich finde, ich habe es nicht verdient, von meiner angeblich besten Freundin angelogen zu werden.«

Eine Weile war es ganz still im Zimmer. Die Frauen sahen sich nicht an. Jede hing ihren Gedanken nach. Jessica spielte weiterhin nervös mit ihren Haaren, während Debbie ihre Arme vor der Brust verschränkt hatte. Man hätte eine Stecknadel fallen hören können.

»Es stimmt«, durchbrach Jessica schließlich die Stille und räusperte sich. »Ich mache dir was vor – und mir auch. Es wird langsam Zeit, damit aufzuhören.« Sie atmete tief durch und trank ihr Glas Champagner in einem Zug aus. Debbie sah sie abwartend an.

»Ich habe dir nie erzählt, warum Robin sich wirklich von mir getrennt hat«, begann Jessica und stellte das Glas auf dem Tisch ab. Debbie schenkte ihr sofort nach. Vielleicht machte der Alkohol Jessica ja redseliger!

»Nein, du hattest immer nur ausweichende Standardsätze«, ergänzte Debbie.

Jessica nickte.

»Ja, weil die Wahrheit so unangenehm war, so peinlich und demütigend.« Sie sah zu Boden.

»Robin hat sich von mir getrennt, weil ...« Sie schluckte. Es war so verdammt schwer, aber sie musste es jetzt aussprechen. Es musste heraus, sie musste es Debbie eingestehen und vor allem sich selbst. Ihre Hände, die nach dem Sektglas griffen, zitterten.

»Er hat gesagt, ich sei ein Brett im Bett und mit einer Frau wie mir könne kein Mann auf der ganzen Welt Spaß haben.« Jessica schluckte schwer. Es fühlte sich an, als habe ihr jemand mit aller Wucht in den Magen geboxt.

Wieder wurde es still. Debbie sah sie nur an und sagte kein Wort.

»Er ... er hat gesagt, ich könne nichts, was einem Mann Freude bereitet, und ich würde immer wie tot daliegen.« Jessica gelang es nur mit Mühe, ihre Tränen zurückzuhalten. »Er hat gesagt, es mache ihm keinen Spaß, mit einer Puppe zu schlafen. Ich wäre so langweilig im Bett, dass er jeden Mann bedauern würde, der jemals wieder mit mir schlafen müsste.« Jessica fühlte wieder diese unendliche Demütigung in sich aufsteigen. Es tat immer noch so verdammt weh! Die Tränen kamen ganz automatisch, und sie begann zu schluchzen.

Debbie sprang auf, eilte auf Jessica zu und nahm sie in den Arm.

»So ein Blödmann!«, rief sie aufgebracht. »Was hat dieser Vollidiot dir denn nur eingeredet?«

»Aber es hat doch gestimmt!«, jammerte Jessica. »Ich habe mich wirklich kaum bewegt. Ich bin eine Niete im Bett. Mir hat das alles gar keinen Spaß gemacht.«

»Ja, und warum?«, rief Debbie wütend. »Ich wette, dieser Kerl hat sich überhaupt nicht angestrengt! Hat er irgendwas getan, um dir Freude zu bereiten? Hat er dich ausgiebig gestreichelt, geküsst? Hat er dich ganz langsam in Stimmung gebracht? Ich wette, er ist einfach über dich hergefallen und wollte so schnell wie möglich seinen Penis reinstoßen!«

Jessica lachte unter Tränen. »Ja, so ungefähr«, gab sie zu.

»Da ist es doch ganz normal, dass es dir keinen Spaß gemacht hat«, sagte Debbie und strich Jessica sanft über die Wange. »Wenn eine Frau nicht erregt wird, liegt es immer daran, dass der Typ ein Stümper ist.«

»Aber ... wenn ich ihn angefasst habe oder es ihm mit dem Mund machen wollte, hat er immer gesagt, dass ich das gar nicht kann«, flüsterte Jessica beschämt. »Also bin ich doch auch ein Stümper.«

Debbie winkte ab. »Kann man alles lernen, und jeder Kerl ist sowieso anders. Bei manchen darfst du nur pusten, sonst fällt ihnen schon vor Schreck ihr bestes Stück ab, bei manchen musst du so hart saugen, dass du fast erstickst. Er hätte dir ja einfach mal sagen können, wie genau er es denn gern hätte. Aber gekommen ist er schon jedes Mal, oder?«

Jessica nickte.

»Und du nie«, stellte Debbie fest. »Er hat sozusagen in dir masturbiert, wie so viele Kerle. Mann, die meisten sollten wirklich in eine Klorolle wichsen, statt die Frauen unglücklich zu machen!«

Vorwurfsvoll sah Debbie ihre Freundin an. »Und das schleppst du schon so lange mit dir rum und sagst keinen Ton! Jessy, er ist der Nichtskönner, nicht du! Wenn ein Mann dich richtig stimuliert, kommst du auch in Fahrt, das garantiere ich dir! Und wenn der richtige Mann das tut, dann sowieso!«

»Glaubst du wirklich?« In Jessicas Augen glimmte ein kleiner Hoffnungsschimmer auf.

»Das glaube ich nicht nur, das weiß ich«, sagte Debbie bestimmt und drückte Jessica an sich. »Freunde dich mit dem Gedanken an, dass er der Falsche war – in jeder Hinsicht. Und fang an, dich auf den Richtigen zu freuen und den zu suchen.«

Sie erhob ihr Glas.

»Auf ein neues Leben.«

»Hm«, machte Jessica und wischte sich mit dem Handrücken die Tränen aus dem Gesicht.

»Auf ein neues Leben mit viel Spaß am Sex«, wiederholte Debbie. »Versprich mir, dass du dir nicht länger einredest, du könntest Sex nicht genießen. Hey, wieso bestellst du dir nicht mal einen Callboy? Der tut alles, um dich zu befriedigen, und stellt selbst gar keine Ansprüche. Ich habe mir letzten Monat mal einen geleistet, das war echt klasse. Ich konnte bestimmen, und er musste kuschen, einfach genial!«

Jessica verdrehte die Augen.

»Dir mag das ja Spaß machen, aber ich hätte überhaupt nichts davon, mit jemandem zu schlafen, von dem ich genau weiß, dass er das nur für Geld macht. Ich muss was für den Mann empfinden und er für mich, sonst finde ich das nicht schön.« Jessica sah in ihr Glas.

Debbie grinste. »Also Luke. Wenn du heute mit ihm essen warst, kannst du ja das nächste Mal als Dessert mit ihm in die Kiste hüpfen.«

»Debbie!« Jessica verschluckte sich fast an dem Sekt.

Debbie lachte schallend.

»Jaja, schon klar, ich weiß ja, dass das bei dir wahrscheinlich eine Ewigkeit dauern wird. Aber du könntest wenigstens darauf hinarbeiten. Komm, du magst ihn, und du findest ihn attraktiv. Und so, wie er dich im Theater angestiert hat, ist er auch nicht uninteressiert.«

»Er hat mich deshalb so angestarrt, weil er mich noch nie so gesehen hat«, sagte Jessica. »Er war wahrscheinlich total geschockt.«

Debbie rollte mit den Augen. »Jessica, ich versichere dir, dass ein Mann ganz anders guckt, wenn er geschockt ist. Luke war alles andere als geschockt, er war sehr angetan von deinem Outfit. Und wenn du wirklich was von ihm willst, dann zieh dich verdammt nochmal etwas weiblicher an und versteck deine scharfen Kurven nicht dauernd unter diesen weiten Säcken!«

Jessica kaute auf ihrer Unterlippe herum.

»Aber er ist mein Chef!«

»Jetzt vergiss das doch endlich mal!«, stöhnte Debbie und griff zu ihrem Sektglas. »In erster Linie ist er ein Mann, das sagte ich schon diverse Male. Zieh dich ein bisschen körperbetonter an und sieh einfach, was passiert. Du baggerst ihn damit ja nicht an, du kleidest dich nur anders. Ich würde sagen, wir gehen am Samstag ausgiebig shoppen und kleiden dich komplett ein. Und das Beste ist, dass ich alles bezahle.«

»Auf keinen Fall«, wehrte Jessica ab. »Meine Klamotten kaufe ich mir immer noch selbst. Ich nehme von dir doch kein Geld!«

»Aber wir gehen shoppen?«, bettelte Debbie. »Bitte! Ich liebe shoppen gehen! Aber leider habe ich selbst schon so viel Zeug, dass ich umziehen muss, wenn ich mir noch mehr kaufe. Also muss ich mich an dir austoben.«

Jessica lächelte. »Okay, wir gehen einkaufen. Aber du musst mir versprechen, dass ich danach nicht in einem schwarz-grünen Leoparden-Overall herumlaufe.«

Debbie grinste. »Natürlich nicht. Zu dir passt ein schwarz-blauer Zebra-Anzug viel besser.«

Nach einer arbeitsreichen Woche – sogar Patrick war den ganzen Tag im Büro gewesen und hatte verbissen in seinen Monitor gestarrt – begaben sich Jessica und Debbie auf Shoppingtour. Debbie war aufgeregt wie ein Kind und hatte allerbeste Laune. Sie war ein echter Shopaholic und bedauerte es sehr, dass sie nicht unentwegt einkaufen konnte. Zwar besaß sie durchaus das Geld dafür, doch ihr riesiger Schrank war nicht aus Gummi, so dass sie ernsthaft erwog umzuziehen und sich einen begehbaren Kleiderschrank einzurichten.

Sie schleifte Jessica von Boutique zu Boutique, zwängte sie in viele verschiedene Outfits, begutachtete sie äußerst kritisch und entschied sich nur für ausgesucht schöne Teile. Jessica war aufs höchste überrascht, denn Debbie suchte ihr tatsächlich Klamotten aus, die wirklich vorteilhaft waren. Ihre Befürchtung, sie würde mit einem Sack hautenger und durchsichtiger Kleidung zurückkehren, erwies sich somit als unbegründet.

Als i-Tüpfelchen schleppte Debbie ihre Freundin zu ihrer Kosmetikerin. Diese verpasste Jessica eine Wimpernwelle, zupfte und färbte ihr die Augenbrauen, verwöhnte sie mit einer Gesichtsmaske und manikürte ihr die Fingernägel. Anschließend wurde sie sorgfältig geschminkt.

Wenig später saß sie beim Friseur und ließ sich ein Stück ihrer langen Haare abschneiden. Nach dieser Prozedur waren ihre Haare immer noch lang, fielen aber nun stufig und weich. Debbie überredete sie sogar noch zu einer schwarz-roten Tönung, die wunderschöne Lichtreflexe in ihr Haar zauberte.

»Du siehst umwerfend aus!« Debbie klatschte begeistert in die Hände. »Jessy, du bist eine echte Schönheit.«

»Ich muss mich erst noch dran gewöhnen.« Jessica sah in den Spiegel. Vor ihr stand eine wirklich attraktive Frau. Sie sah … sexy aus! Jessica schluckte. So hatte sie sich noch nie gesehen. Ihre strahlend blauen Augen kamen durch die Wimpernwelle und die schwarz gefärbten Wimpern wunderbar zur Geltung. Um ihr frisches Gesicht und ihre glatte Haut wurde sie sowieso immer wieder beneidet. Die Lippen wirkten durch den tiefroten Lippenstift voll und sinnlich, die langen, dunklen Haare mit den roten Reflexen umrahmten schmeichelnd ihr ovales Gesicht.

Statt der üblichen dezent verhüllenden Kleidung trug sie nun ein enges T-Shirt und einen kurzen Rock, die ihre schmale Taille, die üppigen Brüste und ihre langen Beine betonten. Unsicher sah sie sich im Spiegel an. War das wirklich noch sie?

»Ich komme mir ... so fremd vor«, sagte sie etwas verwirrt. »Ich erkenne mich ja gar nicht mehr.«

»Quatsch!«, winkte Debbie ab und bezahlte trotz Jessicas Protest die Rechnung. »Daran gewöhnst du dich in null Komma nichts. Aber du musst mir versprechen, dass du ab jetzt nur noch in den Klamotten rumläufst, die wir eben gekauft haben. Zumindest im Büro, um Luke anzumachen.«

»Ich will Luke aber gar nicht anmachen«, wehrte Jessica ab. O Gott – Luke! Was sollte er nur denken, wenn sie am Montag in diesem Outfit im Büro erschien? Allein der Gedanke, er könnte glauben, sie wollte ihn anbaggern, war ihr ungeheuer peinlich.

Debbie lachte schallend. »Na gut, mach dir ruhig noch weiterhin was vor. Ist ja auch egal, solange du deine weiblichen Reize nicht weiter verhüllst. Jessy, jetzt geh doch mal gerade, streck deine Brüste raus! Du musst die nicht verstecken!«

Jessica wurde rot. In der Schule war sie wegen ihrer großen Brüste immer gehänselt worden, und als Teenager hatte sie ernsthaft über eine Brustverkleinerung nachgedacht. Ihr war es mehr als unangenehm gewesen, dass jeder immer zuerst auf ihre Brüste geschaut hatte und dann erst in ihr Gesicht. Daher war sie dazu übergegangen, sie zu verstecken.

»Ich kann doch nicht im Büro in so einem engen Shirt rumlaufen, was sollen die drei Männer denn denken?«, flüsterte Jessica und schüttelte den Kopf.

»Ich kann dir genau sagen, was die denken.« Debbie feixte und hielt Jessica galant die Tür auf. In ihrem schwarz-roten Samtkleid hatte sie heute wie immer die

Blicke sämtlicher Männer auf sich gezogen und während der Einkaufstour bereits drei neue Telefonnummern zugesteckt bekommen.

»Julian wird das gar nicht auffallen, weil er auf Männer abfährt. Patrick wird sofort denken, dass er dich gerne knallen würde und Luke wird …«

»Ja?« Gespannt sah Jessica ihre Freundin an. »Was wird Luke?«

»Luke wird die Veränderung sehr wohl auffallen, und er wird dich als Frau wahrnehmen und nicht nur als Tippse«, sagte Debbie. »Du siehst ihn jeden Tag und kannst unverfänglich mit ihm reden – eine bessere Möglichkeit, sich jemanden zu greifen, gibt's doch gar nicht.«

Während Debbie abends einen Streifzug durch sämtliche Discos auf der Suche nach dem nächsten Opfer unternehmen wollte, fuhr Jessica zu ihren Eltern, die in einem Vorort von London wohnten. Sie hatte kaum ihren Wagen geparkt, da lief ihr auch schon ihre Mutter entgegen.

»Jessica, mein Engel!«, rief sie und kam mit rosigen Wangen auf sie zu. Jedes Mal, wenn Jessica ihre Mutter Carol sah, hatte sie das Gefühl, sie sähe sich in 25 Jahren. Jessica war ihrer Mutter wie aus dem Gesicht geschnitten. Jessica lächelte. Wenn sie mit Mitte fünfzig noch so aussah wie Carol, musste sie sich keine Sorgen um die Vergänglichkeit ihrer Schönheit machen.

»Mama!« Jessica fiel ihrer Mutter um den Hals und presste sich fest an sie. Es tat so gut, ihre Nähe und Wärme zu spüren!

»Mein Kind!« Carol drückte ihre Tochter zärtlich an sich. »Endlich bist du da!«

Arm in Arm betraten die beiden Frauen das kleine Haus, in dem Jessica aufgewachsen war. Drinnen roch es nach Kuchen und Kaffee, und Jessica sog den vertrauten Geruch ein. Hier war sie zu Hause, hier gehörte sie her! Jedes Mal, wenn sie hier war, hatte sie das Gefühl, sie sei wieder zehn und das Leben sei leicht und unbeschwert. Sie liebte es, nach Hause zu kommen und sich wie ein sorgloses Kind zu fühlen.

Aufmerksam sah ihre Mutter sie von oben bis unten an.

»Du siehst ja ganz verändert aus, Jessica«, stellte sie fest. Jessica zuckte etwas unbehaglich mit den Schultern. »Das war Debbies Idee. Findest du, es passt zu mir?«

»Aber ja!« Carol strahlte über das ganze Gesicht. »Endlich sieht man, was für eine schöne Tochter ich habe! Du siehst einfach wundervoll aus, mein Liebling!« Sie nahm Jessica herzlich in den Arm. Jessica sah sich ihre Mutter genauer an. Sie sah genauso aus wie immer ... fast. Aber es fehlte etwas. Jetzt fiel es ihr auf: Das Leuchten in den großen blauen Augen, die Jessica von ihr geerbt hatte, war verschwunden. Irgendetwas stimmte nicht.

»Ist Daddy nicht da?«, erkundigte sich Jessica und zog ihre Jacke aus. Carol biss sich auf die Lippe und schüttelte den Kopf.

»Wo ist er denn?«, wollte Jessica wissen und steuerte auf die Teekanne zu. »Magst du auch eine Tasse, Mum?«

Carol nickte. »Ja, gerne. Dein Vater ist ... äh ... nicht da.«

Jessica goss sich und ihrer Mutter eine Tasse Tee ein.

»Mum, das sehe ich doch«, sagte sie. »Aber wo steckt er denn?«

»Setz dich mal, mein Schatz«, wies Carol sie an und fuhr sich über das Gesicht. Die Tasse zitterte in Jessicas Hand.

»Habt ihr euch getrennt?«, brachte sie mühsam hervor.

Zu ihrer unendlichen Erleichterung schüttelte ihre Mutter den Kopf.

»Nein. Aber es gibt … gewisse Probleme.« Sie sah zu Boden und nestelte an dem Knopf ihrer Bluse herum.

Jessica stellte die beiden Tassen mit dem dampfenden Tee auf den Tisch.

»Was denn für Probleme?«, fragte sie. Die Ehe ihrer Eltern war immer voller Harmonie und Lebendigkeit gewesen, auch nach all den Jahren noch. Jessica konnte sich kaum etwas vorstellen, das diese Harmonie ins Wanken bringen konnte.

»Gibt es eine andere Frau in Papas Leben?«, fragte sie schließlich.

Carol schüttelte den Kopf und wippte unruhig mit ihrem Fuß hin und her.

»Einen anderen Mann? Ich meine – für dich?«, mutmaßte Jessica weiter. Wieder schüttelte ihre Mutter den Kopf.

»Was ist es denn dann?« Langsam wurde Jessica ungeduldig. Warum sagte ihre Mutter ihr nicht endlich, was los war?

»Es ist nicht so einfach, mit der eigenen Tochter darüber zu reden.« Carol umfasste ihre dampfende Tasse mit beiden Händen. »Es ist überhaupt nicht einfach, darüber zu reden. Mir wäre es eigentlich sogar am liebsten, du fragst einfach nicht weiter und akzeptierst es, dass dein Vater für einige Zeit nicht hier ist. Er wohnt ein paar Tage in einer Pension.«

»Mama, das ist nicht dein Ernst!« Fassungslos sah Jessica ihre Mutter an. »Du quartierst Paps aus, und ich soll nicht mal wissen, warum?«

»Es ist eine Sache zwischen deinem Vater und mir, die

nur uns beide etwas angeht«, sagte Carol. »Ich möchte Jeffrey nicht vor seiner eigenen Tochter bloßstellen.«

Jessica griff nach Carols Hand. »Mum, ich sehe doch, dass es dir nicht gut geht. Es hilft dir bestimmt, wenn du dir deinen Kummer von der Seele reden kannst. Hast du denn überhaupt schon mit jemandem darüber gesprochen?«

Carol schüttelte den Kopf. Jetzt sah Jessica sogar Tränen in ihren Augen.

»Nur mit Fachleuten«, sagte sie. Jessica verstand immer weniger. Wovon redete ihre Mutter?

»Du musst darüber reden«, drängte Jessica. »Mum, sag mir endlich, was los ist. Was hat Paps dir angetan?«

»Er hat mir nichts angetan.« Carol holte ein Taschentuch aus der Küchenschublade und schneuzte sich. »Er kann ja auch nichts dafür. Und er ist darüber mindestens genauso unglücklich wie ich.«

Eigentlich war es nie die Art ihrer Mutter gewesen, in Rätseln zu sprechen und sich in Andeutungen zu ergehen. Es musste wirklich etwas Gravierendes vorgefallen sein. Jessica wartete.

Ihre Mutter holte tief Luft und lief nervös hin und her.

»Jessica, dein Vater und ich haben immer eine sehr gute Ehe geführt«, begann sie. Jessica nickte. Klar, das hatte sie auch mitbekommen. Als sie noch ein Kind war, waren ihre Schulfreundinnen immer gerne zu ihr gekommen, weil sie so »lustige und liebe Eltern« hatte. Im Hause Williams war immer viel gelacht und gescherzt worden, und die offene, fröhliche Atmosphäre hatte einfach jeden angezogen. Ihr Elternhaus war immer ein offenes Haus gewesen, und sie hatte jederzeit ihre Freundinnen mitbringen können.

»Auch in dem Bereich, der nur uns zwei etwas anging«, fuhr sie fort. Eine feine Röte breitete sich über ihren Wangen aus. Jessica verstand nicht sofort – und als sie verstand, wurde sie ebenfalls rot.

»Du weißt, was ich meine?«, vergewisserte ihre Mutter sich, ohne sie anzusehen. Jessica nickte mit brennenden Wangen.

»Auch das ist wichtig in einer Ehe, und es hat immer ganz wunderbar funktioniert.« Carol seufzte. »Aber seit einem halben Jahr … es klappt einfach nicht mehr. Wir waren schon bei diversen Ärzten, bei einer Beratung, bei einem Therapeuten – umsonst. Körperlich ist alles in Ordnung, Probleme haben wir auch keine – abgesehen davon, meine ich. Wir wissen einfach nicht, woran es liegt, aber es zermürbt uns. Papa ist so fertig mit den Nerven, dass er erst einmal eine Weile allein sein möchte.«

Jessica schluckte. Klar hatten ihre Eltern ein Liebesleben, wenn sie sich das auch nicht vorstellen konnte und wollte. Und dass ein Mann Anfang 60 Erektionsprobleme hatte, war sicher auch nichts Ungewöhnliches. Dass es sich allerdings um ihren Vater handelte und ihre Mutter ihr nun offenbarte, wie sehr sie darunter litt, war schon sehr gewöhnungsbedürftig. Jessica spürte, wie eine große Scheu in ihr aufstieg. Ihr Vater war immer ihr Held gewesen, der Retter in der Not. Sie wollte eigentlich gar nicht wissen, dass er derartige Probleme hatte.

Sie stand auf und legte ihren Arm um ihre Mutter. Carol begann zu schluchzen.

»Ach Kind, du denkst jetzt sicher, in unserem Alter sei das Thema nicht mehr so wichtig, aber so ist das nicht.« Sie wischte sich über das Gesicht. »Das habe ich früher auch gedacht, aber wenn man erst mal so alt ist … man fühlt sich eigentlich immer noch wie Mitte zwanzig. Nur der Körper weiß, dass das nicht so ist.«

»Na ja, 60 ist ja heutzutage auch kein Alter mehr«, fand Jessica.

»In gewissen Bereichen eben doch«, sagte ihre Mutter.

»Aber ihr könnt doch andere Sachen machen«, schlug Jessica vor. »Ich meine …« Sie wurde wieder rot. O Gott, war das schwierig, mit der eigenen Mutter über den Geschlechtsverkehr ihrer Eltern zu reden! Carol lächelte schwach.

»Ja, natürlich, aber die körperliche Vereinigung ist durch nichts zu ersetzen. Dieses Einswerden miteinander, die Verschmelzung mit dem geliebten Menschen …« Ihre Lippen zitterten. Jessica spürte, wie ihre Augen feucht wurden. Ihre Mutter sagte das so sehnsüchtig, so schmerzlich … Es musste wirklich unendlich schön sein, mit dem Menschen, den man liebte, zu verschmelzen, eins zu werden.

»Ich hatte ein großes Glück, das so viele Jahre lang immer wieder erleben zu dürfen«, fuhr Carol leise fort. »Vielleicht sollte ich nicht so undankbar sein. Immerhin hatte ich es so viele Jahre, und vielleicht ist nun einfach die Zeit gekommen, dass wir darauf verzichten müssen. Aber weißt du, Kind, dein Vater und ich – wir lieben uns immer noch sehr, und es ist sehr schmerzlich, diese Liebe nun nicht mehr körperlich ausleben zu können. Aber vielleicht ist das einfach der Weg des Lebens. Alles kommt und geht, auch die Sexualität.«

Sie sah ihre Tochter an. »Such dir auf jeden Fall einen Mann, der dich auch in diesem Bereich glücklich macht, mein Kind.« Jessica zuckte zusammen. Was für ein ungewöhnlicher Ratschlag einer Mutter!

Carol lächelte unter Tränen. »Ich weiß, das hört sich

für dich aus meinem Mund sicher seltsam an, aber es ist wirklich wichtig, auch in diesem Bereich zu harmonieren, das gleicht vieles wieder aus. Aus einer guten Sexualität, verbunden mit inniger Liebe, kann man viel Kraft schöpfen. Aber Geschlechtsverkehr ohne Liebe, das macht die Seele krank, darauf solltest du dich nie einlassen. Schlaf nur mit einem Mann, der dich liebt und den du liebst. Es ist das Schönste, das es auf der Welt gibt. So, und jetzt reden wir über etwas anderes! Was macht deine Arbeit, Schatz? Sind deine Chefs immer noch so nett zu dir?«

Als Jessica am Sonntagabend wieder in die Stadt zurückkam, fuhr ihr Kopf Karussell. Immer wieder dachte sie über das Gespräch mit ihrer Mutter nach. Natürlich hatte Jessica sich niemals gefragt, ob ihre Eltern sexuell harmonierten. Ob sie deshalb schon so lange glücklich verheiratet waren? War guter Sex tatsächlich das Geheimnis einer guten, glücklichen Ehe? Und was würde nun aus den beiden werden?

Jessica schloss die Augen. Wie gedemütigt musste sich ihr Vater fühlen! Und niemand konnte ihm helfen. Jessica stiegen Tränen in die Augen. Sie liebte ihren Vater über alles, aber sie war völlig hilflos, sie würde nicht einmal mit ihm darüber reden können. Es grenzte ohnehin an ein Wunder, dass ihre Mutter sich ihr anvertraut hatte.

Und dann riet ausgerechnet Carol ihr, sich einen Mann zu suchen, mit dem sie auch im Bett Spaß hatte! Jessica konnte sich nicht erinnern, schon jemals mit ihrer Mutter darüber gesprochen zu haben. Aber vielleicht hatte sie recht – vielleicht war es tatsächlich wichtig, im Bett zu harmonieren. Wie sollte sie das wissen? Mit Robin war es eine Katastrophe, und wenn sie ehrlich war, waren die Männer vor ihm auch nicht viel anders. Außer, dass sie sie nicht beleidigt hatten und offensichtlich zufrieden waren. Aber für sie, Jessica, war es nie die Erfüllung. Ob sie die jemals erleben würde? Und mit wem?

Während Jessica ihren trüben Gedanken nachhing, beschloss Patrick, sich eine Auszeit von seinem ungewohnt harten Arbeitsalltag zu nehmen und Debbie anzurufen. Schließlich arbeitete sie als Telefonsexberaterin und hatte ihm ihre Visitenkarte gegeben. Er war selbst überrascht, dass sein Herz ein paar Takte schneller als normalerweise klopfte, als er ihre Nummer wählte.

»Hallo, hier ist Debbie, die telefonische Sex-Seelsorge«, meldete sich eine fröhliche Stimme. »Womit kann ich dir helfen?«

»Guten Tag, mein Name ist Jacques«, stellte Patrick sich vor.

»Oh, ein Franzose?«, säuselte Debbie.

»Nein, obwohl ich ganz gut französisch kann«, sagte Patrick anzüglich.

Debbie lachte.

»Das ist doch sehr schön für die Damen, mit denen du zu tun hast.«

»Mir bleibt auch oft nicht viel anderes übrig«, behauptete Patrick. »Ich habe nämlich ein im wahrsten Sinne des Wortes dickes Problem.«

»Und das wäre?«

»Mein Problem ist, dass mein Penis viel zu lang ist. Und nicht nur das, zu dick ist er auch noch.«

Debbie schwieg überrascht für einen Sekundenbruchteil.

»Also, das ist ja ganz was Neues«, sagte sie dann. »So einen Anruf hatte ich bis jetzt noch nie. Ich höre immer nur das Gejammer von Kerlen, die ihren Penis zu klein finden.«

»Damit kann ich leider nicht dienen.«

»Ein Penis kann eigentlich nie groß genug sein«, rutschte es Debbie heraus. »Sorry, das ist nur meine persönliche Meinung.«

»Damit stehst du aber allein auf weiter Flur«, seufzte Patrick. »Die letzte Frau ist schreiend davongelaufen, als ich meine Unterhose ausgezogen habe.«

Debbie prustete gegen ihren Willen los. »Ehrlich?«

»Ja, sie schrie: ›Willst du mich umbringen?‹ Dann hat sie ihre Sachen in Windeseile zusammengerafft und ist abgehauen, nachts um drei. Und ich lag allein da und musste mich wieder mal selbst befriedigen – wie so oft. Leider werde ich dabei oft ohnmächtig, weil das ganze Blut aus dem Kopf gepumpt wird.«

Debbie war für einen Moment sprachlos.

»Ist das dein Ernst?«

»Ich scherze nicht. Gibt es eigentlich Penisverkleinerungen?«

»Äh … ich glaube, ja. Darf ich denn mal fragen, wie lang und dick dein gutes Stück ist?«

»Ja, klar.« Patrick dachte kurz nach. »Er ist 28 Zentimeter lang und hat einen Durchmesser von fünf Zentimetern.«

Stille. Debbie dachte ebenfalls nach und überlegte, wo sich ihr Zentimetermaß befand. Genau, in der Küchenschublade! Da sie ein Headset auf dem Kopf trug und ein schnurloses Telefon besaß, ging sie in die Küche und fischte nach dem Maßband.

»Das ist ja wirklich sehr beeindruckend«, sagte sie und ließ das Band durch ihre Finger gleiten.

»Es ist vielleicht nett anzusehen, aber wenn ich die Frauen ficke, tue ich ihnen weh«, jammerte Patrick.

»Aber ich will doch keine Peepshow veranstalten, sondern auch mal richtig bumsen! Aber sie schreien dann immer gleich los, dass ich aufhören soll. Ach ja, und da kommt dann auch noch mein zweites Problem ins Spiel: Es dauert immer ewig, bis ich komme. Wenn ich dann doch mal eine Frau stoßen darf, dauert ihr das immer viel zu lange, und ich muss die zehn Minuten wichsen, die ich noch brauche.«

»Also, für mich hört sich das eher danach an, als wenn du bis jetzt die falschen Partnerinnen gehabt hättest«, sagte Debbie. »Ich denke schon, dass es Frauen gibt, die die Größe deines Gliedes und deine Ausdauer zu schätzen wissen.«

»Glaubst du wirklich?«, fragte Patrick hoffnungsvoll. »Ich habe mittlerweile schon echt Angst, mich auszuziehen. Wenn er klein ist, geht es ja noch, aber dann wächst und wächst er, und die Frauen werden ganz starr vor Schreck. Er hört einfach nicht mehr auf zu wachsen und wird immer größer. Und ich bin dann sowieso schon halb im Delirium, weil ja das ganze Blut weg ist. Und wenn ich wieder zu mir komme, sind die Frauen meistens schon weg.«

Debbie konnte nicht anders, sie prustete los, als sie sich diese Situation bildlich vorstellte.

»Das ist nicht witzig, sondern eher tragisch«, sagte Patrick gekränkt.

»Sorry«, entschuldigte sich Debbie. »Aber warum gibst du nicht eine Anzeige auf und schreibst deine Maße mit hinein? Dann wissen die Frauen doch, was sie erwartet, und es melden sich nur die, die das auch … äh … wegstecken können.« Im wahrsten Sinne des Wortes!

»Ja, das könnte ich tun«, sagte Patrick und tat so, als würde er überlegen. »Das ist eine gute Idee. Darf ich dich etwas Persönliches fragen?«

»Bitte, nur zu.«

»Hast du denn schon mal einen Mann mit ähnlichen Maßen gehabt?«

Debbie dachte kurz nach und betrachtete wieder das Maßband.

»Ich glaube, sooo gut gebaut war noch keiner«, sagte sie.

»Dir wäre das nicht zu groß?«, erkundigte sich Patrick.

»Ich glaube nicht«, sagte Debbie und spürte, wie sie Lust bekam. Der gestrige Abend war nämlich nicht das gewesen, was sie sich vorgestellt hatte – sie hatte einen Kerl abgeschleppt, der ein lausiger Lover gewesen war. Und sein Penis war auch viel zu klein gewesen.

»Ich kann schon eine Menge vertragen«, sagte Debbie. »Und ich habe auch nichts dagegen, wenn es lange dauert.« Ihr Unterleib begann zu pochen. 28 mal 5 cm, gütiger Himmel! Kein Wunder, dass der Typ jedes Mal ohnmächtig wurde, wenn er eine Erektion bekam!

»Ich glaube, ich kann jetzt nicht mehr reden.« Patricks Worte klangen plötzlich etwas unakzentuiert. »Du kannst dir ja denken, warum. Das Blut sackt ab. Er richtet sich schon wieder auf. Ich muss jetzt ... auflegen. Danke dir. Ich muss jetzt ...« Er stöhnte auf. »Ich muss jetzt wichsen, er ist schon ganz hart.« Patrick stöhnte noch einmal laut auf, dann war die Verbindung unterbrochen.

Verdutzt sah Debbie den Hörer an. Das war ja wirklich mal was Neues! Ein Typ, dessen Penis zu groß war! Debbie grinste. Davon hätte sie sich doch zu gern einmal persönlich überzeugt!

Kapitel 4

Aufgeregt steckte Jessica den Schlüssel ins Schloss. Es hatte sie einige Überwindung gekostet, doch sie hatte sich heute tatsächlich so angezogen, wie Debbie es ihr eingeschärft hatte: Statt des üblichen unauffälligen Kostüms trug sie einen engen braunen Rock und ein dazu passendes, am Busen gerafftes braunes Top, das ihre üppigen Brüste sehr gut zur Geltung brachte, außerdem hohe Stiefel. Ihre Haare waren offen, ihr Gesicht dezent geschminkt. Und sie spürte, dass ihre Umwelt sie völlig anders wahrnahm: Beim Bäcker, bei dem sie sich wie immer ein belegtes Brötchen geholt hatte, hatten sich drei Männer nach ihr umgedreht! Einer hatte bei ihrem Anblick gleich gar nicht mehr gewusst, was er eigentlich kaufen wollte.

Einerseits war Jessica diese Reaktion peinlich und unangenehm, andererseits spürte sie auch so etwas wie einen Funken Freude, der in ihr aufkeimte. Sie wurde wieder als Frau wahrgenommen! Nach der Schlappe mit Robin hatte sie nur noch ein Neutrum sein wollen, weil sie sich so sehr gefürchtet hatte, eine solche Demütigung noch einmal zu erleben. Aber vielleicht hatte Debbie ja tatsächlich recht, und es war gar nicht ihre Schuld, dass es im Bett nicht funktioniert hatte, sondern seine! Und vielleicht würde es mit dem richtigen Mann einfach wunderbar sein!

Jessicas Herz begann schneller zu klopfen, als sie die Eingangshalle betrat. Ob Luke schon da war?

Als Erstes lief ihr zu ihrer Überraschung Patrick über den Weg, der sie anstarrte, als sei sie ein Geist.

»Guten Morgen, Patrick«, begrüßte sie ihn etwas unsicher. Doch dann dachte sie an Debbie und machte einen geraden Rücken – auch, wenn man ihre Brüste dadurch mehr als deutlich sah.

Tatsächlich stierte Patrick auf ihren Busen, als sähe er so etwas zum ersten Mal. Er klappte den Mund auf und schloss ihn dann wieder, ohne etwas gesagt zu haben. Jessica lächelte ihn unsicher an und ging in ihr Büro. Wenn Patrick schon so extrem reagierte, was würde dann Luke erst sagen? Sie merkte, wie sie innerlich zu zittern begann. Ob ihr Outfit nicht doch zu gewagt war? Immerhin war sie im Büro und nicht auf dem Catwalk. Würde Luke überhaupt etwas sagen? Sicher nicht. Aber was würde er denken? Würde er sie für eine Schlampe halten, die ihn unverhohlen anmachte?

Nachdem sie sich einen Kaffee gekocht und in ihr Büro gegangen war, hörte sie schnelle, entschlossene Schritte. Seine Schritte. Jessica setzte sich kerzengerade hin und versuchte tief durchzuatmen. Vielleicht würde er die Veränderung ja gar nicht bemerken! Genau, er würde sie ansehen und nur feststellen, dass irgendwas anders war, ohne sagen zu können, was.

»Jessica, könntest du bitte heute die Farbproben …« Luke hielt inne und starrte Jessica fassungslos an. Jessica hätte sich am liebsten in Luft aufgelöst. Er, elegant wie immer in seinem tadellosen, gestreiften blauen Anzug mit einer seiner mindestens 500 farbenfrohen Krawatten – und sie wie ein billiges Flittchen auf Männerfang. O Gott, war das peinlich!

Luke räusperte sich und stierte Jessica immer noch an. In seinen Augen spiegelte sich blankes Erstaunen.

»Die Farbproben liegen ab ein Uhr in der Druckerei

bereit. Wenn du sie abholen könntest, wäre ich dir sehr dankbar.« Sein linkes Auge zuckte heftiger, als Jessica es jemals zuvor bei ihm wahrgenommen hatte.

Sie nickte befangen und merkte, dass sie einen krummen Rücken machte. Es wäre ihr viel zu peinlich gewesen, wenn Luke auf ihre Brüste gestarrt hätte. Was hatte sie sich nur bei diesem Outfit gedacht? Und warum hatte sie auf Debbie, den Männer verschlingenden Vamp, gehört? Sie war hier immerhin im Büro und nicht in der Disco, um sich einen Kerl aufzureißen!

»Ja, natürlich, das mache ich gerne«, sagte Jessica eifrig und verschränkte ihre Arme vor der Brust. Warum nur öffnete sich nicht der Boden unter ihr und verschlang sie gnädig?

»Danke.«

Luke runzelte die Stirn und verschwand.

Jessica schluckte. Sie spürte, dass sie schweißgebadet war. Stöhnend barg sie ihren Kopf in beiden Händen. Um Himmels willen! Was mochte Luke nur gedacht haben? Dass sie sich ihn »krallen« wollte, wie Debbie so schön gesagt hatte, und deshalb in diesem Outfit hier aufgetaucht war? Es war alles viel zu offensichtlich und eine Schnapsidee von Debbie gewesen. Um Himmels willen, sie war Lukes Sekretärin, mehr nicht! Wie war sie nur auf diese völlig bescheuerte Idee gekommen?

Als sie mittags die Farbproben holte, verband sie das gleich mit ihrer Mittagspause und fuhr in ihre Wohnung. Wütend warf sie die engen Klamotten aufs Bett und schlüpfte in ihr blaues Kostüm. Es ging einfach nicht, sie fühlte sich total unwohl in diesem Aufzug! So konnte sie nicht bei ihrer Arbeit herumlaufen!

Sie betrachtete sich im Spiegel und atmete auf. Ja, das war schon viel besser! Nun konnte sie Luke endlich wieder unter die Augen treten, ohne sich völlig nackt zu fühlen! Sie in engen, offenherzigen Klamotten – das mochte zu Debbie passen, aber sie war das einfach nicht!

Eine halbe Stunde später stand sie in Lukes Büro und überreichte ihm eine Mappe.

»Bitte schön, Luke, hier sind die Farbproben.«

Luke sah von seinem Schreibtisch auf. Er musterte sie von oben bis unten.

»Danke«, sagte er und ließ seinen Blick wieder über Jessica schweifen. »Hm, hattest du heute morgen nicht was anderes an?«, fragte er und zog die Augenbrauen hoch.

Jessica wurde heiß. Wieso sprach er sie überhaupt darauf an?

»Ja, schon, aber ich fand es irgendwie nicht so angemessen fürs Büro.« Sie verknotete ihre Finger ineinander. *Und ich wollte dich nicht so offensichtlich anmachen,* fügte sie in Gedanken hinzu.

Lukes Lippen umspielte ein feines Lächeln. Er lehnte sich in seinem Sessel zurück und spielte mit einem Bleistift.

»Tatsächlich? Ich fand, dass es dir ausgesprochen gut stand.«

Bildete sie sich das ein, oder lag da ein Glitzern in seinen Augen? Hatte ihm ihr Outfit wirklich gefallen? Mehr noch: Hatte es ihm sehr gefallen? Jessica wagte den Gedanken kaum zu denken: Hatte ihn ihr Outfit angeregt, möglicherweise sogar erregt? Hatte er sich irgendetwas mit ihr vorgestellt? Oder gingen nun wiederum ihre Gedanken viel zu weit? Sah er sie als Frau oder lediglich als seine Sekretärin?

Jessica schluckte.

»Es war dir nicht zu … leger?« Ihr Herz klopfte wie verrückt.

Nein, du hast mich tierisch angemacht, und ich habe mich danach erst mal zurückgezogen, um es mir selbst zu machen. Jessica konnte es nicht ändern, der Satz zischte wie ein Blitz durch ihr Hirn. So was Albernes! Möglicherweise hatte er sie ja ganz hübsch gefunden, aber angetörnt hatte es ihn bestimmt nicht. Und schon gar nicht so sehr, dass er sich daraufhin spontan selbst befriedigt hatte. Sie war ja verrückt!

Lukes Lippen umspielte ein spitzbübisches Grinsen. »Nein, überhaupt nicht. Du musst nicht denken, dass du ständig ein Kostüm tragen musst, weil ich hier im Anzug herumlaufe.«

Jessica war für einen Moment sprachlos.

»Warum tust du das überhaupt?«, rutschte es ihr heraus. Gleichzeitig biss sie sich auf die Lippe. Wie kam sie dazu, mit ihrem Chef seinen Kleidungsstil zu besprechen? Sie war doch nicht seine Mutter!

Luke legte seinen Kopf schief. Das Grübchen neben seinem Kinn vertiefte sich. »Das ist eine gute Frage.«

»Ich wollte damit natürlich nicht sagen, dass dir Anzüge nicht stehen würden«, beeilte sich Jessica zu versichern. »Im Gegenteil, sie kleiden dich sehr gut.« O Gott, jetzt hörte sie sich wirklich so an wie ihre Mutter!

»Es ist nur ... ich habe dich noch nie in was anderem gesehen.«

»Also, zum Schlafen ziehe ich sie schon aus«, beruhigte Luke sie und seine Mundwinkel zuckten.

Jessicas Gaumen war nun vollends trocken. Ob er nackt schlief? Wie er wohl unter seinen Designer-Anzügen aussah?

Jessica hatte das Gefühl, jeden Moment zu ersticken. Zum Glück erschien genau in diesem Augenblick Patricks Kopf in der Tür.

»Luke, hast du Zeit für eine kurze Besprechung?«, fragte er. »Khem hat uns gerade einen umfangreichen Auftrag erteilt, und wir müssten über die Arbeitsverteilung sprechen. Möglicherweise müssen wir uns externe Hilfe holen, denn zu dritt werden wir das gar nicht schaffen.«

Luke nickte erfreut.

»Ja, natürlich, gerne. Ist Julian auch da?«

»Der müsste in seinem Büro stecken«, erwiderte Patrick.

»Jessica, könntest du mitkommen und ein paar Notizen machen?« Luke lächelte Jessica zu. Es stand ihm gut, wenn er lächelte, stellte Jessica wieder einmal fest. Er sah dann richtig jungenhaft aus. *Er sollte viel öfter lächeln*, dachte sie, *aber wahrscheinlich hat er nicht viel Grund zur Freude*.

»Ja, selbstverständlich.« Jessica lief in ihr Büro, schnappte sich Block und Kuli und folgte den beiden Brüdern zu Julians Büro.

Die Tür war geschlossen. Luke klopfte kurz an und drückte dann die Klinke hinunter, ohne Julians »Herein« abzuwarten.

Julians Schreibtisch stand an der anderen Seite des Raumes, parallel zur Tür. Er fuhr erschrocken zusammen, als er den Aufmarsch erblickte.

»Wir wollten was mit dir besprechen«, verkündete Luke und machte ein paar Schritte auf Julians monströsen Schreibtisch zu, hinter dem sein zierlicher Bruder fast verschwand. Patrick und Jessica folgten ihm etwas langsamer. Julian saß merkwürdig erstarrt und kerzengerade da. Seine Augen flackerten, und seine Wangen waren gerötet.

»Können wir das nicht später machen?«, fragte er und atmete unnatürlich heftig. Luke sah ihn überrascht an.

»Wieso das denn? Du bist doch jetzt da.«

»Ich kann jetzt nicht.« Julians Stimme klang gepresst.

Luke verdrehte die Augen.

»Jetzt habe ich endlich Patrick im Griff, und nun zickst du rum. Was ist denn los, wieso kannst du jetzt nicht?«

Julian sah seinen Bruder gequält an, antwortete aber nicht. Dafür vernahm man ein leises Surren.

»Was ist denn das?« Luke runzelte die Stirn und sah sich um.

»Hört ihr das auch?«

Julian wurde knallrot. Er warf Patrick und Jessica panische Blicke zu. Patrick schaltete sofort.

»Nein, ich höre nichts«, behauptete er. »Du, Jessica?«

Jessica schüttelte den Kopf, obwohl sie das Surren selbstverständlich hörte und sich auch denken konnte, was es war. Aber sie wollte Julian vor Luke nicht bloßstellen.

Luke sah sich irritiert um. »Aber ich höre es doch ganz genau!«

»Vielleicht hast du was mit deinen Ohren«, vermutete Patrick mit unschuldigem Gesicht. »Ohrensausen im Alter oder so. Soll vorkommen.«

»Mit meinen Ohren ist alles in Ordnung«, sagte Luke ärgerlich. »Aber ihr solltet eure mal untersuchen lassen, wenn ihr das nicht hört.«

Jessica beobachtete Julian aus dem Augenwinkel. Er sah sehr angespannt aus und rutschte fast unmerklich auf seinem Stuhl hin und her. Sein Gesicht hatte einen leicht entrückten Ausdruck, und sein Atem ging stoßweise. Es war völlig klar, was hier gerade vor sich ging. Nur Luke schien nicht die leiseste Ahnung zu haben, dass er seinen Bruder mitten beim Onanieren störte.

»Wir müssen besprechen, wie wir die Aufgaben verteilen, die sich aus Khems Auftrag ergeben«, begann Luke und ließ sich auf einem Stuhl nieder. Er schlug seine langen Beine übereinander und sah seinen jüngsten Bruder an. »Julian, du könntest nächste Woche nach Kairo fliegen und dort einige Kunstgegenstände erwerben, die er haben will, vor allem die Teppiche.«

Julian lehnte sich weit in seinem Sessel zurück. Seine Stirn glänzte, und ein Schweißtropfen löste sich, der über sein Gesicht rann. Er konnte sich einfach nicht mehr beherrschen, er war gleich so weit. Es gab kein Zurück mehr, er musste jetzt einfach kommen. Ihm war alles egal. Sollten sie doch alle ruhig zusehen.

Patrick gab Luke und Jessica einen Wink und zog sie dann aus dem Zimmer. Dann sprach er leise auf Luke ein.

»Verdammt nochmal, seid ihr eigentlich von allen guten Geistern verlassen?«, donnerte Luke los, und die Ader an seiner Schläfe schwoll gefährlich an.

»Das ist doch wohl alles nicht euer Ernst! Erst diese bescheuerte Party – und jetzt holt sich mein Bruder an seinem Schreibtisch einen runter! Bin ich hier im Irrenhaus?«

»Du fandest die Party eine bescheuerte Idee?« Jessicas Herz hüpfte vor Freude. »Du wolltest das gar nicht?«

»Natürlich nicht.« Luke seufzte. »Dieser Art von Freizeitgestaltung kann ich nicht das Geringste abgewinnen.«

Jessica begann zu strahlen. Sie hatte es ja gewusst! Luke war nicht einer von den Männern, die – wie hatte Patrick das so treffend gesagt – ihren Rüssel in dem Schoß irgendeiner Frau versenkten. Vielleicht wartete Luke nur auf die Richtige?

»Kann ja sein, dass ich da etwas altmodisch bin«, fuhr

Luke fort und schüttelte den Kopf. »Aber das Innigste, was zwischen zwei Menschen stattfinden kann, sollte meiner Meinung nach auch dort bleiben und nicht zu irgendeiner sportlichen Betätigung ohne die geringsten Emotionen degradiert werden.«

Seine strahlend blauen Augen sahen Jessica offen an. Sie spürte, wie ihr regelrecht das Herz aufging.

»Ja, das finde ich auch«, sagte sie automatisch und merkte dann, dass das der Wahrheit entsprach. Sie dachte an ihre Eltern. Die beiden hatten sich geliebt, auch körperlich, und deshalb war es so lange so gut gelaufen. Genau danach sehnte sie sich auch!

»Ich weiß nicht, was mit meinen Brüdern los ist«, seufzte Luke. »Patrick mit seinen Frauen, die er öfter wechselt als ich meine Krawatten, und jetzt Julian ... Gott, so kenne ich Julian gar nicht! Ich kann mich gar nicht daran erinnern, wann er das letzte Mal eine Freundin hatte.«

Jessica zögerte. Sollte sie Luke erzählen, was auf der Party passiert war? Wusste er überhaupt, dass sein Bruder offenbar soeben seine schwule Seite entdeckte?

Nein, entschied sie. Das muss Julian Luke schon selber sagen. Sie würde sich nicht einmischen.

»Ich glaube, Julian macht gerade eine schwierige Phase durch«, sagte sie vorsichtig.

Luke sah sie erstaunt an. »Wie meinst du das?«

Unbemerkt war Patrick hinter sie getreten, und die beiden fuhren erschrocken zusammen.

»Luke, Julian möchte dir was sagen.« Patrick atmete tief aus. »Du solltest jetzt einfach mal zuhören und ihn nicht gleich verurteilen.«

Luke machte ein verständnisloses Gesicht. »Wie bitte?«

Mit unsicheren Schritten kam Julian nun durch die

Terrassentür. Er sah klein und zerknirscht aus und tat Jessica von Herzen leid. Für ihn musste es im Moment weiß Gott nicht einfach sein!

Jessica wandte sich zum Gehen. Das war eine Familiensache und ging sie nichts an.

»Nein, bleib«, sagte Julian und sah Jessica bittend an. »Du weißt es doch sowieso schon, weil du bei der Party gefilmt hast.« Stockend kam er ein paar Schritte näher. Luke verschränkte seine Arme ineinander.

»Ich … äh … fühle mich zu Männern hingezogen. Also, ich meine – mehr als zu Frauen.«

Eine Weile war es ganz still. Man hörte nur das Zwitschern der Vögel.

Lukes Miene war völlig ausdruckslos.

»Du bist schwul?«, fragte er dann, und seine Stimme klang ganz fremd. Julian nickte.

»Ich glaube ja«, flüsterte er. »Ich … es erregt mich immer so, wenn ich nackte Männer sehe, und auf der Party habe ich was mit einem Mann gehabt.«

In Lukes Gesicht arbeitete es. Sein Kiefer mahlte, und seine Augen zuckten. Beide. Dann fuhr er sich durch seine Haare. Morgen würden sie völlig grau sein, jedes einzelne!

»Ich will das doch gar nicht«, sagte Julian leise. »Aber es kommt immer so über mich. Mich reizen Frauen gar nicht mehr. Ich kann doch auch nichts dafür!«

»Deine Freundinnen waren immer schon eher knabenhaft«, erinnerte sich Luke und kniff die Augen zusammen. »Wenn ich es mir recht überlege, sahen sie eher wie junge Männer aus.«

»Stimmt«, pflichtete Patrick ihm bei. »Jetzt, wo du es sagst … Ja, du hast recht.«

Julian nickte. Und er erinnerte sich auch daran, dass er es tunlichst vermieden hatte, den Frauen zwischen die Beine zu fassen. In sie einzudringen war okay gewesen, aber auf alles andere hatte er sich nicht eingelassen. Diese klebrige Feuchtigkeit zwischen den Beinen hatte ihn angeekelt. Und manche hatten ihm sogar erlaubt, sie von hinten zu nehmen, das hatte ihn am meisten erregt. Erst vor wenigen Monaten war ihm dann so richtig klar geworden, dass er total auf Männer abfuhr. Er war in einem Park gewesen und hatte plötzlich unterdrücktes Stöhnen gehört und zwei Männer erblickt, die sich gegenseitig an ihren Penissen rieben. Fasziniert hatte er zugesehen, und es machte ihn so an, dass er auf der Stelle onanieren musste.

Danach hatte er im Internet gesurft, sich die vielen Gay-Seiten angeschaut, entsprechende Hefte gekauft und gemerkt, dass ihn das viel mehr erregte als alle Frauen zusammen, mit denen er jemals etwas gehabt hatte. Und seit ihn der Callboy bei der Party anal verwöhnt hatte, konnte er sich selbst nicht länger belügen. Er war schwul.

Luke kratzte sich am Kopf.

»Wie kommst du selbst damit klar, Julian?«

Julian zuckte mit den Achseln. Er sah klein und verletzlich aus.

»Ich muss mich erst noch daran gewöhnen«, sagte er leise. Dass er auf Männer stand, war eine Sache. Offen jedoch zu seiner Homosexualität zu stehen und sich zu outen, eine ganz andere. Julian war sich nicht sicher, ob er überhaupt öffentlich dazu stehen oder seine Neigung lieber im Geheimen ausleben wollte. Es war alles noch so neu und fremd für ihn, und er war hochgradig verwirrt.

Luke sah Julian eine Weile schweigend an.

»Gut«, sagte er dann. »Du sollst wissen, dass ich zu dir stehe, Julian. Du kannst dich immer auf mich verlassen.«

Er runzelte die Stirn.

»Trotzdem: Du kannst deine Neigungen ausleben, wo immer du willst – aber nicht im Büro.«

»Natürlich.« Julian wurde wieder rot. Es war überhaupt nicht seine Absicht gewesen, am Schreibtisch zu onanieren, aber der Typ, mit dem er seit ein paar Tagen einen erotischen Mailkontakt pflegte, hatte ihn so sehr aufgeheizt, dass ihm fast die Hose geplatzt wäre. Und dann war auch noch das Päckchen mit dem Analplug geliefert worden, und Steven hatte ihn förmlich dazu gezwungen, diese neue Errungenschaft gleich auszuprobieren ... Er war so verdammt erregt gewesen und hatte sich einfach nicht mehr beherrschen können! Und als er kurz vor seinem Orgasmus war, waren die drei in sein Büro marschiert. Er war völlig panisch geworden, konnte seine Ekstase in diesem Stadium aber einfach nicht mehr drosseln, obwohl er fast gestorben war vor Scham.

»Es kommt nicht wieder vor«, versprach Julian mit hochrotem Kopf. »Ich verspreche es.«

Luke nickte. »Gut. Belassen wir es dabei.« Er wandte sich zum Gehen. Patrick folgte ihm.

Julian sah Jessica an. »Kennst du eine gute Kosmetikerin?«

»Wie bitte?«

Julian schenkte ihr ein etwas zittriges Lächeln.

»Ich muss doch jetzt was für mein Aussehen tun. Die Konkurrenz schläft nicht.« Er legte seinen zarten Finger zwischen seine Augenbrauen.

»Vielleicht kann die mir diese schreckliche Falte hier wegmassieren. Wenn das nicht hilft, bleibt nur noch Botox.«

Kein Zweifel: Julian war tausendprozentig schwul!

Debbie hatte viele Talente. Sie arbeitete nicht nur als Sexberaterin und sammelte Männer, sondern malte auch noch Bilder und nähte exklusive Vorhänge. Nachdem Jessica Luke gefragt hatte, ob sie sich ein Bild einer Landschaft in Südengland in ihr Büro hängen durfte, brachte Debbie es ihr wenige Tage später höchstpersönlich vorbei – nicht ohne den Hintergedanken, Patrick anzutreffen.

»Wow, das sieht einfach toll aus!«, sagte Jessica begeistert und umarmte ihre Freundin. »Ich bin immer wieder völlig fasziniert, was du alles kannst!«

»Ich habe ja auch genug Zeit, meine Hobbys zu pflegen«, lachte Debbie. »Das ist übrigens John. Er hängt das Bild auf – ich wusste ja nicht, ob hier fähige Handwerker im Haus sind.«

»Hallo, John.« Jessica lächelte den Mann an. John war mittelgroß, hatte dunkle Haare, ein markantes Gesicht und war – natürlich – sehr attraktiv. Jessica war sich ziemlich sicher, dass er für Debbie nicht nur den Werkzeug-Hammer schwang.

»Hi.« John nickte ihr strahlend zu und machte sich an die Arbeit.

»Sind deine Chefs auch da?«, erkundigte sich Debbie ganz nebenbei.

»Nur Patrick«, gab Jessica Auskunft und lachte. »Aber um den geht's ja wohl, oder?«

»Ich weiß nicht, was du meinst«, spielte Debbie die Unschuldige. »Aber – wo ist denn sein Büro?«

»Gleich gegenüber«, sagte Jessica und grinste. Debbie drehte sich zu John herum.

»Du schaffst das ja alleine, oder?«

Ohne eine Antwort abzuwarten, stolzierte sie davon. Dabei spürte sie, wie ihr Herz hämmerte. Das war ihr lange nicht passiert!

Sie klopfte an die Tür und drückte nach einem »Herein« die Klinke hinunter.

Patrick saß an seinem Schreibtisch und starrte sie völlig perplex an. Debbie hatte ihr heutiges Outfit sorgsam ausgewählt: Sie trug ein Oberteil, das aus einer schwarzen Lackcorsage bestand, die tiefe Einblicke gewährte, sowie hauchdünnem, durchsichtigem Netzstoff. Dazu trug sie einen knappen schwarzen Rock mit einem langen Gehschlitz, schwarze Netzstrümpfe und kniehohe Stiefel. Sie sah aus wie ein Vamp – und das war sie ja auch. Ihre roten Haare fielen ihr üppig über die Schultern, und Debbie wusste, dass sie umwerfend aussah.

»Hallo«, stammelte Patrick und fiel fast von seinem Stuhl.

»Hi«, sagte Debbie und grinste. »Möchtest du auch ein Bild von mir haben?«

»Ja, gerne!« Patrick sprang erfreut auf und stieß mit dem Knie gegen seinen Schreibtisch. Dann kramte er in seiner Schublade herum und hielt eine Digitalkamera in seinen Händen.

»Wo darf ich dich knipsen?«

Debbie sah ihn überrascht an. Dann lachte sie.

»Nein, das meinte ich nicht«, stellte sie klar. »Ich male, und Jessica hängt gerade ein Bild von mir auf. Du kannst es dir ja mal ansehen, und wenn es dir gefällt, male ich auch eins für dich.«

»Klar.« Patrick verschlang Debbie mit den Augen. Sie drehte sich um und schritt forsch voran. Allein ihr Gang und ihre wiegenden Hüften bewirkten, dass Patrick in Sekundenschnelle eine Erektion bekam. Jetzt den Rock hochschieben, den Slip herunterreißen und dann …

»Das ist mein Bild.« Debbie blieb so abrupt stehen, dass Patrick von hinten in sie hineinrannte. Mist. Jetzt hatte sie bestimmt seinen steifen Penis gespürt!

»Toll!«, sagte Patrick und nahm das Bild nur am Rande wahr. Irgendeine langweilige Landschaft, die ihm herzlich egal war. Ihn interessierte eine ganz andere Landschaft.

»Am besten zeige ich dir mal mein Zimmer«, schlug Patrick eifrig vor. »Dann hast du einen guten Überblick und kannst mir einen Vorschlag machen, welche Art von Bild da passen würde.«

»Gern«, erwiderte Debbie mit einem sphinxhaften Lächeln.

»John, kommst du dann nach, wenn du hier fertig bist?«, wandte sie sich an ihren Sklaven. Ihr Handwerker nickte.

Patrick zeigte ihr den Weg und spürte, wie sein Penis schmerzte, der sich gegen den harten Stoff seiner Jeans rieb. Debbie merkte natürlich, wie sehr Patrick ihr Anblick erregte. Sie fühlte sich in höchstem Maße geschmeichelt und spürte auch so etwas wie Macht.

»Das wäre also mein Schlafzimmer«, sagte Patrick mit rauer Stimme. Debbie sah sich anerkennend um. Ein riesiges Bett mit blutroter Satin-Bettwäsche, ein gigantischer Spiegel über dem Bett und zwei Spiegel daneben, ein antiker Holzschrank und ansonsten sehr viel Luft und Licht. Wunderbar.

Patrick wurde unruhig. Ihm war fast die Hose geplatzt, als er Debbie sah. Sie sah so verdammt sexy aus, aber es war mehr als das. Sie hatte etwas, das all den Frauen fehlte, mit denen er für gewöhnlich schlief. Er konnte es zwar nicht benennen, aber es hatte etwas mit Charisma und Ausstrahlung zu tun. Sie haute ihn einfach um.

»Möchtest du etwas trinken?«, bot er an und dachte, dass er sich hemmungslos besaufen würde, wenn diese aufreizende Frau tatsächlich nur hergekommen war, um ihm ein Bild zu verkaufen. Und war dieser John vielleicht ihr Lover? Patrick fühlte ein unbekanntes Gefühl von Eifersucht in sich aufsteigen. Was war nur mit ihm los? Er kannte diese Frau doch gar nicht! Und selbst, wenn – er wollte sie knallen, mehr nicht. Oder?

Debbie nickte. »Ja, warum nicht. Ein Prosecco wäre schön.« Sie strich ihre lange Mähne zurück und lehnte sich lasziv an die Metallstange des Bettes. Patricks Glied pochte aufgeregt. Was für ein Anblick! Lange würde er sich nicht mehr beherrschen können!

Er beeilte sich, an die Minibar zu kommen und erschien in Höchstgeschwindigkeit mit zwei gefüllten Gläsern.

»Bitte schön. Auf was stoßen wir denn an?«, erkundigte sich Patrick. Ihm war unerträglich heiß. Er wollte diese atemberaubende Frau – jetzt sofort.

Debbie sah vielsagend auf seine gut gefüllte Hose.

»Auf das da vielleicht?« Sie grinste, fühlte sich stark und begehrenswert. Patrick, sonst immer unbekümmert und locker, wurde ausgesprochen nervös. Er schluckte.

»Tja, ich bin eben auch nur ein Mann. Und bei deinem Outfit ... Du siehst einfach verdammt gut aus.« Patrick merkte, wie seine Knie nachgaben. Er musste sich setzen.

Debbie lächelte geschmeichelt. »Danke.« Das »gleichfalls« schluckte sie gerade noch hinunter. Obwohl es gestimmt hätte, denn Patrick war eine wahre Augenweide. Er war athletisch und durchtrainiert – und auch die Beule in seiner Jeans stand ihm verdammt gut. Er war der attraktivste Mann mit Sex-Appeal, der ihr jemals begegnet war Sie spürte, wie bereit sie für ihn war – und das Wissen, dass sie ihn haben konnte und in kürzester Zeit haben würde, erregte sie ungemein.

»Was für ein Bild würdest du mir denn empfehlen?«,

fragte Patrick mit kratziger Stimme. Gott, er hielt es wirklich nicht länger aus! Diese Frau brachte ihn um seinen Verstand!

»Vielleicht ein erigierter Penis?«, schlug Debbie vor, nahm einen Schluck und leckte sich lasziv die Lippen. »Möglicherweise deinen, wenn du ihn mir zeigst, damit ich ihn malen kann?«

Verdammt, das konnte sie haben!

Mit einem Hechtsprung sprang Patrick auf, zog Debbie an sich und presste seine Lippen auf ihre knallrot geschminkten Lippen, die er sachte mit seiner Zunge öffnete. Debbie packte Patrick an seinem muskulösen Oberarm, der sich unter ihrer Berührung anspannte. Patricks Zunge war weich und zärtlich, er schlabberte nicht so wie viele Männer und spielte so mit ihrer Zunge, dass jeder Zungenschlag kleine Pfeile in ihren Schoß sandte. Er konnte wirklich verdammt gut küssen! Debbie presste sich gegen seinen Körper und fühlte seinen harten, großen Penis. Patrick wiederum spürte ihre weichen, vollen Brüste und ihre harten Nippel und stöhnte auf. Sein Glied rieb sich schmerzhaft gegen seine viel zu enge Jeans. Es half alles nichts, er musste es jetzt befreien.

Während er Debbie immer noch küsste, glitt seine Hand zu seinem Reißverschluss. Debbies Hand folgte ihm. Beide Hände hielten inne, berührten sich und verschlangen sich ineinander. Zärtlich streichelte Patrick Debbies Fingerspitzen, was eine weitere Explosion in ihrem Unterleib auslöste. Sanft löste sie ihre Finger von seinen und strich mit ihrer Hand vorsichtig über die große Wölbung unter seiner Jeans. Aus Patricks Mund kam ein Ächzen. Debbie öffnete langsam den Knopf und dann den Reißverschluss. Sie blickte nach unten, und ganz leicht strichen ihre Finger über die Ausbuchtung. Patricks Penis zuckte aufgeregt unter ihrer Berührung. Debbie lächelte und zog ihre Hand zurück. Er sollte ruhig noch etwas warten.

Patrick sah sie entrückt an. Dann nahm er das Glas, setzte es an ihren Ausschnitt und ließ den Prosecco zwischen ihren Brüsten hinunterlaufen. Debbie rührte sich nicht, genoss aber das kühle Prickeln. Patrick kippte eifrig nach, beugte sich dann zu ihren Brüsten hinunter, zog mit einem Griff die Corsage nach unten und legte ihre Brüste frei. Debbie warf den Kopf in den Nacken, griff nach dem anderen Glas und nahm einen kräftigen Schluck. Patricks Mund umschloss ihre Nippel, und er begann kräftig zu saugen. Vorsichtig nahm er ihre Nippel zwischen die Zähne und bearbeitete sie mit der Zunge. Debbie fühlte wieder das Ziehen und Pochen in ihrer Scheide, das Sehnen nach mehr. Sie fuhr mit der einen Hand durch Patricks Haare, in der anderen hielt sie immer noch das Sektglas. Sie hielt es über Patricks Kopf und ließ dann den Sekt über sein Gesicht laufen. Patrick bog den Kopf zurück und versuchte ein paar Tropfen aufzufangen. Debbie schüttete immer weiter, so dass der Sekt an Patricks Kinn hinunterrann und sich einen Weg unter sein weißes Hemd bahnte. Mit klirrendem Laut stellte Debbie das Glas ab und öffnete mit zitternden Händen die Knöpfe seines Hemdes. Patricks Brust hob und senkte sich. Endlich hatte Debbie das störende Hemd entfernt. Hungrig beugte sie sich nun ihrerseits zu ihm hinab und umkreiste mit der Zunge seine Brustwarzen. Patrick seufzte. Debbie versuchte, die Warzen einzusaugen und knabberte leicht an ihnen.

»Das macht mich verrückt«, flüsterte Patrick. Er riss Debbie an sich und schob seine Zunge in ihren Mund. Er küsste sie so lange, bis sie fast erstickte, und löste sich dann schwer atmend von ihr.

Debbie sah kurz nach unten. Sein Penis stand nun kerzengerade und lugte aus seinem Slip hervor. Die Jeans hatte er immer noch an.

Ungeduldig zerrte sie daran herum. Diese blöde Hose störte jetzt wirklich. Bereitwillig zog Patrick sie aus. Debbies Hand glitt wieder nach unten. Sie umfasste seinen Penis und begann ihn sachte zu massieren, wobei sie die Vorhaut zurückzog und wieder nach oben schob. Patrick atmete heftig, sein Gesicht war gerötet. Mit der rechten Hand tastete er nach seinen Hoden und zog ein wenig daran. Dann warf er sich aufs Bett, Debbie folgte ihm und sah in den riesigen Spiegel neben sich. Sie konnte sehen, wie Patricks Gesicht sich ihren Brüsten näherte und wie er mit voller Hingabe an ihnen saugte. Dann blickte sie in den Spiegel auf ihrer rechten Seite und sah ihre beiden Körper, die ineinander verschlungen waren.

Endlich zog ihr Patrick die Corsage und den engen Rock aus. Dann robbte er sich etwas höher und schob seinen Penis zwischen ihre Brüste. Debbie sah wieder in den Spiegel. Es war ein ungemein erregender Anblick. Debbie winkelte die Arme an und presste ihre Brüste zusammen, damit Patrick mehr Reibung hatte. Er dankte es ihr mit einem lauten Stöhnen. Debbie versuchte mit der Zunge über die Eichel zu fahren und sah, dass sich bereits ein paar Tröpfchen auf seiner Eichel gebildet hatten.

»Ich muss aufhören, sonst komme ich«, ächzte Patrick und glitt von ihr herunter. Dann nahm er sie fest in die Arme.

»Es ist total schön mit dir«, raunte er an ihrem Ohr. Debbie schmiegte sich glücklich an ihn. Ja, es war auch schön mit ihm.

Patrick streichelte sanft ihren Körper, begann an ihrem Hals, ließ sich viel Zeit und langte dann bei ihrem

Bauchnabel an. Debbies Becken zuckte unruhig. Sie war bereit, sie wollte, dass er sie an ihrer erogensten Zone streichelte.

Patricks Hände wanderten nun zu ihren Oberschenkeln, die sie bereitwillig öffnete. Seine Finger glitten über ihren seidenzarten Slip, was erneute Stromschläge in ihr auslöste. Da lag diese wunderbare Frau nun – nur noch mit einem Slip, einem Strumpfhalter und Netzstrümpfen bekleidet. Patricks Schwanz zuckte aufgeregt hin und her. Am liebsten wäre er sofort in ihre Nässe eingetaucht, aber er beherrschte sich.

Zärtlich streichelte er die Innenflächen ihrer Oberschenkel. Debbie war nur noch brennendes Verlangen. Verlangen nach mehr! Nervös drängte sie sich ihm entgegen. Sie brauchte seine Hände jetzt woanders als an ihren Oberschenkeln!

Patrick lächelte, als er ihre Ungeduld spürte. Er war selbst bis aufs Äußerste erregt, kostete es aber weidlich aus, das Spiel noch in die Länge zu ziehen. Er mochte es, wenn man sich reizte und lockte, manchmal sogar bis an die Grenzen der Schmerzhaftigkeit.

Debbie hielt es nicht mehr aus. Sie nahm entschlossen seine Hand und führte sie zwischen ihre Beine. Seine schmalen Finger strichen sanft über ihre geschwollenen Schamlippen. Ungeduldig nahm sie abermals seine Finger und legte sie auf ihre pochende Klitoris. Patrick zog kleine Kreise um ihren empfindlichsten Punkt, dann endlich legte er seine Finger direkt auf die kleine pulsierende Stelle.

Debbie stöhnte erleichtert auf. Endlich! Nichts gegen ein Vorspiel, aber wenn er jetzt nicht sofort ihren Kitzler massierte, flippte sie aus!

Patrick rieb quälend langsam auf ihrem Lustzentrum herum. Debbie öffnete die Augen.

»Schneller«, trieb sie ihn an. »Mach schneller, bitte.« Stöhnend vergrub sie den Kopf in dem Kissen.

Patrick drehte sie sanft auf den Bauch und rieb seinen Penis von hinten gegen ihre weit geöffnete Scham. Debbie stöhnte hemmungslos. Dann schob er seinen Penis ein kleines Stück in sie hinein und tastete dann mit der Hand wieder nach ihrer Klitoris. Debbie zersprang fast vor Lust. Sein pochendes Glied in sich zu fühlen und seine Finger, die ihre Klitoris massierten, war fast zu viel. Sie hechelte und wand sich unter seinen Berührungen.

Plötzlich spürte sie zwei starke Hände, die ihren Kopf umfassten und etwas Hartes an ihrem Mund. Sie war fast besinnungslos vor Erregung und öffnete automatisch ihre Lippen. Nur ganz hinten in ihrem Kopf glimmte der Gedanke auf, dass irgendetwas nicht stimmte. Patrick massierte immer noch ihre glühende Klitoris, wie sollte er da ihren Kopf umfassen? Und wieso hatte sie seinen Penis gleichzeitig in ihrer Vagina und ihrem Mund?

Es fiel ihr schwer, die Augen zu öffnen, aber sie riss sie dann umso weiter auf. Denn der Penis, den sie im Mund hatte und die athletischen Arme, die ihren Kopf führten, gehörten – John!

Sie wollte etwas rufen, was ihr jedoch dank seines riesigen Gliedes in ihrem Mund nicht gelang. In ihrem Kopf wirbelte alles durcheinander, sie war nicht einmal ansatzweise zu so etwas wie einem Gedanken fähig. Das war auch gar nicht möglich, denn Patrick reizte weiterhin ihren Kitzler und drang jetzt tiefer in sie ein, so dass sie nur noch ein zuckender Körper war. Sie schloss ihre Augen wieder und konzentrierte sich auf das, was sie fühlte. Patricks Penis glitt hin und her, stieß mal sanft, mal fest zu und unermüdlich reizte seine Hand weiterhin ihren Kitzler. Debbie bemühte sich, John den größtmöglichen Genuss zu bereiten, konnte sich aber kaum auf ihren Blow-Job konzentrieren, weil sie spürte, dass sie gleich kommen würde. John hielt ihren Kopf jedoch eisern fest und bewegte ihn gebieterisch hin und her. Das verzögerte ihren Orgasmus etwas, doch dann kam sie gewaltig. Ihr Stöhnen wurde durch Johns Penis unterdrückt, ihr Becken zuckte dafür umso heftiger. Patrick verstand und hielt eine Weile inne, als ihre Scheidenmuskeln kontrahierten und seinen Penis fest umschlossen. Er stöhnte auf. Diese Massage tat verdammt gut! Dann zog er sich aus ihr heraus.

John zog Debbie an den Haaren höher zu sich hoch. Es tat weh, erregte sie aber auch gleichzeitig. Willig fuhr sie mit der Zunge weiterhin über seinen Schaft, tänzelte auf seiner Eichel herum und bemühte sich, seinen Penis so tief wie möglich in den Mund zu nehmen, was bei der imposanten Größe nicht ganz einfach war.

Patrick platzierte sich wieder vor Debbies Vagina und stieß zu. Der Stoß kam für Debbie unerwartet, aber sie saugte trotzdem eifrig weiter. John versuchte ihre Bewegungen zu drosseln, doch Debbie verstärkte ihre Bemühungen sogar noch. Diese Reizung war zu viel für John – mit einem lauten Stöhnen zog er seinen Penis aus ihrem Mund, rieb noch einige wenige Male über den Schaft und spritzte dann ab.

Patrick stieß immer wilder zu, stöhnte laut und heftig und packte sie bei den Hüften, seine Bewegungen waren hart und schnell. Dann war auch er so weit und ergoss sich mit einem kehligen Laut in ihr. Ihre Scheidenmuskeln krampften sich um ihn zusammen, massierten ihn ein letztes Mal. Dann sanken sie beide in die Kissen und blieben eine Weile in der Löffelchenstellung liegen, ausgepowert, glücklich, befriedigt.

Debbie war schon fast eingeschlafen, als sie eine Hand

in ihrem verschwitzten Gesicht spürte. Sie öffnete ihre Augen und sah Patricks Gesicht ganz dicht vor ihrem.

»Patrick«, flüsterte sie. »Patrick, ich …«

»Pscht …«, machte Patrick und legte ihr einen Finger auf die Lippen.

Debbie richtete sich auf, bedeckte sein Gesicht mit Küssen und krallte ihre Finger in seine Brust. Er war überrascht von so viel Leidenschaft, aber es gefiel ihm. Sie griff mit beiden Händen nach seinem Kopf und zog ihn fest zu sich heran, küsste ihn wie eine Ertrinkende und wollte nie wieder aufhören. Fast gewaltsam stieß sie ihn auf den Rücken und setzte sich dann auf ihn.

Patricks Augen funkelten. Er mochte es, wenn er der dominante Part war, aber es erregte ihn auch ungemein, wenn eine Frau sich nahm, was sie wollte. Und Debbie nahm sich jetzt, was sie wollte – ihn.

Debbies Brust hob und senkte sich, ihr Puls raste. Sie sah Patrick in die Augen und nahm seinen harten Penis in die Hand. Zwei, drei Mal fuhr sie über den Schaft, dann setzte sie ihn an ihre Öffnung. Patrick betrachtete sie fasziniert. Debbie war völlig außer sich, das gefiel ihm.

»Nimm ihn dir«, sagte er leise und umfasste ihre Hüften. Seine Augen funkelten.

Debbie teilte ihre Schamlippen und führte langsam seine Spitze ein. Er verzog stöhnend das Gesicht. Seine Eichel war schon ganz in ihr verschwunden, der Rest fehlte noch.

Debbie begann langsam auf der Eichel herumzuwippen. Patrick sah im Spiegel, wie seine Eichel kurz aufblitzte und dann wieder in ihr verschwand. Dabei gab es jedes Mal ein schmatzendes Geräusch.

Dann ließ sich Debbie ganz auf seinen Schaft niedergleiten. Beide stöhnten erleichtert auf. Sie stützte sich seitlich mit den Händen ab und bewegte sich langsam vor und zurück. Patrick half ihr, indem er ihr entgegenkam und in sie hineinstieß. Er füllte sie ganz aus, und jeder Stoß war ihr willkommen.

Ihre Brüste schaukelten verführerisch vor seiner Nase, und Patrick griff zu. Er drückte und knetete sie und zwirbelte ihre Nippel, die sich unter seiner Berührung aufrichteten.

Debbie ritt ihn nun schneller und presste sich ihm entgegen. Er umfasste ihre Handgelenke, dann hielten sie sich an den Händen. Es war für beide ungeheuer erregend, sich in die Augen zu sehen, während sie miteinander Sex hatten und sich so intensiv spürten.

Patrick schluckte. Debbies aufgewühltes, gerötetes Gesicht, ihre wippenden Brüste, ihre Vagina, die sich fest um seinen Penis schloss und ihn so wunderbar massierte, reizten ihn bis ins Unermessliche. Als sie wie eine Besessene auf ihm herumrutschte, kam er plötzlich laut stöhnend und für ihn selbst völlig unvorbereitet.

Sie sah ihn an, als all seine Gesichtsmuskeln sich anspannten, sich seine Züge in höchster Erregung verzerrten und dann wieder entspannten. Er hatte die Augen geschlossen, und als er sie jetzt wieder öffnete, lächelte er sie an. Debbie konnte nicht anders, sie beugte sich über ihn und küsste ihn zärtlich auf den Mund. Er erwiderte ihren Kuss genauso zärtlich. Selig schmiegte sie sich in seine Arme. Dann schlief sie ein.

Als sie irgendwann aufwachte, lag sie wie ein Sandwich zwischen den beiden Männern, die noch schliefen. Wohlig streckte sie sich aus. Was für ein Nachmittag! Sie hatte mit zwei Männern gleichzeitig Geschlechtsverkehr gehabt, und auch noch verdammt guten!

Sie sah John an. Sein Gesicht wirkte entspannt, sein Atem ging regelmäßig, und seine Hand lag auf ihrer

Hüfte. Debbie strich ihm sanft über die Wange. Er sah so friedlich aus.

Sie spürte, wie Patrick sich im Schlaf von hinten an sie presste. Debbie erwiderte seinen Druck, und Patrick seufzte wohlig auf. Dann zog sie John näher zu sich heran, so dass sie nun ganz eng zwischen den beiden Männern lag. Von hinten spürte sie Patricks Schwanz, von vorne Johns Körper. Patricks Arme schlangen sich um sie und wanderten zu ihren Brüsten. War er wach, oder tat er das im Schlaf?

Er begann ihre Nippel zwischen Daumen und Zeigefinger zu bewegen. Gleichzeitig spürte sie seine Erektion an ihrem Hintern.

»Du bist schon wach?«, flüsterte sie.

»Und wie!«, gab Patrick zurück. Er gab sie kurz frei, und im Spiegel konnte sie sehen, wie er nach einem kleinen Kästchen griff. Er öffnete es, und dann spürte sie etwas Kaltes an ihrem Anus. Er rieb sie mit Gleitcreme ein, und es war nicht schwer zu erraten, was er vorhatte.

Debbie entspannte sich. Sie vertraute ihm. Dann spürte sie Patricks Finger an ihrer hinteren Öffnung. Sie atmete heftiger. Patrick schob jetzt einen Finger ein wenig in sie hinein und dann, als er keinen Widerstand spürte, etwas tiefer.

Nun öffnete John schlaftrunken die Augen und brauchte offenbar eine Weile, um zu registrieren, wo er war und mit wem. Debbie legte ihre Hände auf seine Brust und begann ihn zu streicheln. Als er registrierte, was Patrick gerade tat, war er schlagartig wach.

Er beugte sich zu Debbie und küsste sie. Sie nahm sein Gesicht in beide Hände und erwiderte seinen Kuss. Johns Penis wuchs fast augenblicklich. Fasziniert sah Debbie ihm dabei zu. Sanft umfasste sie mit zwei Fingern seinen Schaft und fuhr auf und ab. John hatte die Augen geschlossen und atmete heftiger.

Plötzlich spürte Debbie, dass sich nicht mehr Patricks Finger an ihrem Anus bewegte, sondern dass er seine Eichel dort platziert hatte. John streichelte ihr Gesicht.

Patrick schob vorsichtig seine Spitze in sie hinein. John streichelte ihre Brüste und fuhr mit seinen Fingerspitzen über ihre steilen Nippel.

Debbie spürte Patricks warmen Körper von hinten und John von vorne. Es war ungeheuer erregend. Während sie Johns Glied massierte, versuchte Patrick weiter in sie einzudringen.

John drängte sich an sie und drang mit der Zunge in ihren Mund ein. Er züngelte so wild, dass sie alles darüber vergaß. Patrick nutzte seine Chance und schob seinen Penis ein Stück weiter in sie hinein. Debbie zuckte ein bisschen zusammen, ließ ihn aber gewähren. Patrick, der inzwischen schweißüberströmt war, drückte noch weiter. John kniff in ihre Brustwarzen, und Debbie schrie auf. In diesem Moment stieß Patrick auch noch das letzte Stück in sie hinein und stöhnte auf.

»Du bist wunderbar.« Patrick umfasste sie von hinten.

Er verhielt sich ganz ruhig in ihr und bewegte sich nicht. John nahm seinen Schwanz in die Hand und führte ihn an Debbies Vagina. Erschrocken sah sie ihn an. Wollte er auch noch …? John drückte Debbies Beine etwas auseinander und schob seinen Penis in sie hinein. Debbie keuchte. Als John tief in ihr war, begann sich Patrick von hinten zu bewegen, John folgte seinem Beispiel.

Debbie zitterte am ganzen Körper. Es war ein unglaubliches, einzigartiges Gefühl, von beiden Seiten einen Penis in sich zu haben.

Die beiden bewegten sich langsam und vorsichtig und achteten auf jedes Zucken in Debbies Gesicht.

»Wenn es dir zu viel ist, sag es ruhig«, flüsterte John mit rauer Stimme. »Doch, ich will es ja«, hechelte Debbie. Und es war die Wahrheit. Sie war selten so sehr erregt gewesen und wollte unbedingt beide in sich spüren. Die Männer begannen sich etwas schneller zu bewegen. Debbie konnte es selbst kaum fassen, aber Patricks Reibung entfachte in ihr plötzlich dieselbe Erregung wie Johns. Sie drückte sich gegen ihn, während sie gleichzeitig Johns Schultern umfasste.

»O Gott, ja, nehmt mich ... beide«, stöhnte sie und legte ihren Kopf nach hinten. Patricks Wange rieb sich sanft an ihrer, während er sie weiter von hinten nahm. Debbie versank endgültig im Fieber, ihr Körper wurde von wilder Ekstase geschüttelt, und sie konnte nichts mehr tun als zu stöhnen und zu schreien.

John und Patrick erregte es über alle Maßen, sie so zu sehen. Ein zuckendes, stöhnendes Bündel Wollust, das nach mehr schrie. Sie beschleunigten ihr Tempo.

Debbie befand sich längst im Delirium. Sie spürte nur noch Sinneslust, Verlangen, und die beiden Penisse in sich, die sie immer heftiger stießen. Alles löste sich auf, sie war nur noch Körper. Die ganze Welt war weit, weit weg.

Als John und Patrick fast zeitgleich kamen, hatte Debbie das Gefühl, ein Feuerwerk prassle gerade auf sie nieder. Vielleicht war es aber auch nur das animalische Stöhnen der beiden Männer gewesen, sie wusste es nicht. Sie konnte ihre wild klopfenden Herzen fühlen, ihre schweißnassen Körper, ihre abebbende Erregung. Dann schlief sie ein zweites Mal zwischen diesen beiden Körpern ein.

Als sie irgendwann wach wurde, war es bereits dunkel, und sie lag allein in dem überdimensionalen Bett. Sie war wund, aber es war ein süßer Schmerz. Ihr Gesicht vergrub sie in den Laken, die nach den beiden Männern rochen. Debbie starrte an die Decke und sah sich im Spiegel. Sex mit zwei Männern! Und es war unfassbar gewesen!

Sie streckte sich und stand dann auf, da sie dringend eine Dusche brauchte! Vor dem Bett standen Pantoffeln, in die sie hineinschlüpfte, dann machte sie sich auf die Suche nach einem Badezimmer, das sie zum Glück gleich nebenan fand.

Das heiße Wasser, das auf sie niederprasselte, tat ihr gut. Sie duschte sehr ausgiebig und schlüpfte in einen weißen Bademantel, der auf einem Haken hing. Jetzt würde sie sich auf die Suche nach ihren beiden Geliebten machen! Debbie lächelte in sich hinein.

Zumindest einen fand sie in der Küche, nämlich Patrick. Er trug nur eine Jeans und aß gerade ein Brötchen.

»Hi«, begrüßte Debbie ihn fröhlich. »Und guten Appetit.«

Patrick grinste breit. »Ich habe einen Bärenhunger.«

Debbie grinste zurück. »Du hast dich ja auch tierisch angestrengt.«

»Du dich aber auch.« Patrick streckte seine Hand nach ihr aus.

Unbekümmert zog er sie auf seinen Schoß und hielt ihr das Brötchen vor die Nase.

»Du musst doch auch völlig ausgehungert sein.« Erst jetzt merkte Debbie, wie recht er hatte. Gierig schob sie sich das halbe Brötchen in den Mund.

»Ja, stimmt«, sagte sie mit vollem Mund.

»Dein Handwerker ist schon weg, er hat sich ein Taxi

genommen«, berichtete Patrick und ließ Debbie nicht aus den Augen. »Ist er dein Lover?«

»Letzte Nacht war er mein Lover«, gab Debbie zurück.

»Und sonst?«, hakte Patrick nach und legte den Arm um Debbies Taille.

Debbie nahm Patricks Tasse und trank einen Schluck Kaffee. Sie sah ihn offen an.

»Sonst habe ich viele Lover, aber keinen festen.«

Patrick spürte einen Stich in seiner Brust. Er wollte Debbies fester Lover sein! Und andere Liebhaber würde sie dann gar nicht brauchen!

Debbie betrachtete seinen nackten Oberkörper und nahm die Striemen auf seiner athletischen Brust wahr.

»O Gott, war ich das etwa?«, fragte sie schockiert und riss ihre Augen weit auf.

Patrick nickte und machte ein verschmitztes Gesicht. Er sah aus wie ein Lausbube.

»Die hast du mir offenbar in höchster Ekstase reingeritzt«, sagte er lachend. »Macht nichts, das heilt schon wieder.«

Debbie strich vorsichtig über die roten Stellen. Mann o Mann, so hatte sie ja noch nie jemanden zugerichtet! Sie musste extrem geil gewesen sein!

Auch Jessica hatte gesehen, wie extrem lüstern ihre beste Freundin gewesen war. Als John nicht zurückgekehrt war, hatte sie nach einer Weile beschlossen, nach dem Rechten zu sehen – und war mitten in eine Orgie geplatzt! Nur gut, dass die drei Menschen sie in ihrer Ekstase überhaupt nicht bemerkt hatten!

Es war ein bizarrer Anblick gewesen und hatte für Jessica fast etwas Inzestuöses gehabt: Ihre Freundin Debbie, völlig aufgelöst, zwischen zwei Männern, die beide ihren Penis in sie eingeführt hatten – der eine vorne, der andere hinten. Ihr Körper war schweißnass gewesen, auch die Rücken der Männer glänzten, und alle gaben sich ihrer Lust und ihrem Begehren hin. Atemlos hatte Jessica eine ganze Weile zugesehen; sie hatte sich einfach nicht vom Fleck rühren können. Und ganz plötzlich war ein ganz aberwitziger Gedanke durch ihr Hirn gezuckt: Ob sie diese Ekstase auch mit Luke erleben konnte? Diesmal schob Jessica diesen frevelhaften Gedanken nicht wie üblich sofort weit von sich, sondern zwang sich, darüber nachzudenken. Wollte sie das? Wollte sie, dass Luke sie berührte, ihr die Freuden körperlicher Liebe näherbrachte? Wollte sie ihn, begehrte sie ihn?

Sie stand im Türrahmen und sah die schwitzenden, stöhnenden Menschen voller Verlangen und Erregung. Und in diesem Moment wusste sie, dass sie es wollte. Mit ihm, Luke. Debbie hatte recht: Sie musste um ihn kämpfen. Sie wollte ihn. Und sie musste unbedingt herausfinden, ob er sie auch wollte!

Kapitel 5

Als Jessica am nächsten Morgen die Turner-Villa betrat, traute sie ihren Augen kaum: Luke kam freudestrahlend auf sie zu – in einer blauen Jeans und einem schwarzen T-Shirt!!!

»Guten Morgen, Jessica«, begrüßte er sie gutgelaunt. »Ich wollte deinem Beispiel folgen und habe meinen Kleidungsstil gründlich überdacht. Und da wir ja eigentlich nie Kunden hier haben, ist es demzufolge völlig egal, wie ich hier herumlaufe. Und, wie steht mir diese Kluft?«

Jessica blieb vor lauter Überraschung vorübergehend der Mund offen stehen. Sie hatte Luke noch nie in etwas anderem gesehen als in Anzug und Krawatte.

»Äh … ja …«, stotterte sie und starrte Luke völlig perplex an. Luke grinste. Jetzt sah er fast so lausbubenhaft aus wie Patrick und überhaupt nicht mehr streng.

»Ich sehe, du bist begeistert«, lachte er. »Wärst du so lieb und würdest mir einen Kaffee bringen? Ich habe heute jede Menge zu tun, du kannst auch gleich eine ganze Kanne aufsetzen.«

»Natürlich«, parierte Jessica und stöckelte davon. Ihr Herz klopfte bis zum Hals. O Gott, Luke sah so attraktiv und männlich aus! Sie hatte ja irgendwie schon immer für ihn geschwärmt, aber er war unnahbar und distanziert gewesen, was sicher auch an seinen eleganten Anzügen gelegen hatte. Aber jetzt, wo er ganz lässig in einer Jeans vor ihr stand … Jessica schluckte, als sie das Kaffeewasser aufsetzte. Ihre Hände zitterten, und eine größere Schmetterlingsfamilie nistete sich plötzlich in ihrer Magengegend ein. Debbies Vermutung stimmte – es hatte sie wirklich erwischt, warum sollte sie sich länger etwas vormachen?

Wenn Luke in seinem neuen Outfit auch lässig und locker aussah – seine Arbeitsweise änderte sich dadurch leider nicht. Er ackerte bis zum späten Abend, und da er Jessica ein Diktat nach dem nächsten schickte, blieb sie ohne zu klagen weit über ihren Feierabend hinaus.

»Es ist ja schon acht Uhr«, stellte Luke plötzlich mit einem Blick auf seine Armbanduhr entsetzt fest. »Jessica, du hast seit drei Stunden Feierabend, warum sagst du denn nichts?«

Jessica zuckte mit den Schultern, die ihr mörderisch wehtaten.

»Du warst so in Fahrt, da wollte ich dich nicht bremsen«, sagte sie müde. Luke schüttelte den Kopf.

»Du bist viel zu gut für diese Welt«, sagte er. »Tun dir deine Schultern weh?«

Jessica nickte.

Sanft legte Luke seine Hände auf ihre malträtierten Schultern und begann sie zu massieren. Jessica setzte sich kerzengerade auf und war schlagartig wieder wach. O Gott, seine erste Berührung!

Luke machte seine Sache gut, er knetete sie nach allen Regeln der Kunst durch und agierte fast wie ein richtiger Masseur.

»Wo hast du das gelernt?«, wollte Jessica wissen und merkte, dass ihre Stimme unnatürlich hoch klang.

»Ich habe mal einen Kurs mitgemacht«, antwortete Luke und massierte weiter. »Auf den Philippinen.«

Jessica schloss die Augen. Himmel, tat das gut! Seine

Bewegungen waren einfach wunderbar und lösten ihre angespannten Muskeln. Ihre Haut prickelte.

»Ich könnte mich die ganze Nacht von dir massieren lassen«, sagte sie ohne zu überlegen und hätte sich dann am liebsten die Zunge abgebissen. So deutlich musste sie ja nun auch nicht gleich werden! Wie peinlich!

Luke lachte leise.

»Wenn du dich revanchierst, tue ich das gerne.«

Jessicas Herz klopfte ihr bis zum Hals. Was meinte er damit?

Sie hatte immer noch ihre Augen geschlossen und merkte, wie Luke sie auf dem Stuhl zu sich herumdrehte. Dann spürte sie seine weichen, warmen Lippen auf den ihren. Es kam so unverhofft, dass sie seinen Kuss nicht erwiderte. Stattdessen öffnete sie die Augen und sah Luke verstört an.

Abrupt löste er sich von ihr.

»Entschuldigung«, murmelte er. »Das wollte ich nicht.«

Er hatte sie geküsst und wollte es nicht?

Seine Hände zog er so schnell zurück, als habe er sich verbrannt. Dann räusperte er sich.

»Ich hoffe, deiner Schulter geht es jetzt besser«, sagte er steif. »Vielen Dank, dass du so lange geblieben bist. Dafür kannst du morgen natürlich entsprechend später kommen. Ich wünsche dir noch einen schönen Abend.« Und weg war er.

Jessica saß völlig regungslos auf ihrem Stuhl. Was war denn das gewesen? In ihrem Kopf war gähnende Leere. Er hatte sie berührt, zum ersten Mal, und es war wunderschön gewesen. Und dann hatte er sie geküsst, aber es war so ganz anders gewesen, als sie sich das immer vorgestellt hatte. Vor allem hatte er sie damit so überrascht, dass sie gar nicht reagieren konnte.

Jessica wurde es ganz kalt. Es war wie bei Robin gewesen! Sie hatte nichts gefühlt, absolut gar nichts! Sie begann zu zittern. O Gott, es stimmte! Sie war gefühlskalt, sie konnte körperlich einfach nichts empfinden! Wenn man sie küsste oder berührte, blockte sie innerlich ab! All das, was sie auf der Party und bei Debbie mit den beiden Männern gesehen hatte, würde sie niemals erleben: Ekstase, Leidenschaft, Begehren, Gier, Sinnlichkeit. Sie war einfach nicht fähig dazu.

Jessica begann leise zu weinen. Es würde mit Luke genauso sein wie mit Robin, wie mit jedem Mann. Sie würde einen Mann niemals glücklich machen können, jeder Mann würde sich im Bett mit ihr zu Tode langweilen. Wie hatte sie nur glauben können, ausgerechnet Luke sei der Märchenprinz, der sie aus ihrem hundertjährigen Schlaf wachküssen würde? Luke konnte sie noch so oft küssen, sie würde nicht wach werden. Sie war eingesperrt in ihren eigenen Mauern, gefangen in sich selbst. Sie wollte sich niemandem zumuten, sie würde allein bleiben müssen – für immer.

Patrick erlebte etwas, das er noch nie erlebt hatte. Nach dem gigantischen Liebesakt mit Debbie hatte er keinerlei Zweifel, dass sie sich verhalten würde wie alle Frauen sich verhielten, die mit ihm schlafen durften: Sie rannten ihm hinterher, bombardierten ihn mit Anrufen und SMS und bettelten förmlich um ein nächstes Treffen. Alle Frauen waren hingerissen von seinen Liebeskünsten und verzehrten sich nach einer Wiederholung. Alle!

Offenbar mit einer Ausnahme: Debbie. Zuerst wartete Patrick nicht, weil er sicher war, dass sie sich melden würde. Nach ein paar Tagen wurde er unruhig und checkte immer wieder sein Handy. Sehnsüchtige SMS von Tracey, Diana, Marnie, Denise und noch etwa einem Dutzend Frauen, aber keine von Debbie. Patrick studierte noch einmal alle eingegangenen SMS. Hatte er sie vielleicht übersehen? Er runzelte die Stirn. Das konnte doch einfach nicht sein! Er sah aus dem Fenster. Okay, jetzt mal ganz analytisch: Der Sex war extrem gut gewesen und ganz bestimmt kein Standard. Er hatte gespürt, wie die Funken geflogen waren, dass da eine Verbindung zwischen ihm und Debbie war – und das hatte sie auch gefühlt, das wusste er. Also musste sie sich melden!

Plötzlich spürte er einen Stich irgendwo links in der Brust. Was, wenn er nicht der Einzige war? Debbie war kein Kind von Traurigkeit, im Grunde war sie das weibliche Pendant seiner selbst. Was, wenn sie den Sex mit ihm zwar genossen hatte – und, verdammt nochmal, das hatte sie! –, aber genauso gut den Sex mit jemand anders genoss? Patricks Herz setzte kurzfristig aus. Was, wenn er einer unter vielen war? Wenn sie jetzt, in dieser Minute, mit einem anderen Mann im Bett lag? Er kniff die Augen zusammen. Wenn sie gerade den Penis eines anderen Mannes lutschte ... Patrick fuhr sich stöhnend durch die Haare. Was war nur mit ihm los? Was war schon so Besonderes an Debbie, dass er sich solche Gedanken machte? Dann meldete sie sich eben nicht, na und?! Wütend griff er nach seinem Handy. Es gab Hunderte, ach was Tausende von Frauen, die es kaum erwarten konnten, dass er sie nagelte. Wen interessierte schon Debbie?! Er klickte auf »Antworten«, tippte schnell »Will dich heute Abend sehen, wann kommst du?« ein und schickte die SMS ab. Er wusste nicht mal, an wen er die SMS eigentlich gesandt hatte, aber es war sowieso egal. Ob nun Tracey, Denise oder sonst wer heute Abend vor ihm stehen würde – es war egal, sie waren austauschbar. Dennoch würde er sich amüsieren wie verrückt und keinen einzigen Gedanken an Debbie verschwenden!

Jessica hingegen amüsierte sich an diesem Abend überhaupt nicht. Frustriert legte sie sich auf ihre Couch und tippte Debbies Nummer ein. Sie musste jetzt einfach mit jemandem über das, was passiert war, reden!

»Na, immerhin hat er dich geküsst, also scheinst du ihm nicht egal zu sein«, sagte Debbie aufmunternd. »Freu dich doch, es geht voran!«

»Aber ich habe nichts gefühlt, absolut nichts!«, jammerte Jessica. »Das ist doch nicht normal!«

»Vielleicht warst du nur überrascht, weil du es nicht erwartet hast«, entgegnete Debbie. »Meine Güte, Jessy, mach dir darüber bloß keine Gedanken! Beim zweiten Mal werden schon die Glocken läuten.«

»Ich glaube nicht, dass es ein zweites Mal geben wird«, erwiderte Jessica düster. »Luke wird wohl kaum noch mal eine Frau küssen, die steif wie ein Brett ist.«

»Jessy, rede dir das nicht immer ein, du kennst das mit der self fulfilling prophecy«, warnte Debbie. »Wenn du dir dauernd einredest, gefühlskalt zu sein, dann wirst du es irgendwann tatsächlich werden. Aber du bist es nicht, dafür lege ich beide Hände ins Feuer.«

»Was ist denn mit Patrick?«, wechselte Jessica schnell das Thema.

»Was soll mit ihm sein?«, gab Debbie zurück.

»Na, ihr habt doch … äh … Sex gehabt.« Jessica hatte sofort wieder die Bilder vor Augen. Sie hatte Debbie natürlich erzählt, dass sie sie dabei beobachtet hatte, doch der schien das nicht im Geringsten peinlich zu sein. Sie war wirklich eine bemerkenswerte Frau.

»Ich habe Verkehr mit vielen Männern«, erklärte

Debbie. »Patrick ist einer von ihnen. Klar, er ist schon ein sehr talentierter Lover, aber dadurch hat er längst noch keine Sonderstellung.«

Jessica war immer wieder leicht schockiert, wie abgeklärt Debbie manchmal war.

»Du empfindest gar nichts für ihn?«, erkundigte sie sich ungläubig. »Das sah aber irgendwie ganz anders aus.«

»Ich war eben toll drauf«, sagte Debbie und lachte. »Klar ist man sich beim Sex nah, geht ja wohl nicht anders. Aber das ist rein körperlich. Patrick ist mir herzlich egal.«

Luke zog seine knallrote Krawatte mit der Golden Gate Bridge gerade und warf einen Blick in den Spiegel. Er sah wie immer tadellos aus, und er trug heute auch wieder einen Anzug. Zärtlich glitten seine Finger durch einige seiner unzähligen Krawatten, für die er sogar einen eigenen Schrank eingerichtet hatte. Er hatte diesen Tick schon in seiner Studentenzeit entwickelt und jede ausgefallene Krawatte, die er irgendwo kriegen konnte, an sich gerissen. Durch seine späteren vielen Reisen ins Ausland hatte er immer neue, außergewöhnliche Exemplare erworben und hätte nun ohne weiteres eine Krawattenausstellung eröffnen können. Allein aus diesem Grund musste er auch weiterhin ab und zu einen Anzug tragen!

Obwohl das für seinen nächsten Termin eigentlich nicht nötig war. Luke schloss sorgfältig den Schrank. Er ging nämlich zu einer Frau, die er alle paar Monate aufsuchte und von der niemand etwas wusste. Seine Besuche bei ihr waren ihm zwar peinlich, aber es zog ihn immer wieder zu ihr hin. Er war fasziniert von ihr und ihren Künsten, und obwohl es nicht zu seiner ansonsten eher nüchternen Art passte, glaubte er alles, was sie ihm sagte.

Eine halbe Stunde später betrat er ein unscheinbares Haus und merkte, wie aufgeregt er war. Was würde sie ihm heute sagen?

Mae war eine korpulente Frau Mitte sechzig mit langen schwarzen Haaren und einem wachen, lebendigen Gesicht. Wie immer trug sie ein schwarzes orientalisches Gewand mit goldenen Ornamenten und war barfuß. An jedem ihrer Finger glitzerte ein riesiger Ring, und um ihren Hals baumelten diverse Ketten.

»Luke, wie schön, Sie zu sehen!« Sie streckte Luke ihre beringte Hand entgegen, die er lächelnd ergriff.

»Danke, gleichfalls«, erwiderte er und ließ sich in einem roten Samtstuhl nieder, der eher wie ein Thron aussah. Mae nahm ihm gegenüber Platz und griff nach ihren Karten. Sie war nämlich Wahrsagerin und alles, was sie Luke bisher prophezeit hatte, war auch tatsächlich eingetroffen. Er glaubte an ihre Worte, wenn er sich auch manchmal ziemlich bescheuert dabei vorkam und es niemandem auf der Welt erzählt hätte.

Nachdem Mae ihm wie üblich sagte, er solle nicht so viel arbeiten und auf seine Gesundheit achtgeben, kam sie zu den spannenden Dingen.

»Da liegt eine Frau«, sagte sie und zeigte auf eine Karte. Sie überlegte eine Weile. »Nein, das ist nicht nur irgendeine Frau«, sagte sie dann und machte wieder eine kunstvolle Pause. »Luke, das ist Ihre Frau – die Frau Ihres Herzens.«

»So?« Luke sah sie überrascht an und lachte dann ungläubig. »Die Frau meines Herzens? Wo soll sie denn sein?«

»Sie befindet sich ganz in Ihrer unmittelbaren Nähe.« Mae runzelte die Stirn und sortierte die Karten neu. »Es könnte in Ihrem beruflichen Umfeld sein. Ja, jetzt sehe ich es ganz deutlich. Sie ist in Ihrem beruflichen Umfeld, Sie sehen sie praktisch jeden Tag.«

Lukes Herz klopfte. Es gab nur eine Frau in seinem »beruflichen Umfeld«, die er jeden Tag sah.

»Aber irgendwie können Sie noch nicht zueinanderfinden.« Mae schüttelte bekümmert den Kopf. »Irgendetwas hält Sie noch zurück, Luke, und die Frau ... hm ...« Sie schloss die Augen. »Ich muss einen Moment in Trance gehen.«

Luke nickte, obwohl Mae das mit geschlossenen Augen wohl kaum sehen konnte. Er kannte das schon. Mae ging in Trance und sprach dann mit völlig veränderter Stimme. Am Anfang hatte er das fast als unheimlich empfunden, dann hatte er sie verdächtigt, nur eine Show abzuziehen, aber inzwischen glaubte er tatsächlich, dass sie sich in Trance befand und dort Dinge sah, die niemand sonst sehen konnte. Gespannt beugte er sich vor. Was würde er nun erfahren? Das war doch tausendmal spannender als die sonstigen Voraussagen, wie es beruflich und finanziell weitergehen würde!

»Diese Frau hat ... Blockierungen.« Es war nicht Maes Stimme, die sprach, und Luke spürte einen leichten Schauer. »Sie ist in der Vergangenheit schwer enttäuscht worden und voller Angst und Misstrauen. Sie hat Angst. Sie müssen sehr behutsam mit ihr umgehen. Aber es wird sich lohnen. Sie ist eine wunderbare Frau und wird Sie sehr glücklich machen. Sie werden zwei Kinder haben und eine lange, gute Ehe führen. Gehen Sie auf sie zu. Sie liebt Sie, schon jetzt. Zögern Sie nicht. Ihr Glück liegt praktisch vor Ihrer Nase.«

Mae öffnete wieder ihre Augen und schnaufte. »Haben Sie verstanden, was ich gesagt habe?«

»Ja«, sagte Luke. »Ich habe verstanden.«

Alles Weitere, was Mae heute noch sagte, interessierte ihn gar nicht sonderlich, aber es war immerhin interessant zu hören, dass sie Julian als »Mann, der eine besondere Sexualität hat«, erkannte und Luke aufforderte, zu ihm zu stehen und ihn zu schützen. Sogar über Patrick wusste sie zu sagen, dass der »Hansdampf in allen Gassen« drauf und dran war, sich zu verlieben, sich aber noch vehement dagegen sträubte.

Sehr nachdenklich fuhr Luke in seine Villa zurück. Jessica war also seine Frau, und sie hatte Blockierungen. Es war höchste Zeit, dass er die auflöste! Am besten, er verlor keine Zeit mehr!

Er rannte fast in ihr Büro und blieb etwas außer Atem vor ihr stehen.

»Jessica, hast du einen Augenblick Zeit für mich?«

Jessicas Herz begann zu flattern. Das hörte sich nicht nach einem typischen Chef-Sekretärin-Gespräch an.

»Ich habe noch ziemlich viel für Patrick zu tun«, sagte sie, ohne ihn anzusehen. »Und außerdem habe ich gleich eine Verabredung.«

»Es wäre aber wichtig«, beharrte Luke, der sehr wohl registrierte, dass Jessica seinem Blick auswich. »Wir könnten uns dazu ins Wohnzimmer setzen.« Sie war aber wirklich schwer blockiert! Dabei liebte sie ihn doch, das hatte Mae ihm schließlich gerade gesagt.

Schweigend stand Jessica auf und zog ihren Rock glatt. Dann folgte sie Luke in das sonnendurchflutete Wohnzimmer und nahm auf der weißen Couch Platz. Luke schloss die Tür hinter ihr.

»Es tut mir leid, wenn ich dich an diesem gewissen Abend überrumpelt haben sollte«, begann Luke. »Das war nicht gerade sehr romantisch.«

Jessica kaute auf ihrer Lippe herum und sah angestrengt auf den Boden. Luke wollte ihr gerade sagen, dass er noch sehr romantisch werden konnte, als Jessica ihm zuvorkam.

»Vergessen wir es doch einfach«, sagte sie und hielt seinem Blick stand. Luke sah sehr überrascht aus, fast geschockt.

»Du willst es vergessen?« Er sah aus wie ein lebendes Fragezeichen.

Jessica nickte.

»Du möchtest also nicht, dass wir mehr sind als Chef und Sekretärin?«, vergewisserte Luke sich ungläubig. Waren ihre Blockierungen wirklich so stark, oder machte er sich gerade zum Affen, weil er albernerweise an die Prophezeiungen einer Kartenlegerin glaubte?

Jessica zuckte mit den Schultern.

»Wir sind nicht mehr als Chef und Sekretärin.«

»Aber das könnten wir ändern«, sagte Luke eifrig und setzte sich neben sie. Jessica rückte etwas von ihm ab.

»Ich glaube nicht, dass das eine gute Idee wäre«, sagte sie leise und verknotete ihre Finger ineinander.

»Und warum nicht?« Luke vergaß, dass er behutsam und vorsichtig vorgehen wollte. »Wovor hast du Angst, Jessica?« Er verbiss sich gerade noch den Zusatz: *Sag es mir, ich bin dein zukünftiger Mann!*

»Ich habe keine Angst!« Jessica fühlte sich in die Ecke gedrängt. Warum ließ er sie nicht in Ruhe? Es war alles schon schwierig genug!

»Ich will nur nichts von dir!«

Autsch, das saß. Luke zuckte zusammen.

Jessica war selbst erschrocken über ihre faustdicke Lüge. Aber sie konnte sich einfach nicht in etwas hineinmanövrieren, das nur traumatisch enden konnte. Dabei tat es ihr so unglaublich weh, wie sie ihn hier sitzen sah. Am liebsten hätte sie sich in seine Arme gestürzt und ihn nie wieder losgelassen. Aber es ging einfach nicht.

Luke starrte sie ungläubig an und kam sich vor wie ein Vollidiot. Natürlich, es war doch so einfach: Jessica hatte seinen Kuss nicht erwidert und rückte nun sogar von ihm ab, weil sie nichts von ihm wollte! Er hatte doch alle Folgen von »Sex and the city« gesehen, auch die mit dem Titel »Er steht einfach nicht auf dich«: Man konnte sich allerlei Möglichkeiten ausdenken, warum jemand sich ablehnend verhielt; Fakt war jedoch, dass es nur einen Grund dafür gab: Der andere wollte einfach nicht. So wie in diesem Fall. Jessica wollte ihn nicht. Und er war ein Depp, wenn er einer Kartenlegerin glaubte und nicht Jessica selbst.

Abrupt stand er auf.

»Dann sind die Fronten ja geklärt«, sagte er und sein Gesicht verschloss sich. Er wirkte bis ins Innerste verletzt.

»Entschuldige, wenn ich dich aufgehalten habe. Viel Spaß noch bei deiner Verabredung.« Damit drehte er sich um und verließ mit langen Schritten das Zimmer.

Jessica spürte, wie ihr die Tränen in die Augen stiegen. O Gott, sie liebte ihn so sehr! Dennoch, es war besser so. Sollte Luke ruhig glauben, sie wolle nichts von ihm, das würde er irgendwann verwinden. Viel schlimmer wäre es, wenn sie ihren Gefühlen nachgab und er sie dann demütigte, weil sie ein Brett im Bett war. Wahrscheinlich würde er es auch seinen Brüdern erzählen, und alle drei würden sich über sie lustig machen. Nein, das würde sie nicht ertragen. Lieber ein Ende mit Schrecken als ein Schrecken ohne Ende.

Jessica fröstelte. Sie würde kündigen müssen, das hatte sie in den letzten Tagen immer wieder überlegt und war zu dem Entschluss gekommen, dass sie nicht weiter für und mit Luke arbeiten konnte. Ihn zu lieben und jeden Tag zu sehen war mehr, als sie ertragen konnte. Sicher würde er eines Tages eine Frau kennenlernen, und sie würde daran zerbrechen, wenn sie dieses Glück live mitkriegen würde. Das musste sie sich nicht antun. Gleich am nächsten Tag würde sie es den drei Brüdern sagen.

»Nein, ich nehme deine Kündigung nicht so einfach hin.« Lukes Auge zuckte wie wild. »Patrick, Julian, lasst uns bitte einen Augenblick allein.«

Die beiden Brüder sahen Luke erstaunt an, verließen dann aber ohne einen Mucks das Zimmer. Luke schloss geräuschvoll die Tür und drehte sich mit blitzenden Augen zu Jessica um.

»Ich will jetzt verdammt nochmal wissen, was eigentlich los ist!«

Jessica sah ihn erschrocken an. So hatte er noch nie mit ihr gesprochen! »Jessica, wir reden jetzt Tacheles, ob es dir passt oder nicht. Was ist los mit dir? Warum willst du kündigen, wenn ich dir absolut egal bin?«

Luke sah so zornig aus, wie Jessica ihn noch nie gesehen hatte. Die Ader an seiner Stirn war angeschwollen, sein Gesicht lief gerade rot an. Jessica begann zu zittern. Sie konnte einfach nicht mehr, das war alles zu viel für sie. Die ganze Nacht hatte sie sich schlaflos hin und her gewälzt und immer wieder überlegt, ob es nicht doch noch eine Lösung gab, ob sie sich nicht doch auf Luke einlassen konnte und wollte. Aber sie konnte es nicht. Ihre Angst war einfach zu stark.

»Ich habe nie gesagt, dass du mir egal bist«, flüsterte Jessica und schlug die Augen nieder. Sie konnte ihn jetzt einfach nicht ansehen.

Luke ging auf sie zu, packte sie hart bei den Schultern

und zwang sie, ihn anzusehen. In seinen Augen lag Wut, aber auch Schmerz und Enttäuschung. Es zerriss Jessica fast innerlich.

»Doch, das hast du«, sagte er mit Nachdruck. »Deine gestrigen Worte waren: ›Ich will aber nichts von dir.‹ Kannst du dich noch daran erinnern?«

Gequält sah Jessica ihn an. So außer sich hatte sie ihn noch nie gesehen. Ihre mühsam aufgebaute Fassade sackte in sich zusammen. Sie konnte ihn einfach nicht weiterhin belügen, es ging nicht mehr.

»Nein, Luke, du bist mir nicht egal«, flüsterte sie mit Tränen in den Augen. »Du bist mir alles andere als egal.«

Luke lockerte seinen Griff etwas und sah sie abwartend an. Jessica holte tief Luft.

»Aber ... es geht einfach nicht. Du würdest mit mir keinen Spaß haben«, brachte sie mühsam hervor.

»Kannst du das nicht mich entscheiden lassen?«, fragte Luke wütend.

Jessica schüttelte den Kopf. Sie schluckte. Okay, sie würde kündigen und Luke nie wiedersehen, also konnte sie es ihm auch sagen. Vielleicht hatte er sogar ein Recht, die Wahrheit zu erfahren. So konnte sie ihn nicht hier stehenlassen, das war sie ihm und auch sich selbst schuldig.

»Ich kann nicht mit dir zusammen sein, genauso wenig, wie ich mit jedem anderen Mann zusammen sein kann.« Es kostete sie eine riesige Überwindung, das zu sagen. Ihre Stimme wurde brüchig.

Luke sah sie alarmiert an. »Was meinst du damit? Bist du lesbisch oder was? Hast du eine ansteckende Krankheit? Was um Himmels willen ist denn los, verdammt nochmal?«

Jessica lachte traurig auf.

»Man könnte es durchaus als Krankheit bezeichnen.«

Luke zog genervt die Augenbrauen hoch.

»Jessica, jetzt hör endlich auf, hier ein Ratespiel zu veranstalten. Sag mir endlich, was los ist!«

Er sah sie so durchdringend an, dass Jessica zusammenzuckte. Sie wusste, er würde sie nicht eher aus diesem Zimmer lassen, bis sie ihm die Wahrheit gesagt hatte. Also los!

Sie holte tief Luft und sah angestrengt auf ihre Fußspitzen.

»Okay«, sagte sie tapfer. »Ich werde es dir sagen. Also, ich … ich …« Sie holte tief Luft. Es war schwieriger, als sie gedacht hatte.

Luke wartete, sah jedoch zunehmend verärgerter aus. Wenn sie noch weiter herumstotterte, würde er wahrscheinlich explodieren.

»Ich … bin … äh … gefühlskalt.« Jessica spürte, wie ihre Wangen anfingen zu brennen. »Das bedeutet … nun ja … also, ich kann einem Mann nicht das geben, was er braucht. Im Bett, meine ich.«

Sie schloss erschöpft die Augen, keinesfalls wollte sie in diesem Moment Lukes versteinertes Gesicht sehen. Eine Weile war es ganz still im Raum.

»Wie kommst du denn um Himmels willen auf diesen Schwachsinn?«, fragte Luke tonlos.

Jessica zuckte mit den Schultern. Sie war schweißgebadet, und das Herz klopfte ihr bis zum Hals. Vorsichtig öffnete sie wieder die Augen und sah einen völlig überraschten Luke vor sich.

»Es ist kein Schwachsinn«, sagte sie leise. »Leider. Meine letzte Beziehung ist daran zerbrochen, und ich will das wirklich nicht noch einmal erleben. Ich möchte sowohl dir als auch mir diese peinliche Erfahrung ersparen.«

Sie ließ sich auf die Couch fallen und merkte, wie erschöpft sie war.

Luke schwieg eine Weile.

»Wieso denkst du, dass es mit mir genauso wäre?«, fragte er schließlich mit rauer Stimme.

»Weil ... es liegt an mir«, flüsterte Jessica beschämt. »Ich ... ich kann nichts empfinden. Ich bin frigide.«

Als sie Luke ängstlich ansah, rollte er mit den Augen.

»Also, ehrlich!« Er schüttelte unwillig den Kopf. »Es gibt keine frigiden Frauen, sondern nur stümperhafte Männer.«

Jessica musste wider Willen lächeln. Genau das hatte Debbie auch gesagt.

Luke setzte sich Jessica gegenüber auf die Couch.

»Jetzt gefällt mir deine Miene schon besser«, sagte er und schmunzelte.

»Es kann ja sein, dass es mit deinem letzten Freund im Bett nicht geklappt hat. Vielleicht habt ihr auf dieser Ebene nun mal nicht zusammengepasst. Aber das gilt doch nicht für alle anderen Männer und für alle Zeiten! Vor allem liegt es nicht an dir, es liegt immer an beiden. Das ist immer ein Zusammenspiel zweier Menschen, und es ist immer wieder anders.«

Jessica verknotete ihre Finger ineinander und schwieg.

»Jessica, ich kann verstehen, dass du Angst hast.« Luke beugte sich vor, und Jessicas Herz machte einen Sprung. Allein seine Nähe machte sie ganz kribbelig.

»Du hast sicher Erfahrungen gemacht, die deine Ängste rechtfertigen, aber erlaube dir und mir Erfahrungen zu machen, die diese Ängste besiegen.« Bittend sah er sie aus seinen blauen Augen an.

Jetzt nur nicht schwach werden!

»Und wenn die neuen Erfahrungen die Ängste nicht besiegen, sondern nur verstärken?« Verzweifelt sah sie ihn an. »Glaubst du, ich habe Lust, mir auch noch von dir sagen zu lassen, ich sei ein Brett im Bett? Ich habe mich lange genug von einem Mann demütigen lassen, ich möchte das nicht noch einmal erleben. Vor allem nicht mit dir.«

Luke schwieg. Zum ersten Mal in seinem Leben wusste er nicht, was er sagen sollte. Er konnte ihr nicht versprechen, dass es mit ihm anders sein würde. Und wenn sie diese leidvolle Erfahrung noch einmal würde machen müssen, konnte sie daran zerbrechen. Wollte er das wirklich auf sich nehmen?

Ja. Er musste sie endlich aus ihrem selbstgemauerten Gefängnis befreien!

»Ich möchte nicht, dass du das noch einmal erlebst«, sagte er ernst. »Jessica, ich kann dir nichts versprechen, von dem ich nicht weiß, ob ich es halten kann. Aber ich sehe dir an, dass du nicht glücklich bist. Wenn du jetzt hier rausgehst, deinen Job aufgibst und mich verlässt, wirst du tieftraurig sein. Ich kann dich nur bitten, uns eine Chance zu geben. Ich werde dich zu nichts drängen und geduldig sein. Du kennst mich schon eine Weile und weißt, dass meine Triebbefriedigung für mich nicht das Wichtigste darstellt. Aber ich will dich – egal, in welcher Form.«

Jessicas Augen füllten sich mit Tränen. Was für ein wunderbarer Mann! Sie erzählte ihm, dass sie frigide war – und er wollte sie trotzdem!

»Du willst dich ernsthaft mit einer platonischen Beziehung zufriedengeben?«, flüsterte sie und blinzelte die Tränen weg.

»Wenn es sein muss, ja«, erwiderte Luke entschlossen. »Vorerst.«

Jessica zuckte zusammen. Aha.

»Okay, für immer und ewig, wir werden wie Brüderchen und Schwesterchen miteinander leben.« Luke rollte mit den Augen und stand auf. Als er näher kam, roch sie sein Aftershave. Er war so verdammt anziehend! Wenn sie ganz ehrlich war, wollte sie ihn auch körperlich, aber noch hatte sie zu viel Angst, über ihren Schatten zu springen.

»Lass es uns doch wenigstens versuchen«, sagte er leise, als er nun ganz dicht vor ihr stand. Sie spürte seinen Atem auf ihrer Wange.

»Gib uns diese Chance. Weglaufen kannst du immer noch.« Seine wunderschönen blauen Augen sahen sie bittend an.

»Jessica, ich habe mich in dich verliebt, lange schon. Du bist die Frau, mit der ich mein Leben teilen will.«

»Luke …« Jessica konnte nicht mehr sprechen, sie fiel ihm einfach um den Hals. Luke umfing sie mit seinen starken Armen und hielt sie ganz fest. Jessica bettete ihren Kopf an seiner Brust, sog seinen Duft ein und fühlte sich urplötzlich sicher und geborgen. Hier gehörte sie hin, hier war ihr Platz! Sie würde einfach immer an seiner Brust kleben bleiben!

Ihre Hände glitten tiefer und umschlangen seine Taille. Sie seufzte auf. Er fühlte sich so gut an, so warm und stark!

Nach einer ganzen Weile löste sie sich endlich von ihm.

»Ich habe immer noch Angst, aber ich will es versuchen«, sagte sie mit schwankender Stimme. »Weil … ich liebe dich, Luke, auch schon sehr lange. Ich wollte es mir nur nie eingestehen.«

Luke strich ihr zärtlich über die Haare. »Das ist doch die Hauptsache. Den Rest schaffen wir schon.«

Patrick trommelte ungeduldig mit den Fingern auf seinem Schreibtisch herum. Warum rief sie nicht an, auch nach zwei endlosen Wochen nicht? Er hatte seitdem mit diversen anderen Frauen geschlafen, aber es hatte ihm absolut keinen Spaß gemacht. Im Gegenteil, er hatte immer nur an Debbie gedacht und zum ersten Mal, seit er denken konnte, war er nicht zum Orgasmus gekommen, so sehr er sich auch bemüht hatte.

Stöhnend fuhr er sich durch die Haare, die ihm förmlich zu Berge standen. Dann kam ihm die rettende Idee: Er konnte sie in ihrer Funktion als Sexberaterin anrufen und wieder den XXL-Schwänzling geben! Er musste nur mit tieferer Stimme sprechen, dann würde sie ihn nicht erkennen. Vielleicht konnte er so herausfinden, was sie gerade machte.

Mit wildem Herzklopfen wählte er ihre Nummer. Besetzt. Mist! Er fühlte Wut in sich aufsteigen. Mit wem sprach sie, wem gab sie Ratschläge? Wieso konnte sie mit anderen telefonieren, nur mit ihm nicht?

Nach einer geschlagenen Viertelstunde drang er endlich zu ihr durch. Als sie sich meldete, kam ihm der Gedanke, sich als der Mann mit dem Riesenpenis auszugeben, plötzlich albern vor.

»Debbie, hier ist Patrick«, meldete er sich. »Du erinnerst dich an mich?«

Debbie schien nachzudenken, wie Patrick wütend feststellte.

»Ach ja, doch«, sagte sie schließlich gedehnt. »Hallo auch. Wieso rufst du denn auf dieser Nummer an? Hast du ein Problem?«

»Ja, das habe ich«, sagte Patrick ohne nachzudenken. »Und das bist du. Seit Ewigkeiten warte ich auf einen Anruf von dir.«

»Na, hör mal, die Frau ruft nie an«, belehrte Debbie

ihn lachend. »Das sind ja wohl die Basics, die man wissen sollte.«

»Ich rufe ja jetzt an«, beeilte sich Patrick zu sagen. »Und ich will dich wieder sehen, Debbie. Ich … ich denke ständig an dich und an den Sex, den wir hatten. Das war wirklich einzigartig.« Himmel, er sprach nur mit ihr und hatte schon wieder eine Erektion, das war ja wirklich unglaublich!

Debbie schwieg.

»Hallo?«, fragte Patrick irritiert, »bist du noch da?«

»Aber ja«, sagte Debbie. »Tut mir leid, morgen fliege ich für zwei Wochen nach Florida, aber danach können wir uns gerne sehen.«

Noch mal zwei Wochen? Das würde er nicht aushalten!

»Wo in Florida?«, wollte er wissen. »Sag mir, wo du bist, und ich fliege hin.« Er griff sich einen Stift und ein Stück Papier.

Debbie lachte gurrend.

»Na, na, hältst du das nicht für ein bisschen übertrieben? Ich komme doch wieder.«

»Zwei Wochen sind eine Ewigkeit«, erwiderte Patrick und merkte zu seinem Erstaunen, dass er wirklich meinte, was er sagte. Die letzten zwei Wochen hatten sich gezogen wie besonders hartnäckiges Kaugummi, noch eine solche Ewigkeit würde er nicht überleben!

»Ich bin sicher, es gibt eine Menge Frauen, die dir hilfreich zur Seite stehen und gern deinen Penis massieren«, sagte Debbie.

»Ich will aber keine anderen Frauen, ich will dich«, rutschte es Patrick heraus. Er konnte sich nicht erinnern, dass er das schon mal zu einer Frau gesagt hatte, und biss sich auf die Lippe. War er zu forsch? Gab er zu viel von sich preis?

»Das kannst du haben, aber erst in zwei Wochen«, sagte Debbie sehr bestimmt. »Und jetzt sei mir nicht böse, aber ich möchte meine Leitung frei halten, der Flug nach Florida will verdient werden.«

Patrick sah den Hörer sprachlos an. Sie wollte ihn aus der Leitung werfen?

»Aber ich zahle doch jetzt auch die Hotline-Gebühren«, rief er empört. »Da kannst du doch genauso gut mit mir sprechen.«

»Ach ja, stimmt«, murmelte Debbie. »Willst du Telefonsex machen?« Keine schlechte Idee.

»Ich sitze gerade am Schreibtisch«, bedauerte Patrick und dachte an das Szenario mit Julian. Wenn Luke ihn jetzt auch noch wichsend am Schreibtisch vorfand, rastete er aus. Und eigentlich war Telefonsex mit Debbie auch nicht das, was er wirklich wollte. Er wollte sie spüren, berühren, küssen, anfassen, in sie eintauchen ... Sein Penis drängte sich hart gegen den Stoff seiner Jeans.

»Aber ich kann das Telefon in mein Schlafzimmer umstellen«, sagte Patrick eifrig. Vielleicht war der Nachmittag doch noch nicht verloren ...

Luke hatte Geduld, und die brauchte er auch. In den nächsten Wochen kam er sich vor wie ein Teenager, denn Jessica erlaubte ihm zwar hier und da ein verschämtes Küsschen, doch mehr war nicht drin. Sie gingen Hand in Hand spazieren, und sie fiel ihm oft ungestüm um den Hals, aber abends schlief jeder allein in seinem Bett.

Luke bemühte sich, seinen Optimismus nicht zu verlieren, doch manchmal kamen ihm doch leise Zweifel. Was, wenn sich die Situation nicht ändern würde – niemals? Schließlich gab es Menschen, die asexuell waren und gänzlich ohne Sex lebten. Er konnte Jessica schließlich nicht dazu zwingen. Entweder lebte er dann auch ohne Sex – oder er trennte sich von ihr.

Bei diesem Gedanken krampfte sich sein Herz zusammen. Natürlich war das das Letzte, was er wollte! Jessica war ein wunderbarer Mensch, und er genoss die Zeit mit ihr in vollen Zügen. Sie konnte sich über so vieles, das sie sah, begeistern und steckte ihn damit an. Sie lachten viel, alberten pausenlos herum, und er fühlte sich seit etlichen Jahren wieder jung und lebendig. Sie tat ihm gut.

Und dennoch – er war ein Mann mit ganz normalen Bedürfnissen, und es fiel ihm immer schwerer, diese nicht mit der Frau, die er liebte, ausleben zu können. Seit seiner Pubertät hatte er nicht mehr so häufig onaniert wie in den letzten Wochen. Wenn er sie sah, sie küsste, sie ihren warmen, weichen Körper an seinen schmiegte, war er jedes Mal bis aufs Äußerste erregt. Die Spannung war fast unerträglich, sein Penis pochte und sehnte sich nach Erlösung, aber Jessica zog sich jedes Mal wieder ängstlich zurück. Luke spürte, dass er allmählich gereizt und launisch wurde. Er wollte nicht einen wunderschönen Tag mit seiner großen Liebe verbringen und dann abends selbst Hand anlegen müssen und nur davon träumen, wie er sie berührte! Er wollte sie spüren, ihre Erregung auskosten und mit ihr verschmelzen, er wurde langsam verrückt dabei!

Auch Jessica spürte, dass Lukes Geduld langsam schwand. Er sah in den letzten Tagen zunehmend frustrierter aus – und sie konnte ihn verstehen. Jedes Mal, wenn sie sich küssten, erhoffte er sich mehr, das war deutlich zu merken. Und jedes Mal wies sie ihn zurück. Lange würde er das sicher nicht mehr mitmachen.

Mit klopfendem Herzen betrachtete sich Jessica im

Spiegel. Und er sollte es auch nicht länger mitmachen! Schließlich wollte sie ihn auch, trotz all ihrer Ängste! Sie war selbst überrascht gewesen, wie sehr ihr Körper auf seine Küsse und Zärtlichkeiten reagiert hatte. Aber die Angst, dass alles doch noch in einem Desaster enden würde, hatte sie bisher eisern zurückgehalten. Sie konnte einfach ihren Kopf nicht ausschalten, in dem das böse Wort »frigide« herumhämmerte. Andererseits hatte sie selbst festgestellt, dass sie gar nicht frigide sein konnte, sonst wäre ihr Slip nach Lukes Küssen wohl kaum so feucht gewesen.

Heute würde sie ihren Gefühlen nachgeben und nicht wieder vor ihnen davonlaufen! Sie hatte sich extra ein neues, tief ausgeschnittenes Kleid gekauft, das eine einzige Einladung war. Es hatte an den Seiten zwei hohe Schlitze und das Dekolleté verhüllte nichts. Und in zehn Minuten würde Luke zum Essen herkommen! Jessica begann vor Aufregung zu zittern.

Als es klingelte, zuckte sie zusammen. Luke hatte zwar einen Schlüssel, benutzte ihn aber nie. Mit wild pochendem Herz öffnete sie die Tür. Wow, sah er wieder gut aus! Jessica schnappte nach Luft. Sie konnte manchmal kaum glauben, dass dieser atemberaubende Mann sich ausgerechnet für sie entschieden hatte. Er sah so unverschämt sexy aus mit seinen strahlend blauen Augen, den fast grauen Haaren und seinem durchtrainierten Body, den er immer seltener unter seinen schicken Designer-Anzügen versteckte. Er war einfach ein Bild von einem Mann, und natürlich entging es Jessica nicht, dass sich die Frauen auf der Straße, im Restaurant oder wo sie sonst waren, heimlich nach ihm umdrehten. Und Jessica musste immer öfter daran denken, dass diese Frauen sich ganz sicher nicht so angestellt hätten wie sie.

Lukes Augen weiteten sich, als er Jessicas Outfit erblickte, und sofort regte sich sein Glied sehnsüchtig.

»Du siehst ja unglaublich aus«, sagte er heiser und starrte Jessica an. Da würde er sich nicht lange beherrschen können! Wahrscheinlich würde der Abend für ihn wichsend auf ihrem Klo enden!

Jessica strahlte.

»Hübsch, nicht? Habe ich mir extra für heute Abend gekauft.«

Luke schluckte.

»Aha.« Sein Herz begann schneller zu klopfen. War es heute Nacht endlich so weit? Würde sie ihn heute nicht abweisen?

»Hast du was Bestimmtes vor?« Seine Stimme klang belegt.

Jessica lachte. »Wir werden sehen. Jetzt essen wir erst mal, oder? Ich habe einen Mordshunger.«

»Einverstanden.« Luke hatte zwar riesigen Hunger auf etwas ganz anderes, aber er würde sich wohl noch etwas länger gedulden müssen.

Das Kleid mit den aufreizenden Einblicken brachte ihn fast um den Verstand. Außerdem duftete Jessica absolut betörend und hatte dieses Glitzern in den Augen. Am liebsten hätte er sie auf der Stelle genommen. Zwischen seinen Beinen pochte es aufgeregt, und er seufzte innerlich auf. Einen weiteren Abend, an dem er selbst Hand anlegen musste, würde er nicht überstehen!

»Als Vorspeise gibt es einen Salat«, verkündete Jessica und drehte sich schwungvoll um. Ihr Kleid flatterte und gab ihren süßen Hintern frei. Luke wurde ganz schwindlig. Er wollte endlich diese festen Backen berühren, sie teilen, in ihre Nässe eintauchen …

»Ich habe ein Dressing nach dem Rezept meiner

Mutter gemacht«, plapperte Jessica fröhlich weiter und beugte sich zu Luke hinunter, um ihm einen Teller vor die Nase zu stellen. Luke vergaß vorübergehend zu atmen, als er einen Blick auf ihr Dekolleté warf. Sie trug einen roten BH, und er konnte ihren Brustansatz sehen. Sein Mund wurde ganz trocken.

»Möchtest du Schafskäse dazu?«, fragte Jessica. Luke stierte immer noch in ihr offenherziges Kleid.

»Was? Nein. Ich meine, ja.« Auf seiner Stirn bildeten sich feine Schweißperlen.

Jessica lachte. »Was ist denn mit dir los?«

Luke schluckte. »Äh ... du bringst mich etwas durcheinander mit diesem Kleid.«

Jessica grinste. »Das war genau der Sinn des Kaufes.«

Luke schöpfte Hoffnung. Das hörte sich doch vielversprechend an!

»Tatsächlich?« Seine Stimme war rau. »Du wolltest mich durcheinanderbringen?«

»Sozusagen. Ich wollte dich mal sehen, wenn du verwirrt bist«, feixte Jessica. »Und ich muss sagen, es steht dir ganz gut. Der Business Man Look ist zwar auch nicht zu verachten, aber mit diesem leicht debilen, verschleierten Blick gefällst du mir auch ganz gut.«

Klar gucke ich debil, dachte Luke. *Ich bin seit Wochen schon wahnsinnig verrückt nach ihr.*

Er konnte seinen Blick einfach nicht von Jessica abwenden. Seine Frau, hatte Mae gesagt. Sie sah so wunderschön aus. Nicht nur, dass sie außergewöhnlich hübsch war, sie hatte heute ein Glänzen in den Augen, das er noch nie zuvor bei ihr gesehen hatte. Es verriet Sehnsucht und Hingabe. Sie war bereit. Luke fühlte ein Kribbeln im Bauch. Heute Nacht würde er sie endlich spüren! Sein Hals wurde trocken. Er fühlte sich plötzlich so benommen, als habe er zu viel getrunken, und in seinen Ohren begann es zu rauschen.

Mit zitternden Händen goss Jessica Sekt in zwei langstielige Kelche. Sie spürte, mit welch unbändigem Verlangen Luke sie ansah. Er sah aus, als ob er sich nicht mehr lange beherrschen könnte. Ihr Herz klopfte wild. Bebend reichte sie ihm einen Sektkelch.

»Auf uns.« Sie prostete ihm zu.

»Auf uns«, wiederholte er. Zart klirrten die Gläser aneinander. Luke trank sein Glas in einem Zug aus.

»Du bist ziemlich gierig«, neckte ihn Jessica.

»Ja«, sagte Luke heiser. »Das kann man wohl sagen.«

Wippend ging Jessica auf ihn zu und sah ihn von oben herab an. Sein markantes Gesicht, die breiten Schultern, die muskulösen Oberarme, seine durchtrainierten Beine und – Jessica holte tief Luft – die unverkennbare Beule in seiner Jeans. Ohne zu überlegen setzte sie sich auf seinen Schoß. Luke stöhnte leise auf, als ihr Po sein Glied berührte, obwohl noch sehr viel Stoff dazwischen war. Dann legte er seine heiße Stirn gegen ihre. Sie spürte seinen warmen Atem und den Duft seiner Haut.

»Jessica, heute schickst du mich aber nicht nach Hause, oder?« Seine Stimme war ein heiseres Flüstern. Sie spürte seine Erregung direkt unter sich. Es war so lange her, dass sie so etwas gespürt hatte. Und wenn sie es gespürt hatte, dann hatte es sie nicht im mindesten erregt. Sie wusste ja, was folgen würde – und das war für sie nie erfreulich gewesen. Aber mit Luke war das anders. Zu ihrer eigenen Überraschung erregte sie seine Erektion ungemein.

»Nein.« Sie schüttelte den Kopf. »Ich werde dich nie wieder nach Hause schicken.«

Lukes Blick verschleierte sich.

Jessica strich sanft über seine Nase, seine Augenbrauen, seinen Mund. Er sah so schön aus. Sie tastete nach seiner Hand. Luke drückte sie zärtlich. Jessica schmiegte sich fest in seine Arme. Sie fühlte sich wohl und geborgen. Sie spürte seine Nähe, seine Wärme, seinen Herzschlag und sog seinen Duft ein. Er roch so gut!

Lukes starke Arme hatten Jessica umfasst, sie ruhte an seiner Brust wie ein kleines Kind. Er musste sie beschützen. Vor allem musste er aufpassen, dass er nicht zu hastig war, weil er so lange gewartet hatte. Ob er vielleicht kurz eiskalt duschen sollte?

Jessica legte ihre Nase an seine und spürte seinen Atem. Eine Weile saßen sie ganz still da und lauschten auf den Herzschlag des anderen. Jessica fuhr über seine kräftigen Oberarme, dann über die Unterarme. Wie muskulös er war! Sie rieb ihre Nase gegen seine. Sein Mund verzog sich zu einem Lächeln. Als sie ihre weichen und warmen Lippen auf die seinen legte, erwiderte er ihren Kuss sanft und zärtlich. Jessica küsste ihn wieder und wieder. In seinem Kuss lag so viel Liebe und Wärme, dass sie einfach nicht genug davon kriegen konnte. Es fühlte sich so gut an! Und diese wunderbaren Küsse weckten in ihr den Wunsch nach mehr. Sie wollte noch viel mehr von ihm spüren!

Ihre Lippen öffneten sich wie von selbst. Etwas zögernd glitt Lukes Zunge in ihren Mund, um dort mit ihrer Zunge zu spielen. Jessica wurde ganz schwindlig. Himmel, konnte dieser Mann gut küssen! So hatte sie in ihrem ganzen Leben noch kein Mann geküsst! Je länger ihre Zungen miteinander spielten, desto tiefer versank Jessica in einer anderen Welt. Nichts war mehr wichtig, es gab nur noch sie und Luke in diesem Nebenuniversum, das sie sich gerade selbst erschaffen hatten.

Bebend löste Luke sich von ihr und küsste sie zart auf

ihren Hals. Sie spürte seinen Atem auf ihrer Haut und schloss die Augen. Als er keinen Widerstand spürte, küsste er ihre Schulter und weitete seine Ausflüge dann auf ihr Dekolleté aus. Er hielt inne, als fürchtete er, nun zu weit zu gehen. Jessica griff mit beiden Händen in seine Haare und zog ihn zu sich herunter. Luke atmete heftiger und biss sanft in ihren Hals. Jessica spürte, wie kleine Nadelstiche durch ihren Körper jagten. Sie hielt Lukes Kopf fest und drückte ihn an ihre Schulter. Luke biss noch einmal in ihren Hals und strich dann mit der Zunge über die Stelle, in der er sie gebissen hatte. Jessica gurrte. Es fühlte sich verdammt gut an!

Schwankend erhob sie sich und zog ihn hinter sich her ins Schlafzimmer. Luke folgte ihr leicht benebelt und sank dann mit ihr auf das Bett. Jessica seufzte auf und konnte ihr Kleid gar nicht schnell genug ausziehen. Sie wollte ihn spüren – überall! Luke riss sich sein Hemd vom Leib. Seine Finger strichen sanft über den Ansatz ihrer Brüste, entlang an ihrem roten Spitzen-BH. Jessica versuchte den Verschluss zu öffnen, was ihr wegen ihrer zittrigen Hände jedoch nicht gelang. Luke half ihr. Ihm wurde fast schwindlig, als er ihre Brüste zum ersten Mal sah. Weiß und zart lagen sie vor ihm, die Knospen waren hart. Luke beugte sich über sie und nahm sie sehr sanft in seinen Mund. Dann strich er vorsichtig mit seinen Fingern über die Nippel. Jessica spürte, wie ihr diese Berührung direkt in den Unterleib ging, und dass sie nun endgültig in diese andere Welt glitt, in der es nur das Hier und Jetzt gab, nur Luke und sie, nur noch ihre beiden Körper.

Luke streichelte ihren Rücken, ihren Hals und immer wieder ihre Brüste. Auch Jessica stellte fest, wie empfindsam Luke an seinen Brustwarzen war. Je stärker sie sie knetete, desto mehr schien es ihn zu erregen. Er drückte ihren Kopf gegen seine Brust, und Jessica fuhr mit der Zunge seinen Brustkorb entlang und saugte an seinen Nippeln. Dann wurde sie mutiger und biss vorsichtig hinein. Luke stöhnte auf.

Plötzlich war er mit der Zunge in ihrem Ohr. Bevor sie noch denken konnte, dass sie das eigentlich eklig fand, begann es in ihrem Kopf zu rauschen. Jessica spürte, wie sie die Kontrolle verlor. Sie war zutiefst überrascht, aber Lukes Zunge in ihrer Ohrmuschel war – verdammt gut! Ihr Unterleib zog sich sehnsüchtig zusammen. Der Reiz war fast zu viel.

Luke ließ von ihrem Ohr ab und schob ihr nun seine Zunge in den Mund. Seine Wangen waren ganz heiß, und sein Unterleib zuckte. Jessica drängte sich ihm entgegen. Sie spürte seine Erregung, sein Verlangen, und ihre Hände glitten wie von selbst zu seiner Hose. Luke stöhnte auf. Sie strich sanft über die Ausbuchtung. Er begann zu zittern. Sie sah in sein Gesicht und fand ihn wunderschön. Er war erregt, er begehrte sie, er liebte sie! Jessica durchströmte ein tiefes Glücksgefühl. Er gab sich ihr hin, er gab ihr seinen Körper, seine Seele, alles.

Sanft strich sie über seine Oberschenkel und verharrte an seinem Schritt. Luke wand sich unter ihren Händen. Sie sah ihm an, dass er es kaum noch aushielt. Mit fahrigen Fingern mühte sie sich ab, den Knopf seiner Hose zu öffnen, wobei er ihr keuchend half. Sein Gesicht war vor Erregung verzerrt, seine Augen schienen etwas zu sehen, das nicht im Raum war. Luke war ganz weit weg.

Dann zog sie endlich den Reißverschluss hinunter. Als sie die Wölbung unter seinem schwarzen Slip sah, überkam auch sie ein unbändiges Verlangen, und das Kribbeln zwischen ihren Beinen wurde stärker. Sie wollte ihn haben, jetzt!

Luke stöhnte leise und streichelte ihren Kopf. Jessica berührte sein zuckendes Glied unter dem Slip, sie fuhr mit den Fingern auf und ab. Dann zog sie den Slip langsam hinunter, und Lukes Penis schälte sich Stück für Stück daraus hervor. Atemlos sah Jessica ihn an. Da stand er nun vor ihr, groß und hart. Ein Prachtstück. Ohne nachzudenken stülpte Jessica ihre Lippen über den steifen Penis. Luke begann am ganzen Körper zu zittern.

Ihre Zunge streichelte die Eichel, ihre Hand massierte ihn langsam. Aus Lukes Kehle drang ein heiseres Stöhnen. Sie zog die Vorhaut vor und zurück, saugte an ihm und leckte ihn dann wieder sanft. Sie konnte gar nicht wieder aufhören. Es erregte sie ungemein, Lukes harten Penis zu stimulieren und seine sich steigernde Begierde zu spüren.

Lukes Körper zuckte unkontrolliert hin und her. Er griff mit beiden Händen an seine Hoden und begann sie zu massieren. Dieser Anblick erregte Jessica noch mehr. Während sie ihn weiter massierte und gleichzeitig mit der Zunge über seine Eichel fuhr, stimulierte er seine Eier.

Mit einem Ruck schob er sie von sich weg.

»Wenn du weitermachst, ist es gleich vorbei«, sagte er heiser. Seine Augen waren viel dunkler als sonst, sein Blick fast animalisch. Seine Hände fuhren ihre Oberschenkel entlang und verharrten zwischen ihren Beinen. Jessica seufzte auf, lehnte sich zurück und schloss die Augen. Willig öffnete sie ihre Schenkel. Lukes Finger bahnten sich spielerisch einen Weg durch ihren nassen Slip und teilten ihre geschwollenen Schamlippen. Dies war normalerweise der Part, der ihr immer peinlich gewesen war. Doch jetzt war es einfach nur erregend.

Luke zog ihr den Slip über die Knie und beugte sich dann über sie. Jessica spürte etwas Weiches, Feuchtes, Zartes an ihrer empfindlichsten Stelle. Sie musste nicht aufsehen, um zu wissen, dass es Lukes Zunge war, die sie massierte, neckte und mit ihr spielte.

Ihr wurde es heiß und kalt zugleich. Das hatte sie nie zugelassen – abgesehen davon, dass Robin es auch nur wenige Male höchst widerwillig versucht hatte. Doch Luke leckte sie mit großer Hingabe unglaublich zart, und er machte es genau richtig. Ihr Becken vibrierte, ihr wurde schwarz vor Augen. Völlig überraschend spürte sie, wie sie eine heiße Welle überrollte, und der Orgasmus sie hinwegschwemmte. So schnell war sie noch nie gekommen! Sie stöhnte laut auf und presste ihre Beine zusammen. Dann spürte sie Lukes Arme, und er zog sie ganz fest an sich.

Benommen öffnete sie die Augen. Luke sah völlig wirr aus, sein Gesicht war gerötet, sein Becken zuckte. Wie von selbst öffneten sich ihre Beine und Luke glitt in sie hinein. Sie sahen sich in die Augen, als er in sie eindrang, und Jessica hatte das Gefühl, sie läge unter einem sternenbedeckten Himmel, in dem ein Stern nach dem anderen explodierte.

»Luke!« Sie strich ihm über sein verschwitztes Gesicht.

»Du bist so eng«, keuchte er. »Ich komme kaum rein.«

Jessica umschlang ihn mit beiden Armen und drängte sich ihm entgegen. Sein Penis war aber auch wirklich außergewöhnlich groß!

Die beiden sahen sich immer noch an. Jessica fand es ungeheuer erregend, in seine blauen Augen zu sehen, während er in ihr war und sie seinen pulsierenden Penis fühlte. Vorsichtig begann er sich in ihr zu bewegen.

Jessica schloss überwältigt die Augen. Wilde Schauer durchzuckten ihren Körper.

»O Gott, Luke …«, stöhnte sie. Luke biss die Zähne zusammen. Ihre Enge und die lange Wartezeit machten es ihm fast unmöglich, seinen Orgasmus noch weiter zurückzuhalten. Die Ader an seiner Stirn schwoll an. Er hielt in seinen Bewegungen inne.

Jessica schlang beide Beine um seine Hüften und zog ihn weiter in sich hinein. Luke stöhnte laut auf – und kam beim nächsten Stoß.

»Es … tut mir leid«, brachte er mühsam hervor. »Ich wollte nicht …«

»Psst.« Zärtlich legte Jessica die Arme um ihn und küsste sein verschwitztes Gesicht. »Es war wunderschön. Ich liebe dich, Luke. Mit Haut und Haaren und …«, sie lachte leise, »… und deinem riesigen Penis.«

Als Jessica mitten in der Nacht wach wurde, spürte sie Lukes warmen Körper dicht an ihrem – und seine Erektion.

»Ich bin schon wieder heiß auf dich«, flüsterte er heiser in ihr Ohr.

»Das merke ich«, flüsterte sie zurück.

Luke rieb sein Glied gegen ihren Hintern. Seine Hände umfassten ihre Brüste. Jessica drehte ihren Kopf zu ihm herum und presste ihre Lippen auf seine. Seine Zunge spielte sanft mit ihrer, wurde dann immer fordernder. Jessica drängte sich ihm entgegen. Zu ihrer eigenen Überraschung merkte sie, wie feucht sie war, auch ganz ohne Vorspiel. Wie von selbst rollte sie sich auf den Bauch, richtete sich dann auf und kniete auf allen vieren.

Wie eine läufige Hündin, dachte sie benebelt, aber merkwürdigerweise erregte sie der Gedanke. *Wie eine läufige Hündin, die darauf wartet, von einem Rüden bestiegen zu werden.*

»Willst du, dass ich dich nehme?«, fragte Luke mit belegter Stimme.

»Ja«, sagte Jessica laut. »Ja, nimm mich.«

Das hatte sie noch nie gesagt! Zitternd kniete sie da und wartete voller Vorfreude. Sie wollte ihn, sie wollte seinen Penis tief in sich spüren. Wo blieb er denn nur? Auffordernd wackelte sie mit ihrem Becken und streckte ihm ihr Hinterteil entgegen. War er vielleicht ohnmächtig geworden? Sie drehte sich zu ihm herum.

»Was ist?«, flüsterte sie. »Warum kommst du nicht?«

»Ich finde den Anblick gerade äußerst erregend«, gab Luke zurück, der sein Glied in der Hand hatte und es langsam massierte. »Wie du da kniest und dich mir entgegenreckst ... Das macht mich ziemlich an. Lass es mich noch ein bisschen genießen.«

»Aber nicht mehr zu lange«, bat Jessica. »Ich brauche dich.«

Luke setzte seinen Penis an und schob seine Eichel in Jessicas feuchte Öffnung. Jessica seufzte beglückt auf. Quälend langsam schob er seine Eichel vor und zurück. Jessica drängte sich ihm entgegen. Er sollte schneller machen! Eifrig bewegte sie sich und merkte kaum, dass nun sie die Bewegungen übernahm.

»Du bist ziemlich lüstern«, sagte Luke mit völlig veränderter Stimme. »Du willst ihn wirklich, was?«

O Gott, er sollte nicht reden, er sollte sie endlich nach allen Regeln der Kunst nehmen!

»Nimm mich endlich!«, feuerte Jessica ihn an. »Ich will, dass du mich richtig nimmst.«

»So, willst du das?«

Frustriert wackelte Jessica mit ihrem Becken. Warum

musste er ausgerechnet jetzt Grundsatzdiskussionen führen? Sie triefte vor Verlangen, sie brauchte im Moment nichts dringender als seinen harten Penis.

»Bitte, Luke!«, bettelte sie. »Bitte … mach doch endlich.«

»Du bist aber ziemlich ungeduldig«, fand er und stieß tiefer zu, fester, härter. Jessica stöhnte laut auf. Endlich! Ein riesiger roter Feuerball tanzte vor ihrem Auge. Bei jedem Stoß zerplatzte er und formte sich dann wieder neu. Ihre Brüste schaukelten hin und her, was Luke zusätzlich erregte. Er griff mit beiden Händen nach ihren Backen und knetete sie. Dann fuhr er mit seiner Hand zwischen ihre Beine und massierte ihre Klitoris. Jessica schrie auf und begann zu zittern. Der Feuerball wurde größer und irgendwie bunter. Sie spürte die Reibung in ihrer Vagina, Lukes Hoden an ihrem Hintern und seine zarte Berührung an ihrem Kitzler. Heiße und kalte Schauer rannen durch ihren Köper – und wieder kam sie völlig unerwartet und schnell. Ihre Scheidenmuskeln krampften sich um Lukes Penis, der alle Mühe hatte, nicht ebenfalls zu kommen. Doch diesmal wollte er länger durchhalten, das hatte er sich geschworen.

Verbissen bewegte er sich in ihr, immer schneller und härter. Jessica war nur noch ein stöhnendes, zuckendes Bündel, das immer mehr wollte. So kannte sie sich selbst nicht – wild und gierig. Ihre Vagina lechzte nach Lukes Penis, wollte immer mehr, wollte, dass er sie rieb, reizte, massierte und in nie gekannte Höhen katapultierte.

Und das tat Luke. Sie konnten beide einfach nicht genug bekommen.

Jessica befand sich wie im Delirium, als sie noch zwei weitere Orgasmen bekam, die ihr fast den Verstand raubten. Luke hielt sich eisern zurück, bis er nach einer Ewigkeit endlich laut stöhnend in ihr kam.

Schweißgebadet blieb er auf und in ihr liegen, sein Herz hämmerte wild. Jessica spürte seinen erhitzten Körper auf ihrem und fühlte, wie ihr Tränen in die Augen stiegen. Ja, das war es, genau danach hatte sie sich immer gesehnt, ohne es überhaupt zu wissen. Sie war Luke so nah, wie sie noch nie einem Menschen gewesen war – körperlich und seelisch. Zum ersten Mal in ihrem Leben liebte sie.

Kapitel 6

»Hoffentlich kann ich überhaupt noch arbeiten, wenn ich dich jeden Tag im Büro sehe«, lachte Luke und köpfte gutgelaunt ein Ei. »Wahrscheinlich geht es mir dann wie Julian, und ich onaniere am Schreibtisch.«

Jessica grinste. Sie hatte sich nie lebendiger gefühlt. Gestern Abend der erste Sex mit Luke, heute Nacht der zweite – und heute Morgen hatten sie es zum dritten Mal getrieben. Sie erkannte sich selbst nicht mehr, aber es war himmlisch! Am liebsten hätte sie den ganzen Sonntag mit Luke im Bett verbracht! Sie musste ihn nur ansehen und hatte sofort wieder Lust. Sobald seine Haut ihre berührte, stand sie in Flammen und hatte nur den einen Wunsch: mit ihm wilden Sex zu haben. Und, bei Gott, das konnte er, verdammt gut sogar! Sie war völlig wund.

»Du brauchst nicht zu onanieren«, sagte sie und griff nach einem Brötchen. »Ich bin doch da. Du rufst mich einfach zum Diktat, und dann komme ich in dein Büro und setze mich auf dich.«

Lukes Augen blitzten.

»O ja, dann kann ich mich bestimmt besonders gut aufs Geschäft konzentrieren.«

»Hauptsache, du konzentrierst dich auf mich«, fand Jessica. »Gibst du mir mal die Butter?«

»Ich bin schon wieder bereit«, verkündete Luke und sah auf seine Hose. »Isst du eigentlich gern diesen Schokoaufstrich?«

Jessica nickte. »Ja, wieso?«

Luke griff nach dem Glas mit der flüssigen Schokolade, tunkte einen Löffel hinein und führte den Löffel unter den Tisch.

»Was machst du denn da?«, wollte Jessica atemlos wissen, obwohl sie sich das natürlich denken konnte.

»Ich würde sagen, du solltest jetzt ein bisschen von dieser Schokocreme essen«, sagte Luke mit tiefer Stimme. Jessica merkte, wie sie schon wieder feucht wurde. Sie schien in zwei Tagen alles nachholen zu wollen, was sie in den letzten Jahren versäumt hatte!

Willig stand sie auf und ging um den Tisch herum. Lukes harter Penis sah mit brauner Schokoladencreme in der Tat recht einladend aus. Jessica kniete sich vor Luke und fuhr mit ihrer Zunge über seinen Schaft. Luke lehnte sich schwer atmend zurück und griff nach Jessicas Kopf.

»Na, schmeckt es dir?«, fragte er mit heiserer Stimme.

Jessica nickte und sah zu ihm auf.

»Ich sollte das jetzt immer so essen«, sagte sie und leckte zart über seine Eichel. Luke zuckte unter einem wohligen Schauer zusammen.

»So schmeckt es nämlich viel besser.«

Eifrig schleckte Jessica die Schokoladencreme ab, während Lukes Penis immer heftiger zuckte. Jessicas volle Lippen um seinen Penis, ihre langen Haare, die seine Hoden kitzelten – viel mehr brauchte es nicht, um den nächsten Höhepunkt zu erreichen.

Mit einem lauten Stöhnen kam Luke, und sein Sperma schoss aus ihm heraus. Überrascht stellte Jessica fest, dass sie es überhaupt nicht eklig fand, als es sich auf ihrer Brust verteilte, sogar ihr Gesicht hatte ein paar Tropfen abbekommen. So war es eben, wenn man jemanden wirklich liebte – nichts war mehr eklig, weil alles ein Teil des Menschen war, den man liebte.

»Sorry«, sagte Luke schwer atmend und sah etwas verlegen aus. »Das wollte ich nicht.« Er reichte ihr eine Serviette. Jessica lachte.

»Macht nix«, sagte sie und schüttelte den Kopf. »Du kannst einfach alles mit mir machen.«

»Du bist wunderbar«, sagte Luke und zog sie auf seinen Schoß. »Dein Ex-Freund muss ein Volltrottel gewesen sein, wenn er allen Ernstes behauptet hat, du wärst gefühlskalt.«

»War ich ja bei ihm auch irgendwie«, sagte Jessica nachdenklich und streichelte Lukes Brust. »Wahrscheinlich hat die Chemie einfach nicht gestimmt.« Sie lehnte ihre Wange gegen seine.

»Hauptsache, bei uns stimmt sie«, meinte Luke zufrieden. »Und so, wie es dauernd zischt, brodelt und explodiert, ist da ziemlich viel Chemie mit im Spiel.«

»Allerdings«, sagte Jessica und zögerte etwas.

»Was ist?« Fragend sah Luke sie an.

»Äh … als ich es dir gerade mit dem Mund gemacht habe«, begann Jessica stockend. Sex zu haben war die eine Sache, darüber zu reden, die weitaus schwierigere.

»Ja?«, half ihr Luke und strich ihr zärtlich die Haare aus dem Gesicht.

»Das … hat mich gerade schon wieder total angemacht.« Jessica wurde rot. Luke verstand und grinste.

»Ach so, du willst eine Revanche? Aber gerne! Hast du vielleicht ein bisschen Sahne?«

Jessicas Wunsch ging in Erfüllung – sie und Luke verließen den ganzen Sonntag über nicht Jessicas Wohnung, sondern hatten viel Spaß mit Dingen, die sie innerhalb der Wohnung taten. Am Montag erschienen sie strahlend Hand in Hand in der Turner-Villa und liefen als Erstes Patrick über den Weg.

Muffig sah Patrick die beiden an. Ihm stand das Wasser sozusagen bis zum Hals, aber er hatte nicht das geringste Interesse, seinen Druck bei irgendeiner Frau abzubauen. Er wollte Debbie. Doch die war weit weg und selbst, wenn sie in zwei Wochen wiederkommen sollte, war Patrick sich nicht sicher, ob sie ihn überhaupt sehen wollte. Das war ihm wirklich noch nie passiert!

»Ihr seht ja aus wie das blühende Glück«, sagte Patrick übellaunig. Wahrscheinlich hatten die beiden das ganze Wochenende hemmungslos im Bett verbracht. Kein Wunder, dass sie so strahlten. Er hingegen hatte nicht mal Lust, Hand an sich selbst zu legen.

»Wir sind das blühende Glück«, berichtigte ihn Luke. »Wir schweben auf einer rosaroten Wolke.«

Irritiert sah Patrick seinen Bruder an. Seit wann redete der nüchterne Luke so einen Schwachsinn?

»Du offenbar nicht«, bedauerte ihn Luke nun. »Du siehst ja total grantig aus. Was ist denn los? Hattest du kein erfülltes Wochenende?«

»Ist deine Freundin Debbie wirklich in Florida?«, platzte Patrick heraus, dem plötzlich der Gedanke kam, dass Debbie ihn angelogen hatte.

»Ja, sie ist gestern geflogen«, erwiderte Jessica erstaunt. »Wieso?«

»Weißt du, wo sie ist? Ich meine, in welchem Hotel?«, hörte Patrick sich zu seinem eigenen Entsetzen sagen. Aber wenn er Luke und Jessica so glücklich vor sich stehen sah, überkam ihn eine heftige Sehnsucht. Er konnte einfach nicht noch zwei Wochen warten, das war eine Ewigkeit!

»Ja, natürlich weiß ich das«, erwiderte Jessica. »Wieso?«

Gequält sah Patrick sie an. »Weil ich zu ihr will.«

»Du willst nach Miami fliegen?«, fragte Luke perplex.

»Aber Debbie wandert doch nicht aus, sie kommt in zwei Wochen wieder«, sagte Jessica. »Das ist doch keine Ewigkeit.«

»Könnt ihr endlich mal mit euren ›Das ist doch keine Ewigkeit‹-Sprüchen aufhören?«, schnauzte Patrick los. »Ich will Debbie jetzt sehen und nicht erst in zwei Wochen, ist das denn so schwer zu begreifen?«

Luke und Jessica sahen sich erstaunt an und blickten dann wieder zu Patrick.

»Holla, dich hat es aber erwischt«, grinste Luke. »So kenne ich dich ja gar nicht, Bruderherz.«

»Ich kenne dich so auch nicht«, giftete Patrick. »Arbeitest du nicht für gewöhnlich am Wochenende?«

»Jetzt nicht mehr«, erwiderte Luke fröhlich.

»Ich finde, du hast am Wochenende ziemlich hart gearbeitet, Schatz«, fand Jessica und gab Luke einen Kuss.

Patrick verdrehte die Augen. Das war ja nicht auszuhalten! Mussten die beiden mit ihrem Glück so angeben?

»Gibst du mir jetzt die Adresse?«, wandte sich Patrick barsch an Jessica. Etwas hilflos sah sie ihn an.

»Ich weiß nicht, ob das in Debbies Sinn ist«, sagte sie zögernd. »Ich meine – will sie dich denn überhaupt sehen?«

»Gib mir endlich diese Adresse!«, brüllte Patrick los. »Ja, ja, ja! Ich habe mich offensichtlich in deine Freundin verliebt, okay, okay! Ich gebe es ja zu! Ich will endlich zu ihr!«

Luke sah seinen Bruder etwas befremdet an.

»Seit wann gibst du hier das Rumpelstilzchen?«, fragte er stirnrunzelnd.

»Seit wann findest du Sex gut?«, gab Patrick giftig zurück.

»Seit Samstag Abend, wenn du es genau wissen willst«, antwortete Luke vergnügt. »Aber seitdem ziemlich oft, wenn es dich interessiert.«

Patrick stöhnte auf und griff sich an den Kopf.

»Nein, das interessiert mich nicht, außerdem sehe ich das auch so«, knurrte Patrick. »Aber gerade deshalb müsstet ihr mich doch verstehen. Bitte, Jessica, sag mir, wo Debbie steckt.«

Jessica fühlte Mitleid in sich aufsteigen. Patrick schien es wirklich erwischt zu haben. Möglicherweise würde Debbie sie umbringen, aber sie konnte Patrick einfach nicht leiden sehen.

»Okay«, sagte sie. »Komm mit, ich gebe dir die Adresse.«

Sie war so glücklich und gönnte natürlich auch Patrick und Debbie das Glück. Auch wenn Debbie immer wieder behauptet hatte, Patrick sei ihr egal – Jessica wusste, dass es nicht so war. Vielleicht wusste Debbie es selbst noch nicht, aber auch für sie war Patrick nicht nur irgendein Lover.

Debbie ließ sich gerade von einem gutgebauten schwarzen Amerikaner den Rücken eincremen, als ein Schatten auf sie fiel. Sie sah hoch und traute ihren Augen kaum: Vor ihr stand – in Jeans und schwarzem T-Shirt– Patrick!

Sein Anblick fuhr ihr direkt in den Unterleib, so gut sah er aus. Er musste jeden Tag trainieren, wenn sie seine muskulösen Oberarme betrachtete. Er war der absolute Womanizer, und es entging ihr natürlich nicht, dass sich die anderen Frauen nach ihm umdrehten. Aber er wollte sie! Debbie fühlte sich aufs höchste geschmeichelt. Und es wäre absolut gelogen gewesen, wenn sie behauptet hätte, sie hätte keine Lust auf ihn. Jetzt, wo sie ihn sah, konnte sie sich selbst nicht länger etwas vormachen. Sie hatte öfter an ihn gedacht, als ihr lieb war.

Sie fuhr hoch.

»Was machst du denn hier?« Vor Schreck fiel ihr die Sonnenbrille von der Nase. Hilfsbereit hob der Schwarze sie wieder auf und entfernte sich dann mit einem wissenden Lächeln.

Patrick kniete sich vor sie hin.

»Ich musste dich einfach sehen«, sagte er. Verlangend sah er Debbie an. Ja, da saß seine Traumfrau! Diese langen roten Haare, ihr wundervoller Körper, ihre ausdrucksstarken Augen, ihr ganzes Auftreten, ihre Ausstrahlung – sie war es einfach! Es war passiert: Er hatte sich verliebt! Zum ersten Mal seit bestimmt zwanzig Jahren war Patrick Turner verliebt! Sein Herz klopfte ihm bis zum Hals, und sein ganzes Macho-Gehabe und seine sonstigen blöden Spielchen fielen wie durch Zauberhand von ihm ab.

»Ich konnte an nichts anderes mehr denken als an dich. Ich konnte einfach nicht noch zwei Wochen warten.« Sein Blick brannte sich tief in ihre Augen. Debbie erschauerte. So hatte sie noch nie jemand angesehen.

Er war extra den weiten Weg von London nach Miami gekommen – nur, um sie zu sehen! Debbie spürte, wie ihr Herz einen Sprung machte. Das tat er doch nicht nur wegen eines guten Ficks! Das war mehr! Plötzlich erschrak Debbie. Aber wollte sie denn mehr? Ihre Freiheit war immer ihr höchstes Gut gewesen. Sie war so stolz darauf, dass sie jederzeit machen konnte, was sie wollte – und mit wem sie es wollte. War Patrick eine Bedrohung für ihre Freiheit?

Debbie spürte, wie ihre spontane Freude sich in Furcht verwandelte. Was wollte Patrick von ihr? Wollte er sie besitzen, sie eifersüchtig bewachen, von allen anderen Männern fernhalten? Wenn sie sich mit ihm einließ, würde das in der Konsequenz bedeuten, dass sie nie wieder etwas mit einem anderen Mann anfangen durfte. Debbie merkte, wie sich ihre Kehle langsam zuschnürte. Nein, das war es nicht, was sie sich vorstellte! Sie wollte kein Leben im Knast führen! Sie wollte tun und lassen, was ihr gefiel, frei sein wie ein Vogel. Sie taugte nicht zu einer festen Beziehung, das war das Letzte, was sie wollte! Er konnte mit ihr Sex haben, wo er schon mal hergekommen war, aber das war alles, was sie ihm geben würde. Punkt.

»Okay, dann gehen wir doch in mein Zimmer«, schlug sie vor und erhob sich. Patrick spürte, wie er bei ihrem Anblick sofort eine Erektion bekam. Debbies Körper war einfach perfekt: ihre vollen Brüste, die schmale Taille, die breiteren Hüften, ihre langen Beine – und vor allem das, was sich zwischen diesen langen, perfekten Beinen befand ... Ihm wurde ganz schwummerig.

»Du scheinst ja wirklich auf Entzug zu sein«, sagte Debbie mit einem vielsagenden Blick auf seine Jeans.

»Ich hatte seit Ewigkeiten keinen Sex mehr«, erwiderte Patrick. Sein Unterleib brannte. Er konnte es kaum noch erwarten, Debbie endlich in Besitz zu nehmen. Schwankend trottete er hinter Debbie her. Die wunderschönen Palmen, das luxuriöse Hotel, die Menschen um ihn herum – das alles nahm er überhaupt nicht wahr. Er sah nur Debbie vor sich, wie sie mit wiegendem Po vor ihm herschritt.

Debbie spürte, wie sich ihre anfängliche Freude und dann ihre Furcht in Wut verwandelten. Was bildete sich dieser Kerl eigentlich ein? Sie sagte ihm, dass sie ihn nicht sehen wollte – und er erdreistete sich trotzdem einfach herzukommen! Das war doch wirklich eine Unverschämtheit! Für wie unwiderstehlich hielt sich der Typ denn?

»Du bist ganz schön frech«, sagte Debbie und schloss ihre Zimmertür auf. »Was macht dich so sicher, dass ich dich überhaupt will? Glaubst du, es gibt hier keine Männer?«

Patrick schluckte. Was sollte denn das jetzt? Konnte sie nicht einfach zugeben, dass sie auch etwas für ihn empfand? Er hatte in ihren Augen echte Freude gesehen, als er so unerwartet vor ihr stand. Warum spielte sie jetzt wieder die Coole, was zum Teufel sollte das? Warum wollte sie ihm wehtun? Er merkte, wie er wütend wurde. Er unternahm eine halbe Weltreise, um sie zu sehen, und sie hatte nichts Besseres zu tun, als ihn zu verletzen.

Er griff in seine Tasche und holte etwas heraus. Dann war er wie der Blitz bei ihr, und bevor sie überhaupt wusste, was mit ihr geschah, hatte er ihr schon Fesseln um die Hand- und Fußgelenke gelegt und fesselte sie an einen Stuhl.

»Sag mal, spinnst du?«, rief sie wütend. »Was soll das denn jetzt?«

»Du könntest etwas mehr Freude zeigen, wenn ich wegen dir schon um die halbe Welt reise«, sagte Patrick barsch. »Und damit du darüber nachdenken kannst, gehe ich jetzt duschen und lasse dich eine Weile allein.«

»Halt!«, schrie Debbie erbost, doch Patrick war bereits pfeifend im Badezimmer verschwunden. Hilflos saß Debbie da, ohnmächtig vor lauter Wut. Das ging jetzt aber entschieden zu weit! Was bildete sich dieser Lackaffe eigentlich ein? Tauchte unangemeldet und unerwünscht hier auf und bildete sich ein, sie würde ihm vor Freude um den Hals fallen! Und nun band er sie hier fest, weil sie das nicht tat! Was für ein Psychopath!

Ob sie es schaffen würde, mit der Nase Ziffern in das Telefon einzutippen? Zitternd beugte sie sich vor. Sie schaffte es nicht. Schweißgebadet ließ sie von dem Telefon ab. Überhaupt wäre es mehr als peinlich gewesen, wenn ein Hotelangestellter sie in dieser Position finden würde. Es würde ihr nichts anderes übrig bleiben, als zu warten, bis dieser Vollidiot mit seiner Duscherei fertig war!

Es dauerte nur wenige Minuten, bis Patrick frisch geduscht und fröhlich singend zurückkehrte.

»Sag mal, findest du das eigentlich lustig?«, giftete Debbie ihn an.

Patrick grinste. »Kann man so sagen.«

»Was ist denn daran spaßig?«, fauchte Debbie. »Du bist doch echt pervers!«

»Es ist spaßig, dich so zu sehen.« Patrick stemmte seine Arme in die Seite und sah sie lasziv an. Sein Anblick löste ein Kribbeln in Debbies Unterleib aus. Er sah einfach anbetungswürdig aus!

»Du zeterst und jammerst, aber du kannst nichts machen, absolut gar nichts«, konstatierte Patrick. »Wenn ich es will, sitzt du noch tagelang hier rum. Ich habe Macht über dich, das ist es, was mich antörnt.«

»Du bist pervers«, wiederholte Debbie. »Du solltest dringend eine mehrjährige Therapie machen!«

Patrick lachte. »Jeder hat seine Vorlieben. Ich finde es nicht schlimm, dass ich diese Spielchen bevorzuge«

»Dann solltest du sie wenigstens mit jemandem spielen, der auch darauf steht. Ich tue es jedenfalls nicht.«

»Bist du sicher?«

»Ganz sicher.« Feindselig sah Debbie ihn an. Sie hasste ihn, wie er selbstgefällig da saß, jetzt eine Zigarette aus einer Schachtel zog und sie sich betont langsam anzündete.

»Es macht dich nicht an, wenn du dir vorstellst, dass ich jetzt alles mit dir machen kann, ohne dass du dich dagegen wehren kannst?«

»Absolut nicht.«

»Es macht dich nicht an, wenn ich dir jetzt meinen Penis zeige und du ihn nicht haben kannst?«

»Ich will deinen Penis überhaupt nicht.«

Patrick lachte wieder. »Das klang beim letzten Mal aber noch ganz anders.«

Debbie schwieg wütend.

Patrick blies ihr den Rauch ins Gesicht.

»Warum solltest du meinen Penis auch wollen?«, fragte er und sah Debbie an. »Was ist schon so Besonderes an einem Penis? Ist es nicht albern, wie sehr die Frauen nach diesen paar Zentimetern lechzen?«

»Genau«, bestätigte Debbie.

Patrick nickte. »Finde ich auch.«

Er nestelte an seinem Reißverschluss. Debbie runzelte die Stirn. Was um Himmels willen hatte er denn jetzt vor?

Debbie stockte der Atem. Patrick hatte seinen schlaffen Penis aus der Hose gezogen. Auch im Normalzustand war er erstaunlich groß. Es sah irgendwie grotesk aus, wie er da so aus der Jeans heraushing. Und irgendwie auch erregend.

»Du siehst, irgendwie ist so ein Glied nur albern«, wiederholte Patrick und legte seine Zigarette ab. Dann begann er, seinen Penis sanft zu streicheln und ließ Debbie dabei nicht aus den Augen.

Debbie hielt seinem Blick trotzig stand. Patricks Glied wurde fast in Sekundenschnelle lang und dick.

»Jetzt sieht er schon nicht mehr ganz so albern aus.« Patricks Augen waren dunkler geworden, er atmete schneller.

»Besonders, wenn du dir vorstellst, wie er sich anfühlt – in dir drin.«

Debbie spürte ein sehnsüchtiges Ziehen in ihrem Unterleib. Wie gemein von Patrick, ihr seinen Penis vor die Nase zu halten wie einem Hund ein Stück Wurst, das man ihm dann doch nicht gab.

Patrick rieb langsam weiter. »Wenn du dir vorstellst, wie ich ihn in deine nasse Muschi einführe – zuerst nur die Spitze, dann reibe ich die Eichel ein bisschen hin und her, ganz langsam und zart, danach dringe ich etwas tiefer vor, aber noch immer stoße ich dich ganz langsam.«

Debbie starrte wie gebannt auf seine pralle Eichel, die sich nun hervorwagte.

Patrick ließ sein Glied los und griff wieder nach seiner Zigarette.

»Erst wenn du es gar nicht mehr aushalten kannst, stoße ich ihn dir tief und fest rein, so lange, bis du vor lauter Wonne brüllst.«

In Debbies Unterleib pochte es stärker.

»Würde dir das gefallen?«

»Nein«, sagte Debbie aggressiv, die spürte, wie nass sie schon war.

Patrick nahm sein Glied wieder in die Hand und massierte es mit geschlossenen Augen. Debbie sah ihm atemlos dabei zu. Es war ein absolut erregender Anblick: Der schöne Patrick, breitbeinig auf einem Stuhl, massierte seinen steifen Penis, der aus seiner Jeans herausragte. Debbie schluckte. Sie wollte ihn haben!

»Hör auf damit«, sagte sie mit kratziger Stimme. Womöglich würde er gleich kommen, und dann war es fürs Erste vorbei.

Patrick öffnete die Augen.

»Warum sollte ich?«

»Weil ... weil ...« Debbie leckte sich die Lippen. Wie gespannt starrte sie auf sein bestes Stück.

»Weil du ihn doch willst?«, traf Patrick ins Schwarze, und er grinste süffisant.

»Nein ... ich meine ...« Debbie holte tief Luft. »Verdammt nochmal, Patrick, nimm mich endlich! Du bist doch nicht nach Miami geflogen, nur um dir einen runterzuholen!«

»Mit dir als Zuschauerin vielleicht schon.«

Wollte er sie betteln sehen? Musste sie sich tatsächlich so weit erniedrigen? Debbie kämpfte mit sich. Einerseits wollte sie ihn keinesfalls anflehen, andererseits hielt sie es vor lauter Erregung kaum noch aus. Ihre Vagina lechzte nach seinem dicken Penis, und sie würde verrückt werden, wenn sie dabei zusehen musste, wie er sich weiter selbst befriedigte und sie leer ausging.

»Patrick, binde mich endlich los«, bat sie.

»Ich denke, du willst meinen Penis nicht?«, tat Patrick erstaunt. »Sagtest du eben nicht so was in der Richtung?«

»Ich ... will ihn«, sagte Debbie stockend. Ihre Klitoris pochte wie verrückt und sehnte sich nach Erlösung. »Bitte ...« Flehend sah sie ihn an.

»Du bist also scharf«, stellte Patrick fest. »Hat dich mein Anblick folglich erregt?«

Debbie nickte verzweifelt.

»Bist du schon feucht?«, wollte Patrick wissen.

»Ja«, krächzte Debbie und unterdrückte nur mit Mühe ein Schluchzen. »Ja, ich bin feucht.«

»Möchtest du, dass ich deine Möse reibe?«, fragte Patrick.

Debbie nickte und schöpfte etwas Hoffnung. Patrick

stand auf und fuhr mit dem Finger in ihre Bikini-Hose. Debbie zuckte zusammen.

»Du triefst ja richtig«, stellte Patrick heiser fest, und sein Penis zuckte.

»Da ist aber jemand aufs höchste erregt.« Debbie öffnete ihre Beine und sah ihn flehentlich an. Ihr war jetzt alles egal, sie würde notfalls sogar betteln, aber er sollte sie endlich berühren.

Patrick stand auf und entfernte sich. Debbie stöhnte gequält auf. Wie lange wollte er sie denn noch foltern?

Dann fiel ihr Madeleine auf der Sexparty ein. Die hatte er auch lange genug gefesselt dastehen lassen. Offenbar stand er wirklich auf solche Spielchen. Aber sie wollte nicht gefesselt hier sitzen, sie wollte ihn endlich spüren!

Zitternd sah sie ihm zu, wie er mit einem weißen Tuch zurückkam.

»Was hast du mit mir vor?«, fragte sie ängstlich.

Patrick antwortete nicht. Er löste die Fesseln vom Stuhl, nahm Debbie hoch und trug sie zu ihrem Bett, als sei sie eine Feder. Dann band er ihr das Tuch um die Augen. Nun konnte sie also auch nichts mehr sehen. Sie geriet in Panik.

»Was machst du mit mir?«, rief sie schrill. Ihr Herz schien ihr aus der Brust zu springen.

»Du musst keine Angst haben, es wird dir guttun.« Seine Stimme klang beruhigend. »Du wirst es genießen. Hab keine Angst. Ich tue nichts, dass dir nicht gefällt, das verspreche ich dir. Entspann dich einfach.«

Sie merkte, wie er ihre Fußfesseln löste. Aufseufzend streckte sie ihre Beine aus. Die Armfesseln löste er jedoch nicht.

Dann zog er ihre Bikinihose langsam herunter, es folgte ihr Bikini-Oberteil. Er tat das sehr sanft und bedächtig. Nun lag sie völlig nackt und schutzlos vor ihm.

Plötzlich spürte sie eine Feder auf ihrem Körper. Es musste eine Feder sein, so leicht und filigran, wie sich die Berührung anfühlte. Sie strich über ihren Bauch, ihre Beine und ihre Schultern.

»Versprichst du mir, dass du nicht wegläufst, wenn ich dich losbinde?« Patricks Stimme klang ganz weich.

»Ja«, flüsterte Debbie. Sie würde nicht weglaufen. Sie wollte alles auskosten, was er mit ihr tat.

Er entfernte die Fesseln und legte dann ihre Hände wieder über dem Kopf zusammen.

»Bleib so«, flüsterte er. Sie nickte. Sie war zwar nicht mehr gefesselt, aber sie wollte so tun, als ob. Sie wollte ihm wehrlos ausgeliefert sein.

Die Feder strich nun über ihre Arme, ihre Schultern und ihre Brüste. Es war ein unglaublich zartes, erregendes Gefühl. Debbie seufzte wohlig auf. Dann nahm sie etwas anderes auf ihren Brüsten wahr – nass und weich. Sie zuckte zusammen. Das musste Patricks Zunge sein!

Patricks Zunge umkreiste ihre Nippel, Debbies Unterleib zog sich augenblicklich zusammen. Er begann an ihren Brustwarzen zu saugen und schickte damit sengende Hitze in ihre Vagina. Debbie stöhnte auf. Sie spürte, wie er die Augenbinde löste und schlug die Augen auf. Sie sahen sich an. Ich vertraue dir, sagte ihr Blick. Ich bin nicht mehr gefesselt, aber ich tue so als ob, weil ich weiß, dass dich das anmacht.

Ich tue dir nicht weh, sagte sein Blick. Ich will alles tun, um dir Lust und Genuss zu bereiten.

Er biss ihr sanft in die Schulter. Dann fuhren seine Hände an den Außenseiten ihres Körpers entlang. Zart strich er über ihren Bauch und ging dann tiefer. Debbie öffnete bereitwillig ihre Beine. Patricks Zunge tänzelte über ihren Venushügel. Sie stöhnte auf.

Zitternd vor Verlangen lag Debbie da. Endlich! Doch Patrick ließ sich Zeit. Er strich mit seinem Finger über die Stelle unter ihrem Bauch und machte kleine Kreise. Debbie atmete schwer. Er sollte sie endlich berühren, sie würde sonst platzen!

Sie spürte seinen warmen Atem direkt über dem Zentrum ihrer Lust. Flehend hob sie ihr Becken an. Patrick verstand die äußerste Dringlichkeit. Zart bahnte sich seine Zunge ihren Weg. Debbie gab ein Röcheln von sich, als sie seine Zunge an ihren Schamlippen spürte. Ja, genau da sollte er sie lecken! Als er ihren Kitzler reizte, versank sie endgültig in ihrem Fiebertraum und schrie dann auf. So schnell war sie noch nie gekommen!

Patrick hielt inne. Debbie zitterte und schnaubte. Sie wollte nicht länger die Gefesselte spielen, sie wollte in seinen Armen liegen!

»Patrick«, flüsterte sie.

Er schien sie zu verstehen, denn er robbte sich nach oben und nahm sie fest in seine Arme. Sie schlang beide Arme um ihn und drückte ihn so fest an sich, wie sie nur konnte. Ihre glühende Wange lag an seiner, ihr Unterleib zog sich immer noch zusammen.

Sein Mund fand ihren, heiß, verlangend. Seine Zunge, eben noch an ihrer intimsten Stelle, erforschte nun ihren Mund. Sie presste sich an ihn, fühlte seinen steifen Penis. Wie von selbst glitt seine Eichel in ihre feuchte Öffnung. Patrick blieb ganz ruhig liegen und bewegte sich nicht. Beide hörten das Herz des anderen pochen. Patrick küsste sie wieder. Dann glitt er ein wenig tiefer. So lagen sie eine Weile da, küssten und streichelten sich, bis er anfing, sie leicht zu penetrieren. Debbie seufzte wohlig auf.

»Komm tiefer«, flüsterte sie heiser und Patrick tat wie ihm aufgetragen. Er bewegte sich nun etwas schneller in ihr.

»O ja«, flüsterte Debbie. »Das fühlt sich gut an.«

»Knie dich hin«, raunte er ihr ins Ohr. »Ich will dich von hinten nehmen.« Debbie tat, wie ihr befohlen wurde. Sie kniete sich auf alle viere und streckte ihm willig ihr Hinterteil entgegen. Patrick fackelte nicht lange, sondern schob sein Glied tief in sie hinein und begann sich in ihr zu bewegen.

»Ja, nimm mich, nimm mich!«, feuerte Debbie ihn an. »Besorg es mir richtig!«

Patrick schienen ihre Aufforderungen sehr zu erregen, er stöhnte immer lauter und hielt plötzlich inne.

»Hör nicht auf«, japste Debbie. »Bitte hör jetzt nicht auf!«

»Ich kann es nicht länger zurückhalten«, stöhnte Patrick. »Wenn ich so weitermache, spritze ich gleich ab.«

Debbie stieß sich ihm förmlich entgegen.

»Mach weiter«, feuerte sie ihn völlig außer sich an. »Hör nicht auf, mach weiter!«

Patrick stieß erneut zu – und kam mit einem lauten Stöhnen.

»Tut mir leid«, murmelte er dicht an ihrem Ohr, »ich konnte nicht länger.«

»Schsch ...«, machte Debbie und küsste ihn auf die Wange. In dieser Geste lag sehr viel Zärtlichkeit, und sie war ihm in diesem Moment ganz nah.

»Soll ich von dir runtergehen?«, flüsterte Patrick. Debbie schüttelte den Kopf. Auf keinen Fall! Sie wollte ihn so lange wie möglich auf und in sich haben. Sie fühlte sich mit ihm verbunden, nicht nur sein Körper war ihr nähergekommen, sondern auch seine Seele.

Was für ein Quatsch, dachte Debbie benebelt. *Der Typ fickt einfach gut.* Dennoch konnte sie nicht verhindern, dass sich ein warmes und zärtliches Gefühl in ihr ausbreitete.

»Bin ich dir nicht zu schwer?«, wollte Patrick von oben wissen.

Debbie verneinte, obwohl ihr fast der Rücken brach. Sein warmer Körper auf ihrem tat ihr gut. Sie wollte ihn so nah und so lange bei sich haben, wie es nur irgendwie ging. Auch wenn ihr dieser Wunsch völlig fremd war. Sie wollte ihn spüren, seinen Duft einatmen, sein Herz schlagen hören.

Vielleicht habe ich einen Sonnenstich, dachte Debbie. *Das ist doch nicht normal, dass mir solche bescheuerten Gedanken durch den Kopf gehen!*

Nach einer ganzen Weile glitt Patrick von ihr herunter, nahm sie zärtlich in seine Arme und küsste sie. Es war ein inniger Kuss; ganz anders als die anderen Männer, die ihre kühlen Lippen einfach irgendwie auf Debbies Mund pressten. Debbie ließ es willenlos geschehen. Mehr noch: Sie kuschelte sich wie ein Kätzchen wohlig in Patricks Arme und war in Sekundenschnelle eingeschlafen.

Als sie aufwachte, wusste sie zuerst nicht, was eigentlich passiert war. Sie spürte lediglich, dass sie nicht allein in ihrem Bett lag. Dann wanderte ihr Blick zu dem zerzausten Haarbüschel neben sich, und die Erinnerung kehrte langsam zurück. Debbie spürte, wie sich ein warmes Gefühl in ihr ausbreitete. Da lag er neben ihr – Patrick, der extra aus London nach Miami gekommen war, um sie zu sehen! Er war eindeutig verrückt!

Debbie lächelte. Warum sollte sie sich belügen? Wenigstens sich selbst gegenüber konnte sie zugeben, dass sie sich über seinen Besuch freute. Und der Sex mit ihm hatte verdammt viel Spaß gemacht! Alles Weitere würde sich schon finden. Sie musste ihn ja schließlich nicht gleich heiraten!

Patrick murmelte etwas im Schlaf. Debbie sah ihn liebevoll an. Ja, er war eindeutig ein schöner Mann. Sein markantes, gebräuntes Gesicht, seine ebenmäßigen Züge, der sinnliche Mund, die blauen Augen, die jetzt geschlossen waren, der durchtrainierte Körper. Debbie spürte wieder eine warme Welle. Aber das allein war es nicht. Sie hatte mit vielen attraktiven Männern geschlafen, aber es hatte sie nie berührt. Doch mit Patrick war das irgendwie anders. Er brachte in ihr irgendetwas zum Vorschein, das sie selbst noch nicht so genau fassen, geschweige denn benennen konnte. Sie fühlte etwas für ihn, war sich aber noch nicht sicher, was das eigentlich war.

Debbie legte sich auf die Seite und fuhr zärtlich mit ihren Fingern über sein Gesicht. Patricks Gesichtszüge waren ganz entspannt, er sah aus wie ein friedliches Baby. Er war der erste Mann seit Jahren, bei dem sie nach einer gemeinsamen Nacht nicht die Flucht ergriff oder den Typen eiskalt rausschmiss. Im Gegenteil: Sie freute sich, dass er neben ihr lag. Und das war ihr höchst neu!

Patrick öffnete schlaftrunken die Augen. Als er Debbie erblickte, verzog sich sein Mund zu einem Lächeln. Debbie spürte ihr Herz wie verrückt hämmern. Gott, war er hinreißend! Am liebsten hätte sie sich in seine Arme geworfen und ihn wild abgeknutscht.

»Na, schon wieder fit, du Schöne?«, flüsterte Patrick und streckte seinen Arm nach ihr aus. »Hast du dich von den Strapazen erholt?«

»Das waren keine Strapazen, das war das reinste Vergnügen.« Debbies Augen blitzten, als sie ihn anlachte und sich ganz selbstverständlich in seine Arme schmiegte.

Patrick spürte sein Herz wild klopfen. Gott, es hatte ihn tatsächlich erwischt – und wie! Zärtlich strich er über Debbies wallende Mähne. Sie war so schön, so wild, so besonders. Er wollte mit ihr einschlafen und wieder aufwachen, immer wieder, nicht nur heute. Er wollte sie mit Haut und Haaren. Niemand anders sollte sie jemals wieder anfassen dürfen!

»Wollen wir an den Strand gehen?«, schlug Debbie vor und gab ihm einen Kuss auf seine glatte, unbehaarte Brust. »Der ist hier einfach traumhaft. Rasierst du dich hier eigentlich oder bist du von Natur aus kahl?«

Patrick lachte. »Rasieren tue ich mich nur im Gesicht und zwischen den Beinen.«

»Und unter den Armen«, stellte Debbie fest und kitzelte ihn unter den Achseln. Patrick schrie auf und stürzte sich dann mit Gebrüll auf sie. Nach einer wilden Kissenschlacht lag er schließlich schwer atmend auf ihr.

»Ein Strandspaziergang hört sich verlockend an«, murmelte er und vergrub das Gesicht in ihren langen Haaren. Sie roch so gut! Debbie zog ihn ganz nah zu sich heran und gab ihm einen langen Kuss.

»Ich habe aber keine Badehose mitgenommen«, fiel es Patrick plötzlich ein, und er blinzelte Debbie an. »Gibt es hier auch FKK?«

Debbie schüttelte mahnend den Kopf und griff in seine Mähne.

»Wie kannst du denn nach Florida kommen und keine Badehose einpacken?«, fragte sie tadelnd. »Das ist doch wohl das Allererste, woran man denkt.«

»Ich habe nur an dich gedacht«, grinste Patrick.

»Außerdem dachte ich, die brauche ich hier nicht, weil ich sowieso die ganze Zeit mit dir im Bett bin – nackt natürlich.«

»So kann man sich irren«, gab Debbie zurück. »Aber wir können dir hier im Hotel-Shop eine kaufen. Nackt lasse ich dich hier nicht rumlaufen, deinen Penis darf nur ich sehen.«

Patrick lächelte erfreut, und Debbie biss sich auf die Lippe. Das war ja ganz und gar nicht ihre Art, auch noch Besitzansprüche zu stellen! »Deinen Penis darf nur ich sehen« – was war denn das für ein bescheuerter Satz? Und es war nicht zu übersehen, dass Patrick sich über diesen bescheuerten Satz freute wie ein Schneekönig!

»Oh, ganz schön aufreizend«, feixte Debbie, als Patrick in einer orange-schwarzen Badehose im Zebra-Design vor ihr stand. »Ob du nackt am Strand entlangspazierst oder mit dieser Hose, dürfte so ziemlich egal sein.«

Die Verkäuferin sagte, dass diese Badehose eine »Push-up-Funktion« habe.

»Ja, die pusht in der Tat ganz schön«, fand Debbie und starrte Patrick ungeniert zwischen seine Beine. »Hast du einen stehen, oder ist die Hose wirklich so sehr gepolstert?«

»Wahrscheinlich beides«, erwiderte Patrick, drehte und wendete sich vor dem riesigen Spiegel. Es stimmte, die Hose zauberte aus seinem ohnehin schon sehr ansehnlichen Glied locker eine XXL-Version.

»Ich wollte schon immer eine Push-up-Badehose haben. Schließlich gibt es ja auch Push-up-BHs, und warum sollen Männer immer benachteiligt sein?«

»Jetzt nicht mehr«, grinste Debbie. »Mit der Hose wirst du der King am Strand sein, da muss ich echt auf dich aufpassen.«

Schnell taxierte sie Patricks gesamten Körper. Himmel, er war wirklich perfekt! Patrick war muskulös, durchtrainiert, braun gebrannt, hatte ein markantes Gesicht und eine umwerfende Ausstrahlung. Außerdem – obwohl ihr das nicht wirklich wichtig war, denn Geld hatte sie schließlich selbst genug – war er auch noch reich. Im Grund war Patrick also ein Sechser im Lotto mit Zusatzzahl. Hatte sie nicht unwahrscheinliches Glück, dass so ein Mann ihr hinterherreiste?

»Du bist wirklich verdammt gut gebaut«, rutschte es Debbie heraus. Im selben Moment biss sie sich auf die Lippe. Hatte sie Patrick gerade allen Ernstes ein Kompliment gemacht? Was zum Teufel war denn mit ihr los? Für gewöhnlich pflegten die Männer sie mit Komplimenten zu überschütten, nicht umgekehrt! Was für ein Fauxpas!

Patrick sah sie ehrlich überrascht an. Dann begann er zu strahlen.

»Oh, vielen Dank«, sagte er geschmeichelt. »Aber das kann ich dir nur tausendfach zurückgeben.« Er lachte und legte den Arm um Debbies Taille.

»Und du brauchst nicht mal einen Push-up-BH für deine wundervollen Brüste. Überhaupt ist alles an dir einfach wunderschön.«

»Ja, der Chirurg hat gute Arbeit geleistet«, grinste Debbie und schüttelte ihre lange Mähne.

Patrick sah sie entsetzt an. Wie bitte? Ihre Brüste waren gar nicht echt?

»Kleiner Scherz«, beruhigte sie ihn und lachte schallend. »Du fällst auch auf alles rein! Wofür hältst du mich, Baby? Ich würde nie an mir rumschnippeln lassen.«

»Das will ich doch hoffen«, sagte Patrick streng. »Ich möchte es nämlich nicht erleben, dass ich deine Brüste in der Hand habe und sie plötzlich anfangen zu quietschen.«

Debbie kicherte.

»Stell dir mal vor, mir würde das mit deinem Penis passieren, und er würde immer vor sich hin quieken, wenn ich ihn massiere.«

Die beiden grinsten sich an.

»Dann wäre es wohl ziemlich laut in unserem Schlafzimmer«, sagte Patrick und merkte gar nicht, dass er von »unserem« Schlafzimmer gesprochen hatte. Debbie jedoch registrierte es sehr wohl.

»Ich behalte die Hose gleich an«, beschloss Patrick. »Bis zum Strand sind es ja nur ein paar Meter. Oder sieht es sehr nach Angabe aus?«

»Na, so manch neidischer Blick wird dich schon treffen«, sagte Debbie und konnte sich selbst nur schwer von diesem verlockenden Anblick losreißen. Patricks praller Penis in dieser engen Hose sah fast noch verführerischer aus, als wenn sie ihn ganz nackt vor sich hatte. Er machte Lust darauf, ihn auszupacken.

»Hauptsache, es trifft mich ein begehrlicher Blick von dir«, gab Patrick zurück und strich ihr sanft über die Wange.

»Ich kann mich gar nicht davon losreißen«, feixte Debbie. »Wahrscheinlich renne ich gleich irgendwo gegen, weil ich immer nur auf dein Glied starren muss.«

Patrick lachte. Er mochte ihren Humor, und es gefiel ihm, dass es mit ihr immer etwas zu lachen gab.

»Was machst du eigentlich in Florida?«, erkundigte er sich, als er wenige Minuten später brav Debbies Strandtasche mit den Ausmaßen eines größeren Koffers trug, dazu eine Luftmatratze und einen Sonnenschirm. Wie ein altes Ehepaar, schoss es ihm durch den Kopf. Ich schleppe mich zu Tode, und sie trägt nur ihre Sonnenbrille und ein strahlendes Lächeln. Aber ich mache es gerne!

»Urlaub«, entgegnete Debbie. »Ich muss mich von meiner anstrengenden Tätigkeit als Telefon-Sexberaterin erholen. Wenn ich zurück in London bin, arbeite ich als Klofrau, darauf muss ich mich mental noch vorbereiten.«

»Wie bitte?« Patrick ließ fast sein umfangreiches Gepäck fallen. »Du arbeitest als was bitte?«

»Es interessiert mich einfach, wie die Leute leben, die so einen Job haben.« Debbie zuckte die Achseln. »Für mich ist das ja quasi nur Lebensstudium, ich bin zum Glück nicht darauf angewiesen. Aber ich will wissen, wie sich Leute fühlen, die so was machen müssen. Ich will wissen, wie andere Menschen leben. Ist es nicht langweilig, immer nur sein eigenes Leben zu leben? Ich will einfach meinen Horizont erweitern.«

Patrick starrte sie an. Sie war wirklich die ungewöhnlichste Frau, die er je kennengelernt hatte.

»Ich habe schon in allen möglichen Jobs gearbeitet«, erklärte Debbie. »Angefangen hat es damit, als ich mich im Supermarkt plötzlich fragte, wie es eigentlich ist, auf der anderen Seite der Kasse zu stehen. Ich meine, wir kaufen in unserem Leben Millionen Mal ein, aber wir wissen nie, wie das für die Kassiererinnen ist, wir kennen nur die eine Seite. Und ich wollte eben mal die andere kennenlernen. Ist das nicht ein ganz verständlicher Wunsch? Unser Leben ist doch sonst so begrenzt! Ich beneide immer die Schauspieler, die mit jeder Rolle in ein anderes Leben schlüpfen können.«

Patrick schwieg eine Weile.

»Gilt das auch für deine Männer?«, konnte er sich nicht verkneifen zu fragen. »Hältst du es für begrenzt, nur mit einem zusammen zu sein?«

»Ja«, sagte Debbie wie aus der Pistole geschossen. »Das schränkt doch total ein! Es gibt doch so viele interessante Menschen, warum sollte ich mich da nur auf einen einzigen beschränken? Ich habe doch auch viele Freunde, warum soll ich nur einen einzigen Lover haben? Gerade da, wo es am interessantesten ist, soll ich mich nur auf einen festlegen? Das ist doch absolut lächerlich!«

»Wieso ist das lächerlich?« Patrick blieb stehen und setzte die gigantische Tasche ab. »Was hast du eigentlich in dieser Tasche, Backsteine?«

»Meine dreizehn Vibratoren aus Blei«, sagte Debbie ungerührt.

»Warum ist es lächerlich, wenn man gewisse Dinge nur mit einem einzigen Menschen teilen will?«, ließ Patrick nicht locker.

Debbie zuckte mit den Schultern.

»Warum sollte man? Man teilt doch auch sonst alles Mögliche mit vielen Menschen, warum nicht auch Geschlechtsverkehr?«

Sie sah ihn aus ihren katzenhaften grünen Augen an.

»Du bist doch selbst auch nicht anders. Es ist ja kein Geheimnis, dass du alles flachlegst, was nicht bei drei auf den Bäumen ist.«

Patrick schwieg beleidigt. Er hätte jetzt gern gesagt, dass das Vergangenheit sei, aber erstens war er sich selbst nicht sicher, und zweitens hatte er das untrügliche Gefühl, dass es noch viel zu früh war, um so etwas zu sagen.

»Jetzt komm schon, ich möchte mich hinlegen«, trieb Debbie ihn an. »Forsch voran, keine Müdigkeit vortäuschen!«

Wütend wuchtete Patrick Debbies Bleitasche wieder hoch und stapfte hinter ihr her.

»Hier ist es schön«, fand Debbie und blieb unter einer Palme stehen. »Hier bleiben wir. Oder?«

Patrick schnaufte nur und befreite sich von dem Ballast.

»Sag mal, hast du keine Luftpumpe?« Stirnrunzelnd hob er die Luftmatratze hoch. Debbie schlug sich vor die Stirn.

»Oh, sorry, die habe ich im Hotel vergessen.« Kummervoll sah sie Patrick an. »Da wirst du jetzt wohl blasen müssen.«

»Das wäre ja wohl eher dein Job«, rutschte es Patrick heraus.

Debbie lachte ungeniert. »Später vielleicht, mein Lieber. Jetzt bist du erst mal dran.«

Ärgerlich schnappte Patrick sich die Luftmatratze und blies sich die Seele aus dem Leib. Das hatte ihm wirklich gerade noch gefehlt!

»Jetzt bin ich aber platt!«, stöhnte er nach getaner Arbeit und ließ sich keuchend auf der Luftmatratze nieder. »Ich habe gar keine Luft mehr! Wahrscheinlich werde ich gleich ersticken, aber Hauptsache, Madame hat ihre blöde Luftmatratze.«

Debbie grinste. Er war witzig, und das gefiel ihr. Es gab so viele Männer, die nicht einen Funken Humor besaßen. Patrick gehörte zum Glück nicht dazu.

»Och, du Armer«, bedauerte sie ihn. »In diesem Fall hilft dir sicher eine Mund-zu-Mund-Beatmung.«

»Käme auf einen Versuch an«, sagte Patrick und wurde wieder munter.

Debbie lachte und legte sich der Länge nach auf ihn. Dann begann sie ihn leidenschaftlich zu küssen, wieder und wieder. Patrick umschlang sie mit beiden Armen und presste sie fest an sich.

»Hey, das ist jetzt aber nicht nur deine Push-up-Badehose, oder?«, grinste Debbie und schüttelte lachend ihre Haare.

»Ich glaube, das ist eher mein bestes Stück«, murmelte Patrick. »Du küsst einfach zu gut.«

Debbie löste sich von ihm und rollte sich auf die Seite.

»Die Eichel guckt schon oben raus«, stellte sie fest. »Das Höschen ist wohl doch etwas knapp geraten. Ich hatte letztens übrigens mal einen Typen in der Leitung, der hatte den totalen XXL-Ständer.«

»Ich weiß«, sagte Patrick. »Das war ich.«

Überrascht sah Debbie ihn an.

»Wie jetzt?«

»Ich wollte mit dir reden«, gestand Patrick und fuhr mit den Fingern Debbies Hals hinunter. »Und da ich nicht sicher war, ob du das wolltest, habe ich eben inkognito bei dir angerufen.«

»Du bist ja verrückt«, murmelte Debbie.

»Ja, verrückt nach dir«, sagte Patrick, ohne zu überlegen.

Debbie befeuchtete ihren Finger mit der Zunge und strich damit sanft über Patricks rote Eichel. Patrick zuckte zusammen. Seine Hände glitten in ihr Bikini-Oberteil. Was für ein Prachtweib! Sie war einfach vollkommen. Gierig begann er ihre Brüste zu liebkosen.

»Du, wir sind hier am Strand und nicht in unserem Schlafzimmer«, sagte Debbie, doch es klang nicht sehr abwehrend.

»Ja, und?«, murmelte Patrick und strich über ihre harten Nippel, die sich gegen den Bikinistoff drängten.

»Wir könnten wenigstens den Sonnenschirm ausfahren«, schlug Debbie mit schwankender Stimme vor. »So als Sichtschutz.«

»Bei mir fährt gerade was ganz anderes aus«, sagte Patrick schwer atmend. »Ich kann jetzt auch unmöglich aufstehen.«

»Okay, dann mache ich das.« Debbie sprang auf und klappte in Windeseile den Sonnenschirm auf. Sie stellte ihn so hin, dass ihnen die Palme von hinten und der Schirm von vorne etwas Schutz bot. Patrick sah ihr dabei zu. Ihre Brüste hüpften bei jeder Bewegung, ihre langen Haare glänzten in der Sonne, und ihr Po war knackig und einfach zum Hineinbeißen. Am liebsten hätte er sich auf sie gestürzt und sie hemmungslos durchgefickt.

»Wir könnten aber auch einen Strandspaziergang machen«, schlug Debbie etwas kurzatmig vor. »Was hältst du davon?«

Patrick sah an sich hinunter. »So etwa?«

Debbie lachte und kramte in ihrer riesigen Tasche.

»Ich habe einen Sarong dabei, den kannst du dir umbinden. Darunter sieht man deinen Penis nicht.«

»Klar, ich wollte schon immer mal einen Rock tragen. Eigentlich bin ich ja ein Transvestit.«

Fünf Minuten später spazierten die beiden am Meer entlang.

»Ist das nicht herrlich?«, seufzte Debbie glücklich. »Ich liebe es, am Wasser zu sein.«

Patrick warf einen Blick auf die Wellen. Ja, es war traumhaft. Aber er wäre mit Debbie auch im verregneten London glücklich gewesen. Hauptsache, er konnte bei ihr sein.

Er versuchte nach ihrer Hand zu greifen, doch Debbie tat, als müsste sie ihr Haar ordnen. Enttäuscht zog er seine Hand zurück. Warum machte sie es nur so schwer, warum hielt sie ihre Gefühle für ihn so unter Verschluss? Oder hatte sie wirklich nichts für ihn übrig?

»Diese Weite ist einfach unbeschreiblich«, fuhr Debbie fort und hielt sich die Hand vor die Augen. Ihr langes Haar flatterte im Wind, die Sonne fiel auf ihr Gesicht.

Sie sieht aus wie eine Göttin, dachte Patrick und spürte plötzlich einen heftigen Schmerz. *Was, wenn alles umsonst war? Was, wenn sie ihn einfach nicht wollte?*

»Irgendwie fliegen die Gedanken da auch viel weiter, nicht nur bis vor die nächste Häuserwand.«

»Worüber denkst du denn nach?«, wollte Patrick wissen. Debbies Gesicht verschloss sich augenblicklich.

»Ach, über dies und jenes«, sagte sie vage. »Nichts Bestimmtes.«

Sie weicht mir aus, dachte Patrick traurig. *Sie will mich einfach nicht an sich heranlassen.* Mutlos sah er auf das Meer. Machte es überhaupt noch Sinn, wenn er hierblieb?

»Was guckst du denn so traurig?«, fragte Debbie erstaunt. Patrick zuckte mit den Schultern. Er hatte plötzlich keine Lust mehr. Warum sollte er hier baggern und balzen, wenn sie so unzugänglich war? Er wollte sich doch nicht zum Affen machen!

»Hey ...« Zärtlich strich Debbie über seine Wange. »Mach doch mal ein freundlicheres Gesicht!« Sie löste den Knoten seines Sarongs und drückte Patrick die beiden Enden in die Hand. Dann lächelte sie ihn an und ging in die Knie.

Patrick sah nach links und dann nach rechts, doch weit und breit war niemand zu sehen.

»Debbie ...«, begann er, doch Debbie hatte bereits seine schicke Badehose ein Stück heruntergezogen und fuhr mit der Zunge über sein Glied.

»Debbie ...«, sagte Patrick noch einmal, doch es klang schon viel weicher. Er legte den Sarong über ihrem Kopf zusammen und streichelte ihre Haare. Debbies Zunge tänzelte über seinen Schaft, leckte seine Hoden und spielte mit seiner Eichel. Patrick merkte, wie seine Beine nachgaben. Debbies Finger kneteten jetzt seine Hoden, während sie kräftig an seinem Penis, der sich sofort aufgerichtet hatte, saugte. Patrick stöhnte auf. Er begann zu zittern und schloss die Augen. Als er sie nach einer ganzen Weile wieder öffnete, sah er zu seinem Schreck jemanden auf sich zukommen.

Er spürte, dass er gleich kommen würde. Er konnte jetzt nicht aufhören, nicht jetzt.

»Mach weiter«, keuchte er und bewegte Debbies Kopf vor und zurück. »Hör jetzt bloß nicht auf!«

Stöhnend beobachtete er, wie ein braungebrannter, blonder Mann mit einem Surfbrett näher kam. Himmel, der sah doch, was hier passierte, konnte er nicht einfach stehen bleiben und sich diskret abwenden?

Patrick drehte sich mit letzter Kraft so, dass der Surfer wenigstens sein vor Erregung verzogenes Gesicht nicht sehen konnte.

»Schneller!«, trieb er Debbie an. »Fester! Los! Ich muss kommen, sonst platze ich.« Sein ganzer Körper vibrierte. Debbie richtete sich auf. Sie konnte nicht mehr weitermachen, sie hatte sich fast den Kiefer ausgerenkt. Außerdem hatte sie der Blow Job selbst bis aufs äußerste erregt, und auch sie brauchte jetzt dringend Erlösung.

»Du kannst jetzt nicht aufhören!« Panisch sah Patrick sie an, seine Augen quollen fast über. »Du musst weitermachen!«

»Nein, jetzt bist du dran«, sagte Debbie sehr bestimmt und zog ihr Bikinihöschen herunter. »Ich bin genauso heiß wie du, und du hast noch gar nichts getan.«

Sie ließ sich in den Sand fallen und spreizte die Beine. Patrick jaulte frustriert auf. Sein Glied schmerzte, er war fast so weit gewesen, bis Debbie ihn abrupt losgelassen hatte. Sie war eine rothaarige Hexe.

Halb im Delirium kniete er sich zwischen Debbies

Beine. Ihre Möse war angeschwollen und glänzte vor Nässe. Fordernd nahm sie seinen Kopf in beide Hände und drückte ihn zwischen ihre Beine. Patrick drehte sich auf die Seite, so dass nicht nur er sie lecken konnte, sondern sie auch ihn. Er hielt es einfach nicht länger aus. Er musste jetzt einfach kommen, sonst würde er für den Rest des Tages aggressiv und unleidlich sein.

Debbie begann Patricks Penis zu massieren und seine Eichel mit der Zunge zu stimulieren. Patrick zuckte und stöhnte unter ihrer Stimulation, bemühte sich aber sehr, ihre Klitoris nicht zu verlieren.

Als er zum zweiten Mal kurz vor seinem Höhepunkt war, richtete Debbie sich wieder auf. Verzweifelt sah er sie an. Wollte sie ihn umbringen?

Schwer atmend ließ sie sich auf ihm niedersinken. Patrick stöhnte glücklich auf, als sich ihre feuchte, heiße Vagina um seinen Phallus schloss. Sie sah ihm direkt in die Augen, als sie ihn zu reiten begann.

Er stieß sich Debbie entgegen, die sich auf ihm hoch und runter bewegte. Ihre wogenden Brüste schaukelten verführerisch direkt vor seiner Nase.

»Ja, komm, reite mich«, feuerte er sie an. »Komm, gib's mir.«

Dann blickte sie hoch und sah den Surfer, der sich an sein buntes Surfbrett gelehnt hatte. Seine Hand war in seiner langen Boxershorts verschwunden und vollführte dort eindeutige Bewegungen.

Debbie spürte, wie sie dieser Anblick noch mehr erregte. Sie sah den blonden Jungen auffordernd an, und er hielt ihrem Blick stand. Sie ritt Patrick so heftig, dass sie es kaum merkte, als er endlich laut stöhnend seinen Orgasmus erreichte. Dann war auch sie so weit. Ihre Muskeln krampften sich fest um seinen immer noch steifen Penis, sie schrie auf und warf ihren Kopf hin und her – und als sie zum Surfer hinübersah, hatte der seine Shorts heruntergezogen und rieb sein Glied aufs heftigste. Dann kam auch er. Debbie sah ihm mit glasigen Augen zu, dann sank sie erschöpft in Patricks Arme. Was für ein außergewöhnlicher Strandspaziergang!

Kapitel 7

»Wir sollten mal überlegen, wie es mit uns weitergehen soll.«

Luke stand in Jeans und blauem T-Shirt vor Jessica, die gerade ihren Kopfhörer ablegte, und krauste nachdenklich die Stirn.

»Das kann ich dir sagen«, sagte Jessica und strahlte. »Wir machen jetzt Feierabend und setzen uns auf die Terrasse. Es ist so ein herrlicher Abend.«

Luke lächelte und sah sie verliebt an. Die letzten Tage waren die schönsten seines Lebens gewesen. Nie hätte er es für möglich gehalten, dass er überhaupt so glücklich sein konnte! Neben der Frau einzuschlafen, die er liebte und sie als Erstes zu sehen, wenn er morgens aufwachte, war mehr, als er je zu hoffen gewagt hatte. Es war einfach unbeschreiblich! Fast kam es ihm vor, als habe er in den letzten Jahren gar nicht gelebt, sondern nur gearbeitet. Aber jetzt lebte er, und wie! Und er genoss es in vollen Zügen!

»Gute Idee, aber ich meinte eher auf lange Sicht«, sagte Luke lachend und setzte sich auf Jessicas Schreibtischkante.

»Jessica, ich möchte nicht, dass du weiterhin für mich arbeitest.«

Jessica zuckte zusammen.

»Wie bitte?« Erschrocken sah sie ihn an. »Du feuerst mich? Aber wieso das denn?« Ihr Gesicht wurde ganz rot vor Aufregung.

Luke beugte sich zu ihr herunter und gab ihr einen Kuss.

»Weil ich mich kaum noch auf meine Arbeit konzentrieren kann, wenn ich dich hier sitzen sehe.« In seinen Augen lag viel Wärme, und sein Mund verzog sich zu einem schelmischen Lächeln.

Jessica lachte etwas verlegen. Manchmal war es ihr immer noch ein bisschen peinlich, aber genau das liebte Luke an ihr.

»Nein, im Ernst«, fuhr Luke fort und nahm ihre Hand. »Sobald du hier im kurzen Rock sitzt, stelle ich mir vor, wie ich ihn dir ausziehe, und das tut meiner Arbeit gar nicht gut. Ich starre auf den Bildschirm und sehe dich in Unterwäsche vor mir oder ganz ohne Unterwäsche, das lenkt mich total ab. Da habe ich dann ganz andere Pläne als irgendeine Villa komplett neu einzurichten.« Er seufzte.

»Einerseits ist das zwar sehr schön und anregend, aber leider zur falschen Zeit und am falschen Ort. Seit wir zusammen sind, habe ich ungefähr die Hälfte dessen geschafft, was ich sonst geschafft habe.« Er grinste. »Na ja, dafür ackert Patrick ja umso mehr, der Arme.«

Jessica lehnte sich in ihrem Stuhl zurück. Sie sah Luke tief in die Augen und begann dann den obersten Knopf ihrer Bluse zu öffnen. Luke sah sie verwirrt an.

»Ist es das, was du dir vorstellst?«, wollte sie wissen und klimperte mit ihren langen Wimpern. »Deine Sekretärin zieht sich vor dir aus und ist dir zu Willen?«

Luke schluckte. Sein Gaumen wurde trocken.

»Äh … ich weiß nicht«, stammelte er und starrte auf ihren Ausschnitt.

»Das ist es doch, was du von Anfang an wolltest, oder?«, fuhr Jessica fort, die selbst nicht wusste, welcher Teufel sie gerade ritt. Aber ihr gefiel die Rolle, die sie soeben für sich selbst schuf.

»Eine Privatsekretärin, die alles tut, was du von ihr willst. Die für dich die Briefe tippt und die du nebenbei mal ganz kurz dezent vernaschen kannst.« Sie öffnete den zweiten Knopf ihrer Bluse.

»Was hast du dir eigentlich damals vorgestellt? Kam es dir nie in den Sinn, mich anzufassen, wenn du neben mir gestanden und diktiert hast?«

Luke stierte immer noch auf ihre Bluse, unter der er ihren weißen Spitzen-BH und den Ansatz ihrer wunderschönen Brüste erkennen konnte. Er spürte, wie er Lust auf sie bekam.

»Oder – noch besser – mir den Rock auszuziehen und mich zu nehmen?«

Jessica blickte Luke forsch ins Gesicht.

»Du kannst mir doch nicht erzählen, dass du nie an so was gedacht hast, als wir noch Chef und Sekretärin waren.«

Luke schwieg eine Weile. In seinem Gesicht arbeitete es.

»Ja, ich habe daran gedacht«, sagte er schließlich zu Jessicas Überraschung. Erstaunt sah sie ihn an. Er hatte tatsächlich daran gedacht? Eigentlich hatte sie ihn nur etwas provozieren wollen. Sie hatte nicht wirklich geglaubt, dass er derartige Vorstellungen gehabt hatte. Er war doch immer so korrekt gewesen, ein Chef wie aus dem Bilderbuch. Nie hätte sie vermutet, dass hinter seiner Stirn etwas Derartiges vorgehen würde. Ihr wurde fast noch im Nachhinein heiß. Sie hatte ganz züchtig hier gesessen und seine Briefe getippt, und er hatte allen Ernstes darüber nachgedacht, wie er Sex mit ihr hatte?

»Wenn du in deinen biederen Klamotten hier saßest,

habe ich mich manchmal schon gefragt, was wohl darunter verborgen sein würde«, sagte Luke mit leicht heiserer Stimme. »Ich meine, dass du eine Top-Figur hast, konnte man selbst unter diesen Säcken erahnen, aber sehen konnte man es ja nicht. Das hat sich ja zum Glück nun geändert.«

»Ja, wenn es dich nun auch von der Arbeit abhält«, sagte Jessica und öffnete lasziv ein wenig ihre Beine.

»Das kann man wohl sagen.« Auf Lukes Stirn bildeten sich die ersten Schweißperlen. Himmel, sie sah aber auch verdammt verführerisch aus! Die langen Haare, der volle Mund, die halb aufgeknöpfte Bluse und jetzt auch noch die geöffneten Beine in dem viel zu kurzen Minirock ... Luke hatte das Gefühl, mitten in einem Feuer zu stehen, so heiß war ihm. Und er musste eigentlich dringend an seinen Schreibtisch zurück. Aber – er konnte einfach nicht. Nicht bei diesem hocherotischen Anblick.

Lukes Auge zuckte leicht, und er wippte mit seinen Zehen. Jessica wusste, dass er das immer tat, wenn er nervös war, und ihr war klar, warum er jetzt nervös war.

»Musst du nicht weiterarbeiten?«, erkundigte sie sich und verzog ihren Mund zu einem Lächeln.

»Eigentlich schon«, sagte Luke, der plötzlich Probleme mit seinem Atem zu haben schien. »Aber – ich kann nicht.«

Sein Blick glitt über ihre Beine. Dann etwas höher.

»Wieso kannst du nicht?«, fragte Jessica und lehnte sich noch weiter zurück. Auch ihre Beine öffnete sie noch einen kleinen Spalt mehr.

Luke bekam kaum noch Luft.

»Das musst du nicht ernsthaft fragen«, presste er hervor.

»Doch«, sagte Jessica. »Ich will es hören.«

»Ich kann nicht arbeiten, weil ...« Luke holte tief Luft. »Weil du mich total anmachst.«

Jessica zog die Augenbrauen hoch.

»Aber Chef! Was sind denn das für Geständnisse!«

»Du machst mich absolut verrückt«, murmelte Luke. »Mit meiner Beherrschung wird es in wenigen Minuten vorbei sein.«

Er stand auf und lockerte seine Krawatte. Da er mittags ein Meeting gehabt hatte, trug er heute ausnahmsweise mal wieder einen Anzug. Er streifte sein Sakko ab und ließ es achtlos auf den Boden fallen. Dann begann er sein weißes Hemd aufzuknöpfen.

»Aber Mr. Turner, was um alles in der Welt tun Sie denn da?«, fragte Jessica mit gespielter Entrüstung.

»Ich ziehe mich aus«, erklärte Luke. »Meinen steifen Penis kann ich in dieser Hose ja sowieso nicht mehr verbergen.«

Es stimmte, seine elegante Designer-Hose warf verräterische Falten. Luke befreite sich von seinem 300-Pfund-Hemd und stand nun mit nacktem, gebräuntem Oberkörper vor Jessica. Sie sah ihn an. Sie liebte seinen durchtrainierten Brustkorb, seine starken Arme, die sie immer so liebevoll umfassten. Am liebsten hätte sie sich an ihn geschmiegt und ihn mit Küssen bedeckt, aber sie wollte die Situation noch weiter auskosten.

»Ich bin entsetzt«, behauptete Jessica mit leicht verschleiertem Blick. »Ich bin gekommen, um Ihre Briefe zu tippen – und Sie, Mr. Turner, stehen nun halbnackt vor mir und haben, wenn ich das recht sehe, eine ziemlich heftige Erektion.«

»Ja, die habe ich«, sagte Luke heiser.

»Vielleicht ziehen Sie sich besser zurück«, schlug Jessica vor. »Vielleicht möchten Sie ja jetzt lieber allein sein, um zu …« Sie sah ihm tief in die Augen. »… um zu wichsen.«

Luke schluckte.

Jessica zog ihren Rock langsam über ihre Oberschenkel bis zum Bauch hoch. In Lukes Ohren begann es zu rauschen.

»Sie … Sie tragen keinen Slip«, stellte er mit belegter Stimme fest. »Miss Williams, Sie erscheinen ohne Schlüpfer zur Arbeit?«

»So ist es einfacher«, sagte Jessica leichthin.

»Was ist einfacher?«, wollte Luke wissen.

Jessica leckte sich über die Lippen.

»Wenn ich mich streicheln will.«

»Sie … masturbieren während der Arbeitszeit?« Luke versuchte streng zu klingen, aber die Beule in seiner Hose verriet, wie sehr ihn das Gespräch erregte.

»Wenn es mich überkommt, schon«, gab Jessica zurück. Langsam glitt ihre Hand ihre Oberschenkel entlang. »Wollen Sie sehen, wie ich es mache?«

Luke starrte fasziniert ihrer Hand nach. Nun öffnete Jessica ihre Beine vollends, und Luke stöhnte unterdrückt. Sie war rasiert, so dass er alles sehen konnte.

Jessicas Mittelfinger schob sich zwischen ihre bereits angeschwollenen Schamlippen.

»Zuerst stimuliere ich mich hier ein bisschen«, sagte sie und fuhr mit ihrem Finger auf und ab. »Und dann, wenn ich schön feucht bin, massiere ich meine Klitoris – so etwa.« Sie schloss die Augen und umkreiste sanft ihre Perle.

Luke öffnete mit zitternden Händen den Reißverschluss seiner Hose. Sein steifer Penis schnellte heraus und ragte nun aus seiner edlen Hose, was ein etwas bizarrer, doch durchaus erregender Anblick war, wie

Jessica fand. Fasziniert starrte sie darauf. Luke schien schon ziemlich weit zu sein. Genau wie sie.

Sie lehnte sich noch mehr in ihrem Stuhl zurück, legte dann beide Beine auf den Schreibtisch und spreizte sie, so weit sie konnte. Mit trockenem Mund ging Luke um den Tisch herum und stellte sich genau vor sie, so dass er ungehinderten Einblick besaß.

»Manchmal benutze ich auch einen Vibrator«, sagte Jessica plötzlich mit dunkler Stimme und zog ihre Schreibtischschublade auf. Lukes Augen weiteten sich erstaunt. Sie hatte einen Vibrator in ihrer Schublade? War das alles hier gar kein Spiel, sondern masturbierte sie tatsächlich während ihrer Arbeitszeit? Schob sie sich, während sie tippte, allen Ernstes einen Dildo in ihre Muschi?

Luke wusste nicht, ob er entsetzt oder erregt sein sollte. Jessica hatte nun einen feuerroten Vibrator in der Hand und fummelte an den Knöpfen herum.

»Zuerst stimuliere ich damit meine Klitoris«, sagte sie, und ein Surren erklang. Sie schloss die Augen und legte die Spitze des Vibrators an ihren empfindlichsten Punkt. Gott, war das schön! Das Prickeln wurde so heftig, dass sie fast ohnmächtig wurde und für einen Moment vergaß, wo sie war und was sie hier eigentlich machte. Mehr davon!

Jessica stöhnte auf. Ihr Becken zuckte. O Gott, war das schön! Sie seufzte auf und bewegte den Vibrator hin und her. Luke schien sie völlig vergessen zu haben.

Der starrte zwischen ihre Beine, während er langsam seinen Penis stimulierte und den Schaft auf und ab rieb. Mit der anderen Hand griff er nach seinen Hoden und drückte sie leicht. Er stöhnte laut auf und begann seinen Schaft etwas schneller zu reiben.

»Dann schiebe ich mir den Vibrator in meine nasse

Spalte.« Jessicas Stimme war kratzig vor Erregung. Sie öffnete die Augen und sah Luke direkt an, als sie sich den Dildo in ihre Vagina schob. Luke hatte das Gefühl, sein Penis werde von tausend Zungen gleichzeitig stimuliert. Er sah Jessica dabei zu, wie der Dildo langsam in ihrer Vulva verschwand.

»Ja, so ist es gut«, flüsterte sie. »Das tut gut. Verdammt gut.«

Sie begann den Dildo zu bewegen, zog ihn heraus und schob ihn wieder tief hinein. Erst ganz langsam, dann immer schneller. Mit der anderen Hand tänzelten ihre Finger immer wieder über ihre Klitoris, die nun deutlich hervorragte.

»Das tun Sie also, während ich denke, Sie arbeiten.« Lukes Stimme war heiser, er konnte kaum noch sprechen.

»Ja«, schnaufte Jessica. »Aber Sie onanieren ja auch gerade, Mr. Turner. Das erwarte ich auch nicht von meinem Chef während der Arbeitszeit.«

»Ich onaniere, weil ich Sie dabei beobachte, wie Sie sich mit einem Dildo befriedigen«, keuchte Luke, der nun immer schneller und heftiger rieb. »Sie sind schamlos, Miss Williams. Sie sind meine Privatsekretärin und sollten sich in Ihrer Freizeit befriedigen und nicht an Ihrem Schreibtisch. Ich muss Sie dringend bitten, Ihre Aufgaben in Zukunft wieder etwas ernster zu nehmen.«

»Okay, Sie haben recht.« Abrupt zog Jessica den Dildo aus ihrer Scheide und legte ihn auf den Schreibtisch. »Also, diktieren Sie, Mr. Turner.«

Statt einer Antwort kam Luke um den Tisch herum, zog Jessica auf ihrem Stuhl ein Stück nach vorn und kniete sich vor sie hin. Bereitwillig öffnete sie ihre Schenkel. Dann spürte sie seinen warmen Atem an ihrer intimsten Stelle. Instinktiv griff sie nach seinem Haarschopf und krallte sich in ihm fest. Es pochte wie verrückt vor lauter Vorfreude.

Luke fuhr mit der Nase über ihre geschwollenen Schamlippen und steckte einen Finger in sie hinein. Ihre Nässe erregte ihn ungemein. Dann drückte er sein Gesicht gegen ihre Scham und begann sie zu lecken.

Jessica stöhnte laut auf, und ihr Becken begann unkontrolliert zu zucken. Es pulsierte wie wahnsinnig zwischen ihren Beinen. Lukes Zunge tänzelte spielerisch um ihren Kitzler. Sie warf ihren Kopf hin und her.

Dann endlich fuhr er sanft über ihre empfindlichste Stelle. Jessica krallte ihre Hände fester in seine Haare.

»Ja, so ist es gut«, keuchte sie.

Lukes Zunge massierte ihren Kitzler quälend langsam. Jessica drückte seinen Kopf fest nach unten und gab ungeduldige Laute von sich, doch Luke ließ sich nicht beirren. Er leckte sie so sanft und langsam, dass sie fast den Verstand verlor. Sie brauchte es schneller und fester, sonst würde sie ausflippen.

»Luke, bitte …« Sie erkannte ihre eigene Stimme nicht wieder. »Mach es etwas fester, bitte.«

Luke gehorchte und leckte sie schneller und fester. Jessicas Stöhnen wurde lauter, sie wurde von einer Ekstase zur nächsten geschleudert. Ihr Becken zuckte jetzt so heftig, dass Luke sie festhalten musste, um nicht den Kontakt zu verlieren.

»Ja, so …«, keuchte sie, »genau so. Mach weiter, hör nicht auf. O Gott, hör jetzt bitte nicht auf, ich brauche das so sehr …«

Dann explodierte sie. Der Orgasmus trug sie in einer großen, weichen Welle davon. Jessica stöhnte hemmungslos und vergrub ihre Nägel in Lukes Schopf.

Luke richtete sich schwankend auf und zog Jessica, die leicht taumelte, aus dem Stuhl hoch.

»Ich bin unheimlich versessen auf dich«, raunte er dicht an ihrem Ohr und presste sich fest an sie. Sein hartes Glied rieb sich gegen ihren flachen Bauch. Dann schob er ihr seine Zunge in den Mund und begann leidenschaftlich mit ihrer zu spielen. Jessica wurde schwindlig, und es rauschte in ihren Ohren. Seine Lippen waren zart und warm, seine Zunge weich und emsig. Er fuhr mit den Händen über ihre Brüste, dann biss er leicht in ihren Hals. Jessica stöhnte. Das Rauschen in ihren Ohren nahm dramatisch zu. Es war so wundervoll, ihn zu spüren. Seinen samtigen Körper, seine Härte, seine zärtlichen Hände, sie konnte nicht genug davon bekommen.

»Ich kann keine Minute länger warten.« Lukes Gesicht war vor Erregung verzerrt.

Er hob sie hoch, als sei sie eine Feder, und setzte sie auf den Schreibtisch. Dann zog er endlich seine Hose aus. Sein Penis presste sich hart gegen ihren Bauch. Automatisch griff Jessica danach und seufzte selig auf. Er fühlte sich wahnsinnig gut an, so stark und mächtig! Sie liebte dieses Gefühl! Ihre Finger streichelten ihn zart.

»Ja, das tut mir gut«, stöhnte Luke und bewegte seinen Unterköper rhythmisch hin und her. Jessica umschloss Lukes Penis, doch ihre Hand konnte ihn nicht ganz umfassen, so groß war er. Sie begann rhythmisch auf und ab zu reiben. Luke verzog erregt das Gesicht.

»Ja, so ist es gut, mach es mir …« Er griff in ihr Haar und zog ihren Kopf zu sich heran. Dann schob er seine Zunge in ihren Mund. Gleichzeitig bahnten sich seine Finger einen Weg zwischen ihre Beine. Jessica schrie beglückt auf, als sie seine Finger zwischen ihren Schamlippen spürte. Während sie seinen stahlharten Penis massierte, tat er dasselbe mit ihrem Kitzler. Dabei sahen sie sich in ihre erhitzten, erregten Gesichter, die grenzenloses Verlangen verrieten. Jessicas Körper glühte, denn Luke reizte ihren Kitzler genauso, wie sie es haben wollte, nicht zu fest und nicht zu schwach.

»Luke, komm zu mir«, flehte Jessica. »Ich will dich in mir spüren. Ich will, dass du ihn in mir bewegst.«

»Jetzt schon?«, flüsterte Luke. »Ich wollte dich eigentlich erst einmal in den Himmel schicken.«

»Da bin ich doch schon längst«, murmelte Jessica.

Verlangend sah sie ihn an. Sie wollte ihn endlich tief in sich spüren.

»Okay. Dreh dich um«, flüsterte Luke.

Jessica legte sich folgsam auf die Seite, Luke presste sich von hinten gegen sie. Sie spürte sein pochendes Glied und öffnete ihre Beine. Luke schob seinen Penis langsam in sie hinein. Jessicas Blut kochte und das Sehnen und Ziehen in ihrem Unterleib nahm kein Ende.

»Tiefer«, keuchte sie. Luke schob sich weiter in sie hinein, und Jessica stöhnte auf.

»Du bist ganz nass«, raunte er ihr ins Ohr. Er knabberte an ihrem Hals und bewegte sich gleichzeitig in ihr. Dann griff er nach ihren Brüsten und knetete sie leicht. Jessica schossen Tränen in die Augen. Guter Gott, wie sehr sie diesen Mann liebte! Sie liebte ihn wirklich!

»Luke ...«, flüsterte sie überwältigt.

»Jessica«, sagte er sehr weich und zärtlich. »Meine Jessica.«

Der Schmerz in ihrem Herzen war süß und köstlich. Endlich erfuhr sie, wie es war, jemanden wirklich zu lieben! Endlich erfuhr sie, wie es war, mit jemandem Verkehr zu haben, den man liebte! Jessica hätte laut aufschreien können vor lauter Glück. Es war für sie jedes Mal aufs Neue unfassbar, dieses Glück selbst zu erleben, eins zu werden mit dem Mann, den sie liebte. Sie betete, dass dieses Glück niemals aufhören möge.

Aufgeregt fand Julian sich bei der Adresse ein, die Steven ihm mitgeteilt hatte. Endlich sollte der Mailkontakt zu einem realen Kontakt werden! Steven hatte ihn eingeladen, eine »Party« mit einem weiteren Mann zu feiern, und Julian hatte die ganze Nacht vor lauter Aufregung nicht schlafen können. Er würde Sex mit zwei Männern haben! Er war übernervös und fand vor lauter Hektik kaum den richtigen Klingelknopf.

»Ja, hallo?«, meldete sich eine kehlige Stimme.

»Ich bin's, Julian«, sagte Julian, der sich plötzlich fühlte, als sei er 14.

Das einzige Mal, dass er Sex mit einem Mann gehabt hatte, war auf der Party mit diesem Callboy gewesen. Alles andere hatte sich lediglich in seiner Phantasie und vor dem Bildschirm abgespielt. Er hatte fleißig gewichst und sich dabei alles Mögliche vorgestellt, aber real war nichts passiert, obwohl er es sich doch so sehr wünschte.

Mit zitternden Knien betrat Julian das Mietshaus, das nicht besonders einladend wirkte. Er warf einen Blick auf seinen Zettel. Zweiter Stock! Eifrig nahm er zwei Stufen auf einmal und schnappte etwas nach Luft, als er oben ankam. Die Tür war nur angelehnt. Julian holte tief Luft und trat ein. Überrascht blieb er stehen. An der Decke hing ein roter Vorhang, und der Flur war in rotes Licht getaucht. Er hörte leise Musik und roch Moschusduft.

»Hallo?«, rief er unsicher. »Ist da jemand?«

»Mach die Tür zu und komm zu uns«, vernahm er eine Stimme. Schnell zog er die Tür ins Schloss und streifte seine Schuhe ab. Mit klopfendem Herzen ging er auf das nächstbeste Zimmer zu – bingo!

Julian schnappte nach Luft. Er sah einen Mann, der an ein Bett gefesselt und völlig nackt war. Er schien etwa in Julians Alter zu sein, hatte dunkle, lockige Haare, einen sehr durchtrainierten Körper, eine gut ausgebildete Brust und sah aus wie ein Unterwäsche-Model!

Julian starrte auf seine Körpermitte, in der sich durchaus schon etwas regte. Er spürte, wie seine Haut zu prickeln begann. Heute würde sein Traum endlich wahr werden – er würde ganz real Sex mit gleich zwei Männern haben, und die wurden nicht dafür bezahlt!

»Ich bin Lucas«, stellte der gefesselte Junge sich vor.

»Julian«, brachte Julian gerade noch heraus, dessen Kniekehlen plötzlich nachgaben.

In der Tür erschien ein Mann mit zwei Drinks in den Händen.

»Hallo Julian, ich bin Steven«, begrüßte er den aufgeregten Julian und drückte ihm ein Glas in die Hand. »Willkommen zu unserer Privatparty.« Nervös sah Julian seinen Telefonsex- und Mailpartner Steven an. Er hatte grüne Augen, dunkle, längere Haare und war wie fast alle schwulen Männer gut durchtrainiert und völlig unbehaart. Mit zitternden Händen nahm Julian das Glas in die Hand und führte es zum Mund. So ganz geheuer war es ihm immer noch nicht, mit völlig Unbekannten Verkehr zu haben, aber das war bei Schwulen wohl so üblich. Er war es leid, immer nur zu masturbieren und sich in erotischen Phantasien zu ergehen, er wollte endlich real etwas erleben!

»Oh, möchtest du auch was?«, erkundigte sich Steven und schritt auf Lucas zu. Lucas nickte demütig. Steven hielt das Glas an Lucas' Brust und ließ den Sekt an dessen Körper hinunterlaufen. Langsam bahnte sich der perlende Sekt einen Weg zwischen Lucas' Beine. Steven kniete sich vor ihn und leckte den Sekt von Lucas' Penis ab, der sich darauf sofort versteifte.

»Ich sehe, du kannst es kaum noch erwarten«, sagte

Steven süffisant grinsend. »Aber du wirst dich wohl noch etwas gedulden müssen.« Er drehte sich zu Julian um.

»Wie steht es mit dir? Beziehungsweise – steht schon was?«

O Mann, der war aber direkt! Doch Julian gefiel das. Es war ganz anders als mit Frauen, die immer ein stundenlanges Vorspiel wollten und dann immer noch unzufrieden waren, weil man nicht zärtlich genug gewesen war.

Julian ging davon aus, dass dies eine rhetorische Frage war und nahm einen kräftigen Schluck aus seinem Glas.

»Du siehst ja sehr lecker aus«, fand Steven und fuhr über Julians Brust. »Willst du dich nicht ausziehen?« Ohne eine Antwort abzuwarten, zog er Julian das Hemd aus. Julian spürte, wie sich sein Körper mit einer Gänsehaut überzog. Steven kam auf ihn zu, zog ihn fest an sich und schob ihm seine Zunge in den Mund. Überrascht erwiderte Julian den Kuss. Stevens Zunge fühlte sich härter und fordernder an als jede Frau, die er bisher geküsst hatte. Ohne Umschweife griff Steven ihm zwischen die Beine.

»Bist du schon hart?«, fragte er mit heiserer Stimme. Julian schluckte. Das ging ihm jetzt doch alles etwas zu schnell. Ihn hatten die Vorspiele zwar immer gestört, aber so ganz ohne kam bei ihm auch keine Stimmung auf.

Er hörte ein Stöhnen vom Bett. Als er sich umdrehte, glitt sein Blick zu Lucas' Penis, der sich steil aufgerichtet hatte.

»Der ist schon ziemlich hart«, stellte Steven sachlich fest. »Aber er war auch ziemlich lange auf Entzug und ist völlig ausgehungert.«

Julian schwieg. Er war auch ziemlich ausgehungert – und als er Lucas' erigierten Penis vor sich sah, merkte er, wie auch er kam – auch ohne Vorspiel!

Flehend sah Lucas ihn an. Julian hätte ihn zu gern zwischen den Beinen angefasst, spürte aber intuitiv, dass das nicht in Stevens Sinn gewesen wäre.

Man hörte eine Tür klappen, und im nächsten Monat betrat jemand das Zimmer, von dem Julian im ersten Augenblick nicht wusste, ob es ein Mann oder eine Frau war. Die Person war sehr stark geschminkt, hatte lange dunkle Haare und trug ein eng anliegendes rotes Paillettenkleid.

»Hallo, ihr Süßen, habt ihr etwa schon ohne mich angefangen?«, fragte sie mit schriller Stimme. Julian zuckte zusammen. Was um alles in der Welt wollte diese Frau hier? Oder war es ein Transvestit?

»Oh, oh, was sehe ich denn da?« Die Drag Queen schnalzte mit der Zunge. »Da steht aber schon ganz schön was rum! Hui, ich werde ja ganz feucht.«

Julians Erektion sackte augenblicklich in sich zusammen. Was wollte dieses merkwürdige Geschöpf hier?

»Zara, jetzt hast du den armen Julian verschreckt«, tadelte Steven und schüttelte den Kopf.

»Ach, der Puller wird sich schon wieder aufrichten«, winkte das Wesen namens Zara ab. »Wenn nicht, helfe ich ihm.«

Mit ein paar geschickten Griffen streifte er – oder sie? – das enge Kleid ab und stand dann in Slip und BH da. Julians Augen weiteten sich. Was war das denn? In dem BH steckten einwandfrei zwei Brüste, aber – in dem Slip steckte genauso einwandfrei ein Schwanz!

Julian schluckte. Das war kein Transvestit, das war ein Transsexueller! Halb Mann, halb Frau!

»Magst du mal an meinen Brustwarzen saugen?«,

wandte sich Zara an Lucas, der sie begierig anstarrte. Lucas nickte aufgeregt. Zara stellte sich vor ihn und schob ihm eine ihrer Brüste in den Mund, und Lucas begann artig zu saugen.

»Himmlisch!«, seufzte Zara. »Ja, saug sie schön weiter, die kleinen Tittchen.«

Lucas' Penis richtete sich erneut auf, als er um Zaras Brustwarzen kreiste. Er versuchte sich gegen ihre Hand zu drängen.

»Der Kleine ist aber ungeduldig«, fand Zara. Lucas stöhnte. Seine Eichel war schon hervorgetreten und ragte heraus. Julian spürte, wie sich sein Penis bei diesem Anblick hart gegen seine Hose drückte. Er hätte Lucas gern von seinem Schicksal erlöst, denn er fand ihn ausgesprochen attraktiv – sogar attraktiver als Steven, mit dem er zwar oft genug Online- und Telefon-Sex praktiziert hatte, der ihn live aber nicht so antörnte wie dieser Lucas. Lucas' unbändige Erregung, seine Gier, sein Verlangen war das, was Julian fast taumelig machte. Er wollte diesen Typen! Am liebsten wäre er auf das Bett zugestürzt und hätte Lucas von seinen Fesseln befreit, fürchtete aber, damit Stevens Zorn auf sich zu ziehen. Offenbar war Lucas ja heute Abend das Schicksal zuteil geworden, dass er gefesselt warten musste.

»Deine Eier sind ziemlich dick«, stellte Zara fest und griff kurz danach. Lucas' Kehle entwich ein tiefes Seufzen. Man sah ihm mehr als deutlich an, wie sehr er sich nach einer Berührung sehnte. Oder törnte es ihn an, gefesselt und den anderen wehrlos ausgeliefert zu sein?

Zara löste sich von Lucas, der mit wirrem Blick zurückblieb, und wandte sich nun Steven zu. Zu Julians Überraschung sanken sich die beiden in die Arme und küssten sich hingebungsvoll. Dann ließen sie sich aufs Bett fallen.

»Ich habe dich vermisst«, sagte Zara mit rauchiger Stimme und fuhr Steven durch die Haare. »Du hast mir gefehlt, Bärchen.«

»Du mir auch«, gab Steven zurück und fuhr über Zaras Nippel, die sich sofort aufrichteten. »Keine ist wie du.«

Zara lächelte. »Das will ich doch hoffen.« Ihre rotlackierten, langen Nägel glitten über Stevens Brust und verharrten bei seinen Brustwarzen. Steven legte den Kopf zurück und stöhnte leise. Zara beugte ihren Kopf über seinen Brustkorb und biss leicht in seine Nippel. Dann küssten sie sich wieder.

Julian nahm all seinen Mut zusammen und ging mit wackligen Schritten auf Lucas zu, der ihn begierig ansah. Er warf einen Blick zu Steven und Zara, doch die schienen vollauf miteinander beschäftigt zu sein.

Mit bebenden Händen löste Steven Lucas' Fesseln. Dann sahen sich die beiden Männer in die Augen. Schließlich zog Lucas Julian sanft zu sich heran und küsste ihn zart auf den Mund. Julian fühlte sich so, als würde er mehrere Meter über dem Boden schweben. Aufgeregt öffnete er leicht die Lippen und spürte Lucas' weiche, nasse Zunge in seiner Mundhöhle. Julian schloss die Augen und gab sich ganz seinen Gefühlen hin. Lucas' tänzelnde Zunge verursachte Kontraktionen im ganzen Körper, und Julian begann unkontrolliert zu zittern. Lucas merkte es und hielt Julian zärtlich fest. Dann legte er seine Nasenspitze gegen Julians.

»Ist das dein erstes Mal?«, flüsterte er ihm ins Ohr. Julian schluckte. Merkte man ihm seine Unerfahrenheit so sehr an?

»Fast«, murmelte er beschämt.

»Bei mir auch«, flüsterte Lucas zurück. »Ich war drei Monate in Ägypten und da lief gar nichts, ich fühle mich wie eine Jungfrau. Außer Wichsen und Tagträumen gab es nichts.«

Julian lachte verlegen. »Das kommt mir irgendwie bekannt vor.«

Lucas gab ihm einen sanften Kuss auf den Hals, der in Julian weitere Schauer auslöste.

»Nichts gegen Wichsen«, murmelte Lucas weiter. »Aber gegenseitig macht das doch viel mehr Spaß.« Wieder suchten seine Lippen Julians, der sie bereitwillig öffnete. Julian spürte, wie es zwischen seinen Beinen pochte. Er strich über Lucas' Schultern, seine Arme, seine Brust. Lucas hatte die Augen geschlossen und genoss Julians Berührungen offenbar sehr, wie man an seinem zuckenden Glied erkennen konnte.

Julian konnte sich einfach nicht mehr beherrschen, die so lange aufgestaute Erregung machte sich Luft, und er griff stöhnend nach Lucas' hartem Glied. Lucas gab ein zischendes Geräusch von sich. Langsam begann Julian, den Schaft auf und ab zu reiben. Lucas' Gesicht verzog sich vor Erregung, und er legte seinen Kopf weit zurück.

Tausend Nadelstiche schienen in Julians Penis zu stechen, und er sehnte sich danach, dass Lucas auch ihn befriedigte. Er brauchte es doch so dringend!

Mit zitternden Fingern nestelte er an seinem Reißverschluss herum. Lucas öffnete die Augen und sah ihm mit verschleiertem Blick dabei zu.

»Kriegst du ihn nicht auf, weil die Hose schon zu eng ist?«, wollte er mit heiserer Stimme wissen. »Warte, ich helfe dir.«

Mit vereinten Kräften gelang es den beiden endlich, Julians steifen Penis aus seinem Gefängnis zu befreien. Er schnellte mit einem Ruck aus der Hose, und Julian spürte ein tiefes Brennen, das nach Erlösung verlangte.

Bittend schob er seinen Unterkörper vor. Lucas sah ihm direkt in die Augen, als er seinen Penis zu massieren begann. Automatisch griff Julian nach Lucas' Glied, und so masturbierten sie sich gegenseitig, während sie sich dabei unverwandt in die Augen starrten. Dann beugte sich Lucas etwas vor und rieb seinen Penis gegen Julians. Julian stöhnte auf. Das war ein irres Gefühl! Seine Beine gaben nach, und er ließ sich auf den Boden fallen. Lucas folgte ihm, und schon rieben sich die beiden wieder gegenseitig. »Du machst das gut«, sagte Lucas mit vibrierender Stimme. »Der Druck ist genau richtig. Jetzt vielleicht ein bisschen schneller. Ja, ah ... So ... ja, genauso ist es richtig.«

Auf seiner Stirn bildeten sich feine Schweißperlen. Julian fand es irre, den Penis eines anderen Mannes zu streicheln und dasselbe gleichzeitig bei sich zu spüren.

Lucas zog sanft seine Hand zurück, griff hinter sich und hielt ein Fläschchen in der Hand. Julians Rosette zog sich vor freudiger Erregung sofort zusammen, als er erkannte, dass es sich um Gleitmittel handelte.

»Dreh dich um«, wies Lucas ihn heiser an, und Julian gehorchte sofort. Zitternd kniete er auf allen vieren und bemühte sich, sich zu entspannen. Dann spürte er etwas Kühles an seinem Anus und gleich darauf Lucas' Finger, die zärtlich seine Rosette umkreisten. Automatisch griff Julian nach seinem eigenen Penis, um ihn weiter zu stimulieren.

»Bist du bereit?« Lucas' Stimme war nur noch ein heiseres Flüstern. Julian nickte, während ihm der Schweiß das Kinn hinunterlief. Endlich war es Wirklichkeit! Ein Mann würde ihn befriedigen! Zwar hatte er das schon auf der bewussten Party erlebt, und es war sehr erregend gewesen, doch diesmal war es kein bezahlter Callboy, sondern ein Typ, der wirklich geil war und nicht nur für Geld so tat als ob.

Er spürte, wie sich Lucas' Penisspitze langsam in ihn hineinbohrte. Er zitterte vor Erregung und Verlangen wie Espenlaub.

»Soll ich aufhören?«, vernahm er Lucas' heisere Stimme. »Allerdings platze ich dann bestimmt.«

Julian schüttelte den Kopf. Er wollte es doch so sehr! Lucas schob sich weiter Millimeter für Millimeter in Julians Anus hinein. Julian zitterte und keuchte, ließ es aber geschehen. Und dann war es endlich so weit – plötzlich spürte er, wie alle Hemmungen von ihm abfielen und er Lucas' Glied in seinem Anus als unglaublich erregend empfand. Ihm wurde heiß und kalt zugleich. Er wollte ihn. Er wollte ihn so sehr!

Stöhnend drängte er sein Becken Lucas entgegen. Der begann sich vorsichtig in ihm zu bewegen, und als er keinen Widerstand fühlte, bewegte er sich etwas schneller. O Gott, Julian war so eng! Das Wissen, dass es für Julian das erste oder zweite Mal war, machte ihn noch zusätzlich scharf. Das war kein Mann, der mit jedem Kerl ins Bett ging. Instinktiv wusste Lucas, dass Julian eigentlich gar nicht der Typ für anonymen Geschlechtsverkehr war, aber offenbar einen so großen Notstand hatte, dass er sich darauf einließ. Weil er geil war, weil er es einfach brauchte. Und er, Lucas würde es ihm nun so richtig besorgen!

Er sah Julians schweißnassen Rücken unter sich und hörte sein animalisches Keuchen. Gierig griff er nach Julians Penis und rieb hart über seinen Schaft. Julian stöhnte beglückt auf. Einen Penis in sich zu fühlen und gleichzeitig stimuliert zu werden war fast mehr, als er ertragen konnte. Er stöhnte auf. Ja, genau das war es, was er wollte!

Lucas wichste Julian noch heftiger und stieß wieder zu. Es war schwierig, dies beides gleichzeitig zu machen, doch er merkte, wie geil Julian war und wie sehr er diese doppelte Stimulation genoss. Schließlich ließ er von ihm ab, um sich auf den Akt zu konzentrieren. Julian hatte die Augen geschlossen, kniete auf allen vieren und war im höchsten Himmel. Die Reibung von Lucas' Penis machte ihn fast verrückt, und er spürte, dass er bald kommen würde. Er stöhnte jetzt hemmungslos und wurde immer lauter. Lucas lief der Schweiß übers Gesicht, während er Julian nun wie ein Besessener nahm. Julian war jeder Stoß willkommen, er drängte sich Lucas willig entgegen und wollte mehr, immer mehr.

Dann rauschte es in seinen Ohren, sein Herz schien ihm aus der Brust zu springen – und er wurde von einem gewaltigen Orgasmus hinweggetragen. Ein letztes Mal rieb er über seinen Schaft und stimulierte seine Eichel, dann sackte er in sich zusammen.

Lucas zog seinen Penis aus ihm heraus, und Julian drehte sich auf den Rücken, so dass er Lucas dabei beobachten konnte, wie er nun seinen eigenen Penis rieb. Es war ein ungemein erregender Anblick, wie Lucas mit verzerrtem Gesicht Julian direkt in die Augen sah, und seine Hand immer schnellere und härtere Bewegungen vollführte. Dann kam er laut stöhnend, und ein paar Tropfen landeten auf Julians Brust. Julian wollte Lucas in seine Arme ziehen, doch Lucas machte eine abwehrende Handbewegung und verschwand im Bad. Frustriert sah Julian ihm nach und spürte, wie sich sein Herz unangenehm zusammenzog. So hatte er sich seine schwulen Freuden ehrlich gesagt nicht vorgestellt!

»Patrick, die Sonne scheint«, verkündete Luke gutgelaunt. »Kommst du mit uns auf die Terrasse? Jessica hat einen Kuchen gebacken, und ich würde sogar einen Espresso spendieren.«

»Keine Lust«, knurrte Patrick. »Außerdem muss ich arbeiten.«

Luke sah ihn überrascht an. »Du klingst ja so wie ich früher.«

»Na und?«, maulte Patrick. »Seit wann hast du was dagegen einzuwenden, wenn ich arbeite? Warst das nicht du, der mich immer dazu angetrieben hat?«

»Ja, schon, aber ... eine Pause würde dir sicher guttun. Du siehst völlig fertig aus, seit du aus Florida zurück bist.«

Patrick starrte finster auf seinen Bildschirm. In diesem Moment erschien Jessica mit einem Tablett in der Hand.

»Kommt ihr beide?«, rief sie. »Alles fertig.«

»Patrick will arbeiten.« Luke konnte sich ein Lachen nicht verkneifen.

»Ich weiß nicht, was daran so komisch ist«, schnauzte Patrick.

Jessica stellte das Tablett ab und machte ein paar Schritte auf Patrick zu.

»Patrick, komm doch mit raus. Du arbeitest viel zu viel und siehst gar nicht gut aus.«

Patrick kniff die Lippen zusammen. Luke setzte sich auf seinen Schreibtisch und sah ihn aufmerksam an.

»Es ist wegen Debbie, stimmt's?«, fragte er. Sein Bruder gab keine Antwort, sondern begann emsig zu tippen.

»Junge, Junge, dich hat's wirklich erwischt«, stellte Luke fest, und die Überraschung in seiner Stimme war nicht zu überhören.

»Ich kann mich nicht erinnern, wann du das letzte Mal so richtig verknallt warst. Doch, warte! Sie war 32 und du 15 – und du wolltest sie unbedingt vom Fleck weg heiraten. Mira hieß sie, oder? Dabei war sie leider schon verheiratet, wie du erzürnt feststelltest, als du einmal mitten in der Nacht unangemeldet vor ihrer Tür standest. Mann, war das eine Kiste! Aber danach hattest du eigentlich nur Affären, oder?«

Patrick starrte weiterhin angespannt auf seinen Bildschirm. Luke war sich nicht sicher, ob Patrick überhaupt gehört hatte, was er soeben gesagt hatte.

»Was ist denn in Florida zwischen dir und Debbie eigentlich passiert?«, fragte Jessica vorsichtig und legte Patrick die Hand auf die Schulter.

Patrick drehte sich zu ihr um. Er war unrasiert, seine Augen lagen tief in den Höhlen, und er sah einfach elend aus. Jessica spürte Mitleid in sich aufsteigen. Was um alles in der Welt hatte Debbie nur mit ihm angestellt? Und warum redete sie nicht darüber?

»Ich denke, sie ist deine beste Freundin?«, erwiderte Patrick aggressiv. »Da wird sie dir das doch wohl erzählt haben.«

Jessica zuckte hilflos mit den Schultern.

»Nein, sie hat gar nichts erzählt. Immer, wenn es um dich geht, blockt sie ab. Ich weiß auch nicht, was das soll.«

In Patricks Gesicht arbeitete es. Dann vergrub er stöhnend seinen Kopf in den Händen.

»Ich verstehe sie einfach nicht«, brach es aus ihm heraus. »Wir hatten ein paar supertolle Tage in Florida, haben uns irre gut verstanden und alles war toll – und dann schmeißt sie mich praktisch aus dem Hotel, von einem Tag auf den anderen. Ich würde ihr auf den Zeiger gehen, und sie wollte ihre Ruhe haben. Dabei hat es ihr Spaß gemacht, mit mir zusammen zu sein, das habe ich doch gemerkt! Wir waren gemeinsam tanzen, schwimmen, shoppen – und wir hatten so viel Spaß, auch Debbie! Aber ganz plötzlich wurde ihr alles zu viel – ich wurde ihr zu viel. Sie konnte mich gar nicht schnell genug loswerden.«

Stöhnend fuhr er sich über sein Gesicht.

»Na ja, Debbie ist nun mal nicht der Mensch, der permanent mit jemandem zusammenhängen kann«, versuchte Jessica Patrick zu besänftigen. »Das hat gar nichts mit dir zu tun. Ich war auch mal mit ihr im Urlaub, und sie war oft allein unterwegs, sie braucht das einfach. Das darfst du nicht so persönlich nehmen.«

»Natürlich nehme ich das persönlich«, brauste Patrick auf. »Wie soll ich das denn wohl sonst nehmen?« Aus flackernden Augen sah er Jessica an.

Jessica überlegte, was sie Patrick sagen konnte, ohne Debbie zu nahezutreten. Aber er litt, und im Übrigen verstand Jessica ihre Freundin einfach nicht.

»Ich glaube manchmal, sie hat Angst vor ihren eigenen Gefühlen«, sagte Jessica. »Ich bin mir ganz sicher, dass du ihr nicht egal bist, Patrick. Sie will das nur nicht zugeben, nicht mal sich selbst gegenüber.«

»Aber was für ein Problem hat diese Frau denn?«, rief Patrick und schlug mit der Hand auf seine Schreibtischplatte. »Ich merke es doch ganz deutlich, dass sie etwas für mich empfindet!« Schwer atmend lehnte er sich in seinem Sessel zurück.

»Ich spüre das, da ist eine ganz besondere Verbindung zwischen uns, und die bilde ich mir nicht nur ein. Aber immer, wenn ich ihr näherkomme, weicht sie zurück. Was ist nur mit ihr los?«

Im Nebenraum begann das Telefon zu klingeln.

»Ich gehe schon«, sagte Jessica diensteifrig.

Luke sah seinen Bruder nachdenklich an.

»Nun, da gibt es zahlreiche Möglichkeiten«, meinte er. »Mit Jessica war das am Anfang ja auch nicht gerade einfach. Sie hatte negative Erfahrungen gemacht und hat sich erst mal eingeigelt. Vielleicht ist das bei Debbie ja so ähnlich.«

»Na, einigeln tut sie sich nun nicht gerade«, sagte Patrick wütend. »Im Gegenteil, sie trifft sich jetzt wieder verstärkt mit anderen Männern. Manchmal habe ich das Gefühl, sie tut das nur, um mich zu ärgern.«

»Oder, um sich nicht auf dich einzulassen«, sagte Luke. »Vielleicht hat sie auch Angst.«

»Debbie und Angst?« Patrick lachte bitter auf. »Wohl kaum. Sie hat vielleicht Angst, was zu verpassen, aber was anderes kann ich mir bei ihr echt nicht vorstellen.« Er stöhnte auf.

»Weißt du, vielleicht sollte ich sie einfach vergessen«, sagte er trotzig. »Schließlich gibt es noch Millionen anderer Frauen. Aber – ist das nicht verrückt? Ich will irgendwie nur sie. Ich habe echt einen Narren an ihr gefressen.«

Luke lächelte. »Man könnte auch sagen, du hast dich in sie verliebt.«

Patrick seufzte. »Ja, vielleicht könnte man das tatsächlich sagen. Ich habe das echt noch nie erlebt. Ich denke Tag und Nacht nur noch an diese Frau. Es macht mich so langsam wahnsinnig.«

»Hm.« Luke sah seinen Bruder aufmerksam an.

»Ich rede gleich noch mal mit Jessica darüber, sie soll sich Debbie mal vorknöpfen. Ein Gespräch unter Freundinnen bewirkt sicher mehr, als wenn du sie andauernd nervst. Vielleicht findet Jessica ja etwas heraus.«

Er klopfte Patrick aufmunternd auf die Schulter.

»Gib nicht auf, das wird schon.«

»Meinst du?« Hoffnungsvoll sah Patrick seinen großen Bruder an. »Aber wenn es einfach so ist, dass sie mich nur nicht will?«

Luke schüttelte den Kopf. »Nein, da steckt was anderes dahinter. Wir müssen nur noch herausfinden, was.«

Drei Tage später hatten sich Jessica und Debbie zum Abendessen in Debbies Wohnung verabredet, über Gott und die Welt gequatscht, gegessen und getrunken und waren nun bei Mousse au Chocolat und Espresso angelangt, als Jessica den Zeitpunkt für günstig hielt, Debbie auf den Zahn zu fühlen.

»Debbie, ich verstehe dich einfach nicht.« Behutsam legte Jessica ihrer Freundin die Hand auf deren Schulter.

»Ich meine – Patrick ist bis über beide Ohren in dich verliebt, das sieht jeder, und …«

»Das ist ganz allein sein Problem.« Debbies Gesicht verschloss sich augenblicklich. »Außerdem habe ich keine Lust, über Patrick zu reden. Hat er sich bei Luke ausgeheult, und du sollst jetzt ausspionieren, was los ist, oder was?«

Auf den Kopf gefallen war Debbie nicht.

»Quatsch«, behauptete Jessica mit einem Anflug von schlechtem Gewissen, denn sie hasste Lügen.

»Es ist bloß … Ich sehe doch jeden Tag, wie er leidet, und ich weiß einfach, dass er dir auch nicht egal ist.«

»Da weißt du mehr als ich«, sagte Debbie bockig und verschränkte ihre Arme.

»Du weißt das sehr genau, willst es aber nur nicht zugeben«, sagte Jessica hitzig. »Wenn mir auch nicht klar ist, wieso nicht. Patrick ist nicht nur einer von deinen vielen Lovern, die dir nichts bedeuten. Warum willst du nicht zugeben, dass du etwas für ihn empfindest? Wovor hast du Angst?«

»Um Himmels willen, Jessy!« Debbie verdrehte die Augen, stand auf und ging zum Fenster. Sie stemmte die Hände in die Hüften und sah hinaus.

»Warum will mir jeder einreden, ich würde etwas für Patrick empfinden? Es klappt ganz gut im Bett, mehr nicht. Mehr nicht.«

Jessica biss sich auf die Lippe. Machte Debbie sich selbst etwas vor, oder wollte sie nur Jessica gegenüber nicht die Wahrheit sagen? Wie konnte sie nur endlich zu ihr durchdringen?

»Debbie, erinnerst du dich noch an den Abend, als du zu mir gesagt hast, du wärst enttäuscht von mir und es sei für dich keine Freundschaft, wenn ich nicht ehrlich zu dir wäre?« Jessica stand nun ebenfalls auf und ging auf Debbie zu, die sich nicht rührte.

»Du sagtest, Freundinnen würden sich nichts vormachen. Du warst verletzt, weil du den Eindruck hattest, dass ich dir nicht die Wahrheit sage. Und jetzt haben wir genau dieselbe Situation, nur umgekehrt. Jetzt machst du mir was vor.«

Debbie sah angestrengt aus dem Fenster. In ihrem Gesicht zuckte es.

Jessica legte sacht ihren Arm um ihre Freundin.

»Wovor hast du Angst?«, fragte sie leise. »Was ist passiert, dass du dich so dagegen sträubst, deine Liebe auch zu leben? Und jetzt hör bitte auf mit deinen Sprüchen, dass du nichts für Patrick übrig hast. Hör auf, mich und dich selbst zu belügen. Wir wissen beide, dass es nicht wahr ist.«

Debbies Lippen begannen zu zittern.

»Du weißt nicht, wie es ist«, sagte sie mit dünner Stimme. »Du weißt gar nichts.«

Jessica wartete und streichelte Debbies Rücken.

»Meine Eltern …« Debbies Stimme war brüchig. »Ich

habe sie so sehr geliebt, sie waren alles für mich. Und dann … von einem Tag auf den anderen … weg.«

Debbie schluckte. Ihr Blick war leer.

»Weißt du, wie es ist, jemanden zu verlieren, den man abgöttisch liebt?« Sie drehte sich zu Jessica um, in ihren Augen glitzerten Tränen.

»Ich habe gedacht, ich überlebe das nicht. Monatelang nur Trauer, Schmerz und immer wieder die Frage: Warum? Es hat so unendlich wehgetan, ich hätte nie gedacht, dass etwas so verdammt wehtun kann.«

Lautlos liefen ihr nun die Tränen die Wangen hinunter.

»Ich bin durch die Hölle gegangen, wieder und wieder, habe jede Nacht Alpträume gehabt. Wenn ich morgens wach wurde, war die Minute die schönste, in der ich noch nicht ganz bei mir war. Dann war er wieder da, dieser unglaubliche Schmerz. Er hat mir das Herz rausgerissen, die Luft zum Atmen genommen, mich fast ohnmächtig werden lassen. Wie ein Zombie bin ich rumgelaufen, wusste kaum noch, wer ich war. Ich wollte mich umbringen, nur um bei meinen Eltern zu sein. Ich habe sie so wahnsinnig vermisst, heute noch. Da war plötzlich nur noch Leere.«

Debbie begann zu schluchzen. Jessica zog sie fest zu sich heran und streichelte behutsam über ihren Kopf.

»Es hat so wehgetan«, weinte Debbie. »Ich habe sie doch so sehr geliebt. Weißt du überhaupt, wie schäbig ich mir vorkomme, von ihrem Geld zu leben?« Debbie wischte sich mit der Hand über die Augen. »Ich habe mir sogar schon überlegt, es für einen guten Zweck zu spenden und wieder ganz normal arbeiten zu gehen. Wenn sie noch leben würden, hätte ich es schließlich gar nicht. Es klebt Blut an diesem Geld. Ich habe es nur, weil sie tot sind. Wahrscheinlich schmeiße ich es deshalb mit vollen Händen zum Fenster raus. Ich will es gar nicht.«

»Du hast mir nie erzählt, dass du so unter dem Tod deiner Eltern leidest«, sagte Jessica erschüttert. »Ich hatte ja keine Ahnung! Warum hast du nie mit mir darüber gesprochen?«

Debbie sah sie mit tränennassen Augen an.

»Weil ich mir was vorgemacht habe«, sagte sie schließlich. »Weil ich mir eingeredet habe, dass ich es so besser überwinde. Ich dachte, wenn ich darüber rede, verarbeite ich es gar nicht, weil ich dann immer wieder daran erinnert werde. Aber das Gegenteil ist der Fall. Jessica, ich werde noch heute manchmal nachts wach und rufe nach meiner Mutter. Und dann fällt mir ein, dass sie nicht mehr da ist, nie mehr da sein wird, und ich heule die ganze Nacht.«

Debbies Lippen zitterten.

»Und das stehe ich nicht noch mal durch«, sagte sie leise. »Jemanden zu lieben und ihn dann zu verlieren. Ich würde es kein zweites Mal überleben. Ich kann einfach nicht mehr.«

Sie holte tief Luft.

»Ja, ich mag Patrick, sicher auch noch mehr als das. Aber wenn ich mich auf ihn einlasse – und er verlässt mich irgendwann –, gehe ich daran zugrunde. Ich würde es nicht schaffen, ich bin schon einmal fast krepiert. Ein zweites Mal wäre es mein sicherer Tod.«

Sie lachte bitter auf.

»Und dann – ausgerechnet Patrick! Du liebe Güte, Jessica, ich weiß noch genau, was du mir immer über ihn erzählt hast. Dass er jedem Rockzipfel hinterherjagt, dass er alles nagelt, was sich bewegt – und mit so jemandem soll ich eine Beziehung eingehen? Ich, die ja im Grunde genauso ist? Das würde niemals gutgehen!«

Debbie schüttelte entschieden den Kopf.

»Da wäre mein Untergang ja vorprogrammiert.«

»Aber Patrick hat sich in dich verliebt, er hat sich geändert!«, rief Jessica.

»Ja, klar.« Debbie zuckte mit den Schultern. »Jessy, für ihn bin ich nur interessant, weil ich ihm nicht nachlaufe. Sobald er mich haben kann, sucht er sich die Nächste.«

»Nein.« Jessica hob beide Hände. »Er ist wirklich total in dich verliebt, und das würde auch nicht aufhören, wenn du ihm endlich eine Chance geben würdest. Im Gegenteil, dann würde es erst richtig anfangen.«

Sie strich ihrer Freundin eine Haarsträhne aus dem Gesicht.

»Debbie, ich verstehe wirklich, wie sehr dich der Tod deiner Eltern getroffen hat.«

»Nein, das tust du nicht«, widersprach Debbie heftig. »Das kannst du nicht verstehen, weil du es selbst nie erlebt hast. Zum Glück.«

»Okay«, gab Jessica nach. »Aber ich verstehe zumindest, dass das der Grund ist, warum du Angst hast, noch einmal jemanden zu lieben. Ich hatte auch panische Angst davor. Aber wenn du diese Angst nicht überwindest, wirst du immer allein bleiben, du wirst nie erfahren, wie es ist, sein Leben mit jemandem zu teilen.«

»Was ist so schlecht daran?«, wollte Debbie wissen. »Immer noch besser, als an gebrochenem Herzen zu sterben.«

»Aber du nimmst dir die Chance auf dein Glück«, hielt Jessica ihr entgegen. »Okay, du wirst vielleicht nicht mehr enttäuscht oder verletzt, aber du lebst immer nur an der Oberfläche und gehst nie in die Tiefe. Du nimmst dir vielleicht die Angst vor Verletzungen, aber du nimmst dir auch ganz viel Schönes – die Dinge, die das Leben erst lebenswert machen. Es gibt einfach nichts Schöneres, als zu lieben und geliebt zu werden, das merke ich ja jetzt mit Luke. Vor ihm habe ich allenfalls existiert, aber ich habe das Leben nicht genossen. Mit ihm ist alles doppelt so schön. Und selbst wenn es mit ihm irgendwann zu Ende sein sollte, dann hatte ich wenigstens ein paar schöne Jahre mit ihm, in denen es sich gelohnt hat zu leben. Dafür würde ich auch dann dankbar sein, wenn unsere Liebe nicht bis in alle Ewigkeit halten sollte.«

Debbie schwieg.

»Patrick liebt dich«, sagte Jessica eindringlich. »Natürlich kann dir niemand Brief und Siegel geben, dass ihr bis zur Rente zusammenbleibt – aber möglich ist es allemal!«

»Hast du nie Angst, dass Luke dich irgendwann verlässt?«, fragte Debbie unvermittelt. »Stell dir vor, er käme morgen zu dir und würde dir mitteilen, er hätte sich in eine andere Frau verliebt. Würdest du da nicht komplett zusammenbrechen?«

Jessica dachte eine Weile nach.

»Es wäre das Schlimmste, was mir passieren könnte«, sagte sie schließlich. »Ja, natürlich wäre es das. Aber so kannst du doch nicht an die Sache rangehen! Ich könnte mich auch den ganzen Tag verrückt machen, weil bei mir morgen möglicherweise eine tödliche Krankheit festgestellt wird. Umso mehr ein Grund, das Leben vorher richtig auszukosten, richtig zu leben! Und glaub mir, Debbie, du lebst erst dann richtig, wenn du jemanden liebst, wenn du jemanden an deiner Seite hast! Verzichte um Gottes willen nicht auf dieses Glück«

Debbie musste wider Willen lachen. So euphorisch kannte sie Jessica gar nicht.

»Mann, Debbie, ich habe doch auch bloß existiert, bevor ich mit Luke zusammengekommen bin«, sagte sie. »Und habe mir auch eingeredet, es ginge mir gut. Heute weiß ich, dass es mir überhaupt nicht gut ging. Mir hat immer was gefehlt, und erst heute weiß ich, was es war. Liebe, Zweisamkeit, Geborgenheit. Nur dafür lohnt es sich zu leben.«

»Aber ist es nicht ziemlich bescheuert, erst durch jemand anders zu leben?«, hielt Debbie dagegen. »Tausend Jahre Emanzipation – und wir Frauen sind nur dann glücklich, wenn wir einen Kerl haben? Ist das nicht ziemlich armselig?«

Jessica zuckte mit den Achseln.

»Das ist einfach so, ganz egal, wie sehr der autistische Single auch in den Himmel gehoben wird. In Wirklichkeit sind die Leute einsam und verzweifelt, aber das will natürlich keiner zugeben. Man will einfach zu jemandem gehören und nicht allein sein, das ist doch ganz normal. Wenn unsere Gesellschaft sich das einfach mal eingestehen würde, wären wir einen großen Schritt weiter.«

»Aber ich weiß gar nicht, ob ich überhaupt zu einer Beziehung tauge«, murmelte Debbie und knabberte an ihren Nägeln. »Allein der Gedanke, dass ich Rechenschaft über jeden meiner Schritte ablegen muss, macht mich rasend.«

»Das bleibt doch euch überlassen, wie ihr eure Beziehung führt«, fand Jessica. »Manche kleben Tag und Nacht zusammen, andere führen eine Beziehung über zwei Kontinente hinweg. Das könnt ihr doch völlig frei entscheiden. Aber Hauptsache, du wagst den Schritt generell erst mal.«

»Ich weiß nicht«, stöhnte Debbie. »Ich bin eher der freiheitsliebende Typ.«

»Dann mach doch einfach kleine Schritte«, schlug Jessica vor. »Du musst Patrick ja nicht gleich heiraten, aber triff ihn einfach, mach was mit ihm, verbringe Zeit mit ihm. Und wenn du dich wohl mit ihm fühlst, passiert alles andere schon von selbst.«

»Meinst du?« Zweifelnd sah Debbie ihre Freundin, die sich so sehr verändert hatte, an. Sie strahlte, sie war das blühende Leben, sie sah wirklich glücklich aus. Machte nur die Liebe glücklich?

Jessica nickte eifrig.

»Hey, ich bin doch das beste Beispiel dafür, wie gut Liebe tut«, lachte Jessica. »Du sagst selbst, du erkennst mich kaum wieder.«

Debbie grinste schwach. »Ich dachte, das liegt daran, dass du nun regelmäßig durchge... äh, ich meine, dass du nun ein aufregendes Sexleben hast.«

Jessica lachte. »Ja, das sicher auch, aber wenn es ohne Liebe passieren würde, wäre ich ganz sicher nicht glücklich. Jeder braucht Liebe, Debbie, du auch. Du musst es dir nur endlich eingestehen.«

Als Jessica weit nach Mitternacht gegangen war, saß Debbie noch lange auf ihrer Wohnlandschaft und dachte nach. War das Erstrebenswerteste im Leben tatsächlich eine Beziehung, auch für sie?

Debbie versuchte sich vorzustellen, wie es wäre, mit Patrick einzuschlafen, aufzuwachen, viel Zeit mit ihm zu verbringen. Sie lächelte. Sie war wirklich gern mit ihm zusammen, er war lustig und unterhaltsam. Wäre es wirklich so schlimm, ihn öfter zu sehen – für den Anfang? Was konnte ihr denn passieren? Wenn er sie nervte, konnte sie ihn immer noch abservieren. Jessica hatte recht – einen Versuch war es wert!

Kurz entschlossen griff Debbie zum Telefon. Dass es

bereits zwei Uhr nachts war, störte sie nicht weiter. Flink tippte sie Patricks Handynummer ein. Eine verschlafene Stimme meldete sich.

»Hallo Patrick, hier ist Debbie«, meldete sie sich. »Ich weiß, es ist spät, aber ... Wollen wir uns treffen?«

»Was, jetzt?«, fragte Patrick verschlafen.

Debbie lachte leise. »Nein, natürlich nicht jetzt, aber vielleicht morgen? Hast du Zeit? Lust?«

Als Patrick am nächsten Morgen wach wurde, dachte er zuerst, er habe geträumt. Dann jedoch checkte er seine letzten Anrufe und tatsächlich – Debbies Nummer war auch dabei, letzte Nacht um 2.12 Uhr!

Patrick rieb sich die Augen. Debbie hatte ihn angerufen und ein Treffen vorgeschlagen – heute? Er sprang aus dem Bett. Heute, endlich! Endlich würde er sie wiedersehen!

Pfeifend sprang er unter die Dusche und rasierte sich nicht nur das Kinn. Als er sich im Spiegel sah, zierte ein breites Grinsen sein Gesicht. Mann, war er aufgeregt! Das letzte Mal, dass er bei einem Date so aufgeregt gewesen war, war mit 15 gewesen!

Er schlüpfte in Jeans und ein schwarzes Shirt und rannte in Windeseile die Treppe hinunter. Er musste sich beeilen, um alle wichtigen Arbeiten zu erledigen, bevor er sich mit Debbie traf! In den letzten Wochen war er tatsächlich zu einem richtigen Arbeitstier geworden und durchaus mit Luke zu vergleichen. Im Moment arbeitete er sogar wesentlich mehr als Luke, weil der ja gar nicht mehr mit Jessica aus dem Bett zu kommen schien.

Patrick seufzte sehnsüchtig auf. Genau das wünschte er sich auch mit Debbie! Liebe, Lust und Leidenschaft! Würde sein größter Traum endlich wahr werden?

»Was ist denn mit dir los? Du strahlst ja wie ein Honigkuchenpferd«, begrüßte Luke ihn grinsend, der mit einer Tasse Kaffee aus der Küche hereinmarschiert kam.

»Selbst«, gab Patrick lachend zurück. Bestimmt hatten sich die beiden wieder mal über alle Maßen geliebt. Gott, war er neidisch!

»Ich treffe mich heute Abend mit Debbie«, platzte Patrick mit der frohen Botschaft heraus. »Stell dir vor, sie hat mich gestern Abend noch angerufen, ganz überraschend!«

»Na, so was.« Luke tat erstaunt und freute sich insgeheim. Also hatte Jessicas gestriger Besuch bei Debbie tatsächlich etwas genutzt. Dafür hatte er auch gern auf Jessicas nächtliche Gesellschaft verzichtet, denn er wünschte sich sehr, dass Patrick genauso glücklich war wie er selbst.

»Ja.« Patrick strahlte. »Und sie will mich schon heute sehen, ist das nicht toll? Wir gehen in diese neue Bar an der Kings Road.«

Luke hatte seinen Bruder schon lange nicht mehr so aufgeräumt gesehen. Er sprudelte geradezu über.

»Ich bin völlig hippelig«, gestand Patrick und fuhr sich durch seine Haare. »Bis heute Abend bin ich ein Wrack.«

»Für ein Wrack siehst du aber ganz gut aus«, bemerkte Luke, als er seinen Bruder zehn Stunden später an der Haustür wiedertraf. Er selbst freute sich auf einen gemütlichen Abend mit Jessica auf der Terrasse. Vielleicht konnten sie noch ein bisschen nackt im Whirlpool planschen und dann ... Luke merkte, wie sich allein bei dem Gedanken sein Penis versteifte. Jessica war so wunderbar, und sie machte ihn einfach in jeder Situation scharf. Und das Schöne war, er konnte diese erotischen Spiele hemmungslos mit ihr ausleben. Sie konnte genauso wenig genug davon bekommen wie er selbst! Wer hätte das gedacht! Luke grinste in sich hinein.

»Du scheinst ja auch schon wieder Unheil zu planen«, meinte Patrick und seufzte. »Mann, wie ich dich beneide! Du hast dieses scheue Reh ja wirklich total umgekrempelt. Hoffentlich gelingt mir das bei Debbie auch noch.«

Luke klopfte ihm zuversichtlich auf die Schulter.

»Wird schon, Bruderherz. Gut Ding will Weile haben.«

Eine Stunde später traf Patrick in der Bar ein. Suchend blickte er sich um. Als er Debbie schließlich sah, haute es ihn schlichtweg um. Und offenbar nicht nur ihn, wie er feststellte, denn Debbie war bereits von zwei jungen Männern umringt, die eifrig auf sie einredeten. In Patrick regte sich Unmut und eine heiße Welle von Eifersucht. Gleichzeitig schalt er sich einen Trottel, denn mit besitzergreifendem Verhalten würde er Debbie eine Beziehung ganz sicher nicht schmackhaft machen!

Mit wackligen Beinen ging er auf sie zu. Ihre langen roten Haare glänzten wie ein loderndes Feuer, ihr perfekter Körper steckte in einem schwarzen, engen Kleid. Patrick spürte, wie sein Mund trocken wurde, und sein Herz wie wild zu klopfen begann. O Gott, er liebte sie! Er liebte diese Frau wirklich!

Plötzlich hielt er die Luft an. Was, wenn der Anlass dieses Treffens gar nicht positiv war? Er war die ganze Zeit wie selbstverständlich davon ausgegangen, dass Debbie es sich überlegt hatte – und zwar zu seinen Gunsten. Was aber, wenn sie beschlossen hatte, ihm klipp und klar mitzuteilen, dass er sich zum Teufel scheren und sie endlich in Ruhe lassen sollte? An diese

Möglichkeit hatte er bisher ja noch gar nicht gedacht! Ihm wurde plötzlich kalt.

Debbie drehte sich zu ihm herum. Alles verschwamm vor Patricks Augen. Die Musik, die vielen Menschen, Geräusche, Gerüche, alles war plötzlich ausgeblendet. Er sah nur noch Debbie vor sich und hörte sein Herz klopfen. Wie hypnotisiert starrte er sie an. Was würde sie ihm sagen?

Debbie starrte ihn ebenfalls eine ganze Weile lang an. Dann erhob sie sich langsam und ging auf ihn zu. Patrick merkte, wie es nun eine Etage tiefer zu pochen begann.

»Hallo, Patrick«, begrüßte sie ihn, indem sie vergeblich gegen den Lärm ankämpfte. Reden konnte man hier nicht.

»Wollen wir tanzen?«

»Äh ... ja«, sagte Patrick überrascht. Er hatte seit Ewigkeiten nicht mehr getanzt!

Debbie schritt majestätisch zur Tanzfläche, wobei ihr die hungrigen Blicke der Männer folgten. Nicht ohne Stolz legte Patrick seinen Arm um ihre Taille. Er tanzte mit dieser Traumfrau, er allein!

Debbie lehnte ihre Wange an seine, und er sog ihren Duft ein. Sie legte ihre Hand auf seine Schulter. Patrick wurde leicht schwindlig, dann zog er sie enger an sich heran. Debbie ließ es geschehen. Patrick versank fast in ihren grünen Katzenaugen. Unverwandt starrte er sie an. Schließlich presste er sich fest gegen sie, so dass sie seine Erektion gut spüren konnte. Debbie tat, als merkte sie nichts.

»Debbie ...«, flüsterte Patrick, den seine Gefühle zu übermannen drohten. Er atmete tief ein. Seine Lippen legten sich sachte auf ihre. Dann fuhr seine Nase ihre Wange entlang. Debbie erschauerte. Er roch verdammt gut. Und überhaupt – sie fühlte sich wohl in seinen Armen, wohl mit ihm. Sie war froh, dass er sie hier so fest umschlungen hielt, dass er bei ihr war. Am liebsten hätte sie ihn nie wieder losgelassen.

Ein bisschen fühlte sie sich wie ein Kind, das sich an die Brust seines Vaters schmiegte. Bei dem Gedanken an ihren Vater schossen Debbie augenblicklich Tränen in die Augen. Es tat immer noch so weh!

Patrick spürte intuitiv Debbies Trauer und Verzweiflung und strich ihr zärtlich über den Kopf. Ich beschütze dich und passe auf dich auf, sagte diese Geste. Vertrau mir.

»Sollen wir woanders hingehen?«, flüsterte er dicht an ihrem Ohr. »Ich habe irgendwie das Gefühl, das ist heute nicht der richtige Platz.«

Debbie nickte stumm. Wenige Minuten später waren sie auf einem Spielplatz, der um diese Zeit völlig leer war. Und Debbie begann zu reden. Von ihrer behüteten Kindheit, ihren wundervollen Eltern, die immer für sie da gewesen waren, ihren Teenager-Jahren – und dann von diesem schrecklichen Tag, der alles verändert hatte. Debbie redete und redete; es war, als habe man ein Ventil geöffnet, und nun kam alles ans Tageslicht, was sie so lange mühsam unter Verschluss gehalten hatte. Sie sprach von ihrer unendlichen Trauer, ihrer Depression bis hin zu Selbstmordgedanken – und dem oberflächlichen Leben, das sie danach geführte hatte. Aus Angst, sich noch einmal in Liebe an jemanden zu binden und diesen unendlichen Schmerz des Verlassenseins noch einmal fühlen zu müssen.

Patrick hörte ihr zu und unterbrach sie nicht ein einziges Mal.

»Ich bin also gar nicht die tolle Frau, für die mich alle halten«, sagte Debbie, deren Stimme vom vielen Reden schon heiser war. »Im Grunde bin ich ein verängstigtes kleines Mädchen, das seine wahren Gefühle eisern in Schach hält. Eigentlich bin ich eine Mogelpackung.«

Gedankenverloren saß sie auf einer Schaukel und wippte hin und her.

»Manchmal denke ich, ich kenne mich selbst gar nicht mehr«, sagte sie eher zu sich als zu Patrick. »Ich weiß irgendwie nicht mehr, wer ich überhaupt bin.«

Patrick stellte sich hinter sie und berührte ihr Haar.

»Dann lass es uns doch gemeinsam herausfinden.«

»Aber du hast dich in den männermordenden Vamp verliebt«, sagte Debbie und holte tief Luft. »Was ist, wenn dir die Frau, die unter dieser Fassade zum Vorschein kommt, gar nicht gefällt?«

»Das halte ich für ausgeschlossen«, meinte Patrick. »Du gefällst mir immer – egal, welche Frau du gerade bist.«

»Ich habe immer noch Angst.« Debbie sah zu ihm auf. Jetzt sah sie wirklich aus wie ein verängstigtes kleines Kind, und Patrick spürte ein völlig neues Gefühl in sich aufsteigen. Er wollte sie beschützen und sie all ihren Kummer vergessen lassen. Er wollte ihr Wärme und Geborgenheit geben. Ohne nachzudenken kniete er sich vor sie hin.

»Wenn du Angst hast, bin ich bei dir«, sagte er sanft. »Und auch sonst. Ich werde dich beschützen und für dich da sein. Wenn du es zulässt.«

Debbie legte ihren Kopf in den Nacken und sah in den Himmel.

»Ich bin völlig durcheinander«, sagte sie schließlich und kaute auf ihrer Unterlippe herum.

»Patrick, ich weiß nicht so genau, was ich will. Irgendwie will ich dich zwar schon, aber ich weiß nicht genau, wie weit das gehen wird.«

»Das werden wir dann schon sehen«, sagte Patrick zuversichtlich und nahm ihre kalte Hand fest in seine. »Hauptsache, wir versuchen es.«

In dieser Nacht kuschelte Debbie sich wie ein Kätzchen in Patricks Arme – und dabei blieb es. Patrick bedrängte sie nicht, obwohl er nicht wusste, ob er mit seiner Dauer-Erektion würde schlafen können. Aber er verstand, dass sie Zeit brauchte und dass Sex vielleicht nicht das Einzige sein musste, das ihre Beziehung ausmachen würde. Dass es in dieser Hinsicht wunderbar klappte, wusste er ja schließlich.

Als Debbie am nächsten Morgen die Augen öffnete, wusste sie im ersten Moment nicht genau, was passiert war. Als die Erinnerung zurückkehrte, lächelte sie. Heute war eine der wenigen Nächte gewesen, in der sie keine Alpträume gehabt hatte. Sie war nicht allein gewesen. Patrick hatte neben ihr gelegen, sie im Arm gehalten und sie gestreichelt. Das hatte sich verdammt gut angefühlt!

Sie drehte sich zu ihm um und betrachtete sein Gesicht. Ein warmes Gefühl stieg in ihr hoch. Ja, sie wollte es mit ihm versuchen – irgendwie! Sie würde sich in das Abenteuer Beziehung stürzen!

Patrick grunzte und tastete nach ihrer Hand. »Na, hast du gut geschlafen?«, murmelte er und öffnete ein Auge. Wann hatte sie das zuletzt ein Mann gefragt?

»So gut wie lange nicht mehr«, erwiderte Debbie wahrheitsgemäß und kuschelte sich wohlig in seine Arme. »Du schnarchst übrigens, aber nicht allzu schlimm.«

»Das war kein Schnarchen, das war unterdrücktes Stöhnen, weil meine Dauerlatte ständig gegen die Matratze gerieben hat«, korrigierte Patrick. Debbie grinste. »Du bist eben ein geiler Bock.«

»Ja, bin ich.« Patrick umfasste sie und presste sich fest an sie.

»Du hast immer noch eine Latte«, stellte Debbie kurzatmig fest.

»Nicht immer noch, aber schon wieder«, berichtigte Patrick sie. Er begann sanft an ihrem Hals zu knabbern. »Du machst mich eben megascharf.« Debbie legte sich auf den Rücken und zog Patricks Gesicht zu sich heran.

»Das ist doch eine gute Voraussetzung für das, was wir vorhaben, oder?«

»Was haben wir denn vor?«, wollte Patrick wissen.

Debbie grinste und nahm sich vor, genau dieses Patrick umgehend zu zeigen.

Kapitel 8

Jessica klappte ihre Mappe zusammen und streckte sich. Feierabend! Luke hatte einen Termin außer Haus, und von Patrick und Julian war keine Arbeit mehr zu erwarten. Also würde sie jetzt nach Hause fahren, sich in die Wanne legen und darauf warten, dass Luke irgendwann bei ihr auftauchte und sie wieder in den siebten Himmel katapultierte. Sie lachte leise in sich hinein. Sie hatte sich völlig verändert, doch eigentlich taten sie und Luke nichts anderes, als sich zu lieben. Zwar nahmen sie sich immer wieder vor, auch mal in eine Ausstellung oder ins Kino zu gehen, doch es blieb immer bei dem Vorsatz, weil sie einfach nicht die Finger voneinander lassen konnten. Aber egal, für Ausstellungen hatten sie noch ihr Leben lang Zeit, und sie genossen ihre körperliche Liebe in vollen Zügen. Es war nur etwas peinlich, wenn ihre Eltern wissen wollten, was sie und Luke denn so unternahmen.

Jessica stand auf und wollte Patrick darüber informieren, dass sie jetzt gehen würde. Sie ging auf seine Tür zu, die halb geöffnet war und blieb dann stehen. Hatte sie eigentlich Lukes Computer heruntergefahren? Sie würde schnell noch einmal nachsehen.

Jessica drehte sich um, als sie Patricks Stimme vernahm, der offensichtlich telefonierte. Dann blieb sie wie angewurzelt stehen.

»Leider habe ich meine Wette verloren und muss jetzt fünfhundert Pfund zahlen«, hörte sie Patrick sagen.

»Wir haben gewettet, dass er diese frigide Kuh nicht

ins Bett kriegt. Aber – er hat es geschafft.« Patrick lachte leise.

»Man muss den Frauen ja nur was von Liebe erzählen, schon glauben sie es und machen die Beine breit. Und jetzt hat die sich richtig in ihn verliebt, und er wird sie gar nicht wieder los! Tja, die Geister, die ich rief …« Er lachte wieder.

Jessica stand da wie erstarrt, ihr Gehirn war völlig leer. *Wir haben gewettet, dass er diese frigide Kuh nicht ins Bett kriegt.* In ihren Ohren begann es zu rauschen, alles um sie herum drehte sich plötzlich.

Nein. Das konnte nicht sein. Nicht ihr Luke! Der Schmerz in ihrer Brust war unerträglich, ihr wurde übel. Wie in Trance entfernte sie sich von Patricks Tür und lehnte sich völlig betäubt gegen die Wand. *Wir haben gewettet, dass er diese frigide Kuh nicht ins Bett kriegt,* hallte es in ihren Ohren, wieder und wieder. Wie eine Marionette stakste Jessica in ihr Büro und begann mechanisch ihren Schreibtisch aufzuräumen.

Luke und Patrick hatten miteinander gewettet, dass Luke sie ins Bett kriegen würde. Sie war eine Wette gewesen, nichts weiter! Jessica spürte, wie alles in ihr zu Eis erstarrte. Das, was sie gerade erlebte, war eine andere Welt, ein Paralleluniversum. Oder sie träumte. Es konnte einfach nicht wahr sein!

Ich war eine Wette, und er hat alles nur gespielt, dachte sie wie im Nebel. *Er sollte Schauspieler werden, er hat das Zeug dazu.*

Dann hatte sie nur noch einen Gedanken: Sie musste raus hier, sofort. Mit zitternden Händen schrieb sie Luke einen Zettel.

Herzlichen Glückwunsch, dass du deine Wette gewonnen hast.

Dann verließ sie das Büro.

Eine Stunde später war sie bei ihren Eltern, ohne dass sie hätte sagen können, wie sie überhaupt hierhergekommen war.

»Kind, was ist passiert?«, rief Carol erschrocken, als sie ihre Tochter erblickte. »Du siehst aus, als wäre dir der weiße Hai höchstpersönlich begegnet!« Sie nahm Jessica in die Arme. Jessica schmiegte sich fest an sie. Es tat so gut, die mütterliche Wärme zu spüren! Hier gehörte sie her, hier war alles echt, und ihre Mutter würde sie niemals belügen!

Jessica lächelte schwach. »So ungefähr. Nur, dass es kein Hai war, sondern …« Sie hielt inne. Nein, das konnte sie ihrer Mutter einfach nicht erzählen. Es war so unendlich demütigend, lediglich ein Wetteinsatz gewesen zu sein!

»Es ist aus mit Luke«, sagte sie stattdessen. »Er … er hat mich die ganze Zeit belogen. Ich war nur ein Spiel für ihn, ein Zeitvertreib.«

Ihre Mutter sah sie prüfend an. Sie spürte, dass ihre Tochter ihr nicht die ganze Wahrheit sagte, aber es war in Ordnung so. Sie musste erst einmal wieder zu sich kommen.

»Jetzt kommst du erst mal ins Wohnzimmer und trinkst eine schöne Tasse Tee«, bestimmte Carol, für die »eine schöne Tasse Tee« so etwas wie ein Allheilmittel war. Jessica nickte mechanisch. In ihrem Zustand hätte sie auch anstandslos eine Tasse Salzwasser getrunken. Ihr war einfach alles egal; es gab sowieso nichts, das ihren Schmerz auch nur ansatzweise mildern konnte.

Müde ließ sie sich auf einen Stuhl sinken.

»Ach, Mama, es war einfach alles perfekt«, sagte sie und war immer noch wie betäubt. »Wir konnten zusammen lachen, reden und … im Bett war es auch ganz toll.«

»Dann verstehe ich das Problem nicht«, sagte Carol vorsichtig und strich Jessica übers Haar. »Warum hat er sich denn dann von dir getrennt?«

Jessica schüttelte den Kopf. Sie konnte ihrer Mutter unmöglich sagen, dass Patrick sie als eine frigide Kuh bezeichnet hatte. Und dass Luke sie nur hatte rumkriegen wollen, um eine alberne Wette zu gewinnen.

Wieder verschwamm alles vor Jessicas Augen. Himmel nochmal, Luke Turner war doch nicht auf 500 lächerliche Pfund angewiesen! Warum hatte er sich nur auf diesen perfiden Deal eingelassen? Hatte ihm das Spaß gemacht?

Jessica spürte, wie sie eine Gänsehaut bekam. Sie dachte an das erste Mal, als sie mit Luke geschlafen hatte. Was hatte er gedacht, als er sie ausgezogen hatte – hurra, jetzt habe ich es geschafft, ich habe die Wette gewonnen? Aber warum hatte er dann weitergemacht, wieder und wieder? Was für ein perfides Spiel hatte er mit ihr getrieben? Hatte ihn das angemacht? Wer war Luke Turner wirklich? Sie hatte ihn immer für einen Gentleman gehalten, durch und durch. Hatte er nur einen Gentleman gespielt, und taten sich hinter dieser Fassade wahre Abgründe auf?

»Mama, sei mir nicht böse, aber ich möchte jetzt ins Bett«, sagte Jessica weinerlich. »Ich kann einfach nicht mehr.«

»Natürlich, mein Schatz.« Carol nickte und lief nach oben, um Jessicas Bett frisch zu beziehen. Jessica saß derweil völlig apathisch am Küchentisch und sah dem dampfenden Tee zu.

Müde richtete sie sich auf und quälte sich nach oben in ihr altes Jugendzimmer. Sie wollte einfach nur schlafen und alles vergessen.

Am nächsten Tag lag Jessica noch um zwölf Uhr im Bett, als es an ihre Tür klopfte. Ihre Mutter erschien mit sorgenvollem Gesicht im Türrahmen.

»Kind, da ist Besuch für dich«, sagte Carol und wischte ihre Hände an ihrer bunten Schürze ab. »Ein großer, grauhaariger, sehr gut aussehender Mann. Er sagt, er lässt sich auf keinen Fall abwimmeln und müsste unbedingt mit dir reden. Er sah ... irgendwie sehr aufgeregt aus. » Jessica starrte unbeteiligt an die Wand. Sie sah keinerlei Veranlassung, mit diesem Verräter namens Luke Turner zu reden.

»Sag ihm, er soll sich zum Teufel scheren«, flüsterte sie.

»Das tue ich erst, wenn du mir sagst, was los ist.«

Lukes große Gestalt erschien drohend im Türrahmen. Sein Anblick gab Jessica einen tiefen Stich mitten ins Herz. Er sah einfach phantastisch aus und trug wieder eine lässige Jeans und ein schwarzes Shirt. O Gott, sie liebte ihn so sehr! Am liebsten hätte sie sich heulend an seine breite Brust geworfen.

Aber das ging nicht. Er war ja nicht mehr der Mann, den sie liebte und der sie liebte, sondern der Mann, der um sie gewettet hatte. Jessica kamen sofort wieder die Tränen, als ihr diese Ungeheuerlichkeit bewusst wurde. Sie war ein blöder Wetteinsatz gewesen! Alles war nur ein Spiel gewesen!

»Jessica, kannst du mir verraten, was das hier zu bedeuten hat?« Luke sah geradezu bedrohlich wütend aus und kam nun mit schnellen Schritten auf ihr Bett zu, um dann mit einem weißen Blatt Papier vor ihrer Nase herumzuwedeln.

»Von was für einer Wette redest du?«

Jessica sah ihn aufgebracht an. Nicht einmal jetzt war er ehrlich. Sie setzte sich in ihrem Bett auf.

»Kann ich mich vielleicht wenigstens erst mal anziehen?«, fragte sie aggressiv.

»Nein«, donnerte Luke so laut, dass Carol erschrocken zusammenzuckte. »Ich habe dich schon in viel weniger gesehen als in einem Nachthemd.«

»Das war einmal«, giftete Jessica und stand auf. Dabei stellte sie fest, dass ihre Beine sich wie Wackelpudding anfühlten. Außerdem schwankte sie leicht. Kein Wunder, sie hatte viel zu lange geschlafen und noch nichts gegessen.

»Jetzt dusche ich erst mal und ziehe mich an, und dann überlege ich mir, ob ich überhaupt mit dir reden will«, sagte sie hochmütig und machte Anstalten, zum angrenzenden Bad zu gehen.

»Nein, da irrst du dich.« Luke packte sie so fest an ihrem Oberarm, dass sie vor Schmerz aufschrie. Seine Augen funkelten böse, die Ader an seiner Stirn pochte. Er sah zum Platzen zornig aus, und Jessica bekam ein wenig Angst.

»Du sagst mir jetzt sofort, was dieser Wisch hier soll!«

»Jetzt spiel doch nicht den Unwissenden«, fuhr Jessica ihn an. »Ich frage mich nur, warum du nicht gleich nach dem ersten Mal aufgehört hast. Da hattest du die Wette doch schon gewonnen.«

»Tut mir leid, aber ich verstehe kein Wort.« Luke schüttelte verständnislos den Kopf. Zitternd sah Jessica ihn an. Warum quälte er sie? Bereitete es ihm Genugtuung, wenn sie ihm sagte, dass sie nur die Trophäe für seine entwürdigende Wette gewesen war? Offenbar war er doch ganz anders, als sie ihn eingeschätzt hatte. Er war gar nicht der Mann von Welt mit guten Manieren und Fingerspitzengefühl, für den sie ihn gehalten hatte, sondern ein Sadist, dem es Freude bereitete, sie leiden zu sehen. Sie war komplett auf seine Masche hereingefallen! Ein einziges, ein letztes Mal hatte sie sich einem Mann geöffnet, hatte ihm vertraut – und jetzt stand sie hier mit gebrochenem Herzen und war nur noch ein Schatten ihrer selbst. Und das alles hatte sie ihm zu verdanken!

»Ich habe gehört, wie Patrick am Telefon zu jemandem sagte, er habe eine Wette verloren, in der es darum ging, eine … frigide Kuh rumzukriegen«, sagte Jessica tonlos. »Und jetzt habe sich diese frigide Kuh unglücklicherweise in dich verliebt.«

Luke zog seine Augenbrauen zusammen und schüttelte den Kopf. »Tut mir leid, aber ich verstehe immer noch nicht, worum es hier eigentlich geht. Wer hat sich in mich verliebt?«

»Ich!«, schrie Jessica hysterisch los. »Das weißt du doch ganz genau! Warum zwingst du mich, dir das alles noch mal haarklein zu erzählen? Törnt dich das an, wenn du hörst, wie schlecht es mir geht? Was für ein perverser Typ bist du eigentlich?«

»Stopp!«, zischte Luke wütend und hob drohend seine Hand. »Nicht in diesem Ton, meine Liebe.«

»Ich bin nicht deine Liebe«, brüllte Jessica weiter und sah sich nach einem Gegenstand um, mit dem sie Luke erschlagen konnte.

»Ich bin doch bloß eine frigide Kuh, die du rumkriegen wolltest, um diese Scheiß Wette zu gewinnen!«

»Von was für einer Wette redest du eigentlich die ganze Zeit?« Lukes Auge zuckte wie wild. »Ich habe mit niemandem eine Wette abgeschlossen, mein ganzes Leben noch nicht. Das ist überhaupt nicht mein Ding. Wie kommst du darauf? Jessica, was genau hast du gehört? Kann es sein, dass du irgendwas missverstanden hast?«

»Ja, dich«, schrie Jessica. »Offenbar habe ich dich missverstanden. Ich blöde Gans habe dir alles geglaubt, deine Liebe und den ganzen Quatsch. Du bist ein begnadeter Schauspieler, alle Achtung.«

Luke rollte mit den Augen.

»Können wir vernünftig miteinander reden oder hast du vor, mir die ganze Zeit Dinge an den Kopf zu werfen, die keinen Sinn ergeben?«

»Das, was du gemacht hast, ergibt keinen Sinn«, schluchzte Jessica.

»Was habe ich denn gemacht?« Jetzt wurde auch Luke laut. »Ich bin mir wirklich keiner Schuld bewusst, und du bist ja nicht mal in der Lage, mir zu erklären, warum du dich plötzlich so merkwürdig benimmst.«

Feindselig sah Jessica Luke an. Er log immer noch. Und warum war er überhaupt hier? Sein Spiel war aufgeflogen, was wollte er denn noch?

Carols Kopf erschien in der Tür.

»Entschuldigung, ich will ja nicht stören«, sagte sie schüchtern. »Aber der kleine Eddie ist gerade bei uns und schläft. Wenn ihr vielleicht etwas leiser sein könntet, damit er nicht gleich wieder aufwacht?«

»Wer ist Eddie?«, wollte Luke wissen.

»Das geht dich zwar gar nichts an, aber Eddie ist das Baby unserer Nachbarin«, gab Jessica Auskunft. »Und du weckst es gerade mit deinem Geschrei auf.«

»Mit meinem Geschrei?« Luke lachte kurz und hart auf. »Wer brüllt denn hier die ganze Zeit herum?«

»Mama, Luke möchte gehen«, erklärte Jessica. »Bringst du ihn bitte zur Tür?«

»Nein, Luke möchte gar nicht gehen«, widersprach Luke, und die Ader an seiner Schläfe pochte. »Er möchte zuerst einmal wissen, von was für einer Wette die liebe Jessica faselt.«

»Ich fasele nicht«, schrie Jessica unbeherrscht los.

»Bitte!« Carol hob die Arme. »Kind, so beruhige dich doch! Was genau hast du denn nun wirklich gehört? Entschuldigung, aber ich habe ... ich wollte nicht lauschen, aber ...«

»Jessica war ja laut genug«, stellte Luke fest. »Sie sind also im Bilde.«

»Nicht ganz«, gestand Carol.

»Da sind wir schon zwei«, sagte Luke zufrieden.

Jessica holte tief Luft.

»Ich habe gehört, wie sein Bruder« – sie deutete auf Luke, der mit verbissenem Gesicht und verschränkten Armen kampfbereit mitten im Zimmer stand – »am Telefon gesagt hat, er habe die Wette gewonnen.«

»Wer ist ›er‹?«, hakte Luke sofort nach. »Wer hat die Wette gewonnen?«

»Na, du«, antwortete Jessica und rollte mit den Augen.

»Denk nach!«, herrschte Luke sie an. »Wie kommst du auf mich? Wurde mein Name genannt? Hat Patrick tatsächlich gesagt ›Luke hat die Wette gewonnen‹?«

Jessica gab einen Laut des Unmuts von sich.

»Aber das war doch klar, das ging irgendwie aus dem Gespräch hervor.«

»Ging es nicht«, widersprach Luke. »Wenn Patrick meinen Namen nicht erwähnt hat, woher willst du dann wissen, dass es dabei um mich ging?«

»Und die ... äh ... frigide Kuh?« Es kostete Jessica einige Mühe, diesen Satz im Beisein ihrer Mutter auszusprechen, aber jetzt war sowieso alles egal.

Luke schüttelte wieder unwillig den Kopf.

»Jessica, wie kommst du darauf, dass du damit gemeint warst?«

»Wer denn sonst?«, rief Jessica.

Luke zuckte mit den Schultern. »Das weiß ich nicht, aber das werden wir gleich erfahren.« Er zog sein Handy aus der Jackentasche und tippte eine Kurzwahlnummer ein. Dabei sah er Jessica mit einem merkwürdigen Blick an.

»Du glaubst also tatsächlich, dass ich mit meinem Bruder derartige Wetten abschließe«, murmelte er.

Carol ging auf ihre Tochter zu und legte ihr den Arm um die Schulter.

»Hallo Patrick, Luke hier«, meldete Luke sich. »Beantworte mir doch bitte eine Frage: Hast du mit irgendjemandem eine schwachsinnige Wette abgeschlossen, in der es darum ging, eine Frau rumzukriegen?«

Er hörte eine Weile zu.

»Okay«, sagte er dann. »Ich kommentiere das jetzt nicht, aber danke für die Auskunft.« Er klappte das Handy zu und sah Jessica mit einem Blick an, den sie nicht deuten konnte.

»Patrick hat mit seinem Freund Marvin tatsächlich so eine bescheuerte Wette abgeschlossen«, sagte er dann. »Es ging um eine Frau, die bis dato als asexuell galt, weil sie null Interesse an Männern hatte. Das ist schlimm genug.« Er holte tief Luft. »Was allerdings viel schlimmer ist – wie konntest du nur ernsthaft glauben, ich würde mich auf so etwas Degradierendes einlassen? Kennst du mich so wenig? Hast du in den letzten Wochen nicht gespürt, wie sehr ich dich liebe? Wie kannst du dermaßen an mir zweifeln?« Er sah Jessica verletzt an. Sie schluckte. »Aber … es passte alles«, flüsterte sie.

»Nein«, widersprach Luke. »Wenn du wirklich geglaubt hast, dass so etwas zu mir passt, dass ich auch nur im Traum daran denken könnte, so etwas Widerliches zu machen, dann …« Sein Auge zuckte, seine Nasenflügel bebten. »Dann, Jessica, hat eine Beziehung zwischen uns keinen Sinn. Wenn du mir so wenig vertraust, ist unsere Liebe zum Scheitern verurteilt. Ich verstehe nicht, wie du mir so etwas zutrauen kannst. Glaubst du wirklich, ich habe dir meine Liebe wochenlang vorgespielt? Wegen einer albernen Wette?«

Jessica sah ihn beschämt an. In ihrem Kopf purzelte alles durcheinander. Es war nur – eine Verwechslung? Bei dieser Wette war es gar nicht um sie und Luke gegangen, sondern um zwei völlig Fremde? Das ging ihr alles zu schnell, so fix konnte sie diese Neuigkeit noch gar nicht verarbeiten. Alles war nur ein einziger Alptraum gewesen, aus dem sie nun endlich aufwachte? Jessica hätte am liebsten vor Freude gejubelt, doch als sie Lukes düstere Miene sah, wusste sie, dass es keinerlei Grund zum Jubeln gab. Er war stocksauer auf sie.

Er schüttelte den Kopf, drehte sich um und verließ das Zimmer. Wenige Augenblicke später hörte Jessica draußen eine Autotür klappen.

Sie stand da wie erstarrt. Luke sprach die Wahrheit. Sie hatte doch gespürt, dass er sie liebte! Zum ersten Mal in ihrem Leben hatte sie gespürt, dass ein Mann sie wirklich liebte! Er hatte es ihr immer wieder gesagt mit Worten, seinen Gesten – und nicht zuletzt natürlich auch im Bett. Und sie belauschte zufällig ein Telefonat von Patrick und warf alles über den Haufen, machte alles kaputt. Warum hatte sie nicht auf ihr Herz gehört? Das hätte ihr laut und deutlich gesagt, dass es einfach nicht stimmen konnte!

Langsam ging Carol auf Jessica zu.

»O Gott, Mum, ich habe alles kaputt gemacht«, flüsterte Jessica und schlug die Hände vors Gesicht. »Ich habe ihn so geliebt – und jetzt habe ich ihn verloren und bin auch noch selbst schuld daran! Ich habe das Glück meines Lebens zerstört!«

Behutsam schloss Carol ihre verzweifelte Tochter in die Arme.

»So fix geht das nicht«, sagte sie aufmunternd. »Man trennt sich doch nicht wegen eines Missverständnisses!«

»Aber ich habe ihm diese Abscheulichkeit zugetraut«, stöhnte Jessica. »Das wird er mir niemals verzeihen.«

»Wenn er dich liebt, wird er das«, versprach ihre Mutter. »Und wenn er es nicht tut, liebt er dich nicht, und du hast nichts verloren. Aber ich bin mir ganz sicher, dass er nach der ersten Wut wieder zu dir zurückkehren wird.«

»Meinst du das wirklich?« Hoffnungsvoll sah Jessica in das gütige Gesicht ihrer Mutter. Sie kam sich vor wie drei und hätte sich am liebsten schutzsuchend an Carols Rockzipfel geklammert.

Carol nickte.

»Klar, er ist jetzt erst mal sauer, aber das vergeht. Er liebt dich, das habe ich in seinen Augen gesehen.«

»Also, ich habe in seinen Augen nur maßlose Wut und Enttäuschung gesehen«, jammerte Jessica. »Wie konnte ich ihm nur so etwas zutrauen!«

»Was ich immer noch nicht verstehe …« Verlegen sah Carol Jessica an. »Mein Kind, wieso hast du dich für eine … äh … frigide Kuh gehalten?«

Es war Mitternacht und die beiden Frauen saßen immer noch zusammen am Küchentisch. Carol hatte eine große Kanne Kaffee gekocht, selbstgebackene Plätzchen serviert, und sie und ihre Tochter hatten sich so offen unterhalten wie noch niemals zuvor. Normalerweise redete man mit seiner Mutter ja nicht über Geschlechtsverkehr, aber nun, wo Carol sowieso schon einiges mitgekriegt hatte, packte Jessica schonungslos aus. Sie schilderte ausführlich den Alptraum mit Robin, der ihr eingeredet hatte, sie sei ein Brett im Bett und ihre Angst, dasselbe Drama mit Luke zu erleben. Dann das Wunder, dass es mit ihm so völlig anders war – und schließlich der Schock, als sie glaubte, er habe sich nur wegen einer blöden Wette mit ihr eingelassen.

»Wenn Luke deine Geschichte kennt, muss er dich verstehen«, sagte Carol eindringlich. »Er kann das nicht einfach vom Tisch wischen. Nach all dem ist es völlig normal, dass du so reagierst hast.«

»Hm.« Jessica nahm sich das x-te Plätzchen und schob es in den Mund.

»Er wird es begreifen«, sagte ihre Mutter mit Nachdruck. »Er ist doch ein intelligenter Mann.«

Jessica sah ihre Mutter unschlüssig an.

»Mum, wo wir schon mal so offen miteinander reden …«, begann sie und biss sich auf die Lippe. Carol lächelte.

»Du willst wissen, wie es mit mir und deinem Vater steht.«

Jessica nickte verlegen.

»Wir haben es im Griff«, sagte Carol. »Mehr möchte ich dazu eigentlich nicht sagen. Es geht uns gut.« Sie schwieg eine Weile. Enttäuscht sah Jessica sie an. Sie packte hier alles auf den Tisch, und ihre Mutter tat so, als gingen sie ihre Probleme gar nichts an?

»Ich sehe, meine Antwort stellt dich nicht gerade zufrieden«, erkannte Carol. Sie rang mit sich.

»Wir haben … gewisse Hilfsmittel«, sagte sie schließlich. »Aber – wie ich schon seinerzeit sagte – ich möchte deinen Vater nicht vor dir bloßstellen. Es ist ein Segen, dass es heutzutage Medikamente gibt und man sich mit bestimmten Dingen nicht mehr abfinden muss.«

Jessica verbiss sich die Frage, ob ihre Mutter von

Viagra oder einer Penispumpe sprach. Die Hauptsache war schließlich, dass sich ihre Eltern wieder wohl miteinander fühlten. Wenigstens ein Paar, dem das gelang!

Jessica wartete bis zum nächsten Nachmittag, dann wählte sie mit wild klopfendem Herz Lukes Telefonnummer. Zu ihrer Überraschung meldete sich eine ihr bestens bekannte weibliche Stimme.

»Debbie, was machst du denn an Lukes Telefon?«, erkundigte sich Jessica verwirrt.

»Jessy!«, schrie Debbie entzückt. »Das ist ja toll, dass du anrufst! Luke ist gerade nicht da, deshalb habe ich mir erlaubt, an seinen Apparat zu gehen. Ich bin bei Patrick.«

»Wo ist Luke denn?«, wollte Jessica wissen.

»Keine Ahnung«, erwiderte Debbie. »Wir sehen ihn kaum, er ist eigentlich ständig unterwegs. Und wenn er uns doch mal über den Weg rennt, macht er ein Gesicht zum Weglaufen.«

»Daran bin ich schuld«, sagte Jessica leise. »Ich war ein solcher Vollidiot.«

»Stimmt«, sagte Debbie, offenbar mit vollem Mund. »Hast du ihm das im Ernst zugetraut? Ich meine, Patrick ist ja so ein fieser Typ, aber dein Luke doch nicht!«

»Nein, ich habe ihm das nicht wirklich zugetraut.« Jessica brach in Tränen aus. »Aber das Ganze hat mich so an die Sache mit Robin erinnert, und es passte irgendwie alles.«

»Pass mal auf, Sweetie«, sagte Debbie ungewohnt streng. »Du musst die Vergangenheit endlich mal abschließen! Du kannst Luke doch nicht ernsthaft mit diesem Loser von Robin vergleichen! Luke ist ein Mann von Welt, der hat doch ein ganz anderes Benehmen und eine völlig andere Ansicht von der Welt als dieser

Schmalspur-Casanova, mit dem du unverständlicherweise viel zu lange zusammen warst. Und da er nicht mal gut im Bett war, frage ich mich bis heute, warum du es so lange mit ihm ausgehalten hast.«

Trotz ihres Schmerzes musste Jessica lachen. Debbie war einfach köstlich!

»Aber was soll ich denn jetzt machen?«, jammerte sie. »Luke geht ja nicht mal mehr an sein Handy, wenn ich ihn anrufe!«

»Du kommst auf der Stelle zurück nach London«, bestimmte Debbie kurzerhand. »Wenn Luke dich sieht, wird er schon einknicken. Ihr müsst einfach miteinander reden! Mann, ihr liebt euch! Luke kann das doch nicht wegen eines einzigen Fehlers von dir so über den Haufen werfen! Das kann einfach nicht sein Ernst sein! Er ist vielleicht bockig, aber im Grunde seines Herzens will er mit dir zusammen sein. Vielleicht will er ja, dass du nach deinem Fauxpas ein bisschen zu Kreuze kriechst.«

»Meinst du wirklich?« Hoffnungsvoll umklammerte Jessica den Telefonhörer. Sie wollte sich gar nicht erst ausmalen, dass Luke ihr nicht verzeihen würde, niemals. Wollte er wegen dieses einen Fehlers tatsächlich ihre Beziehung beenden?

Zwei Stunden später traf Jessica an der Turner-Villa ein. Lukes Jaguar parkte in der Einfahrt, also war er offenbar da.

Jessicas Herz klopfte bis zum Hals, und ihr war ganz schwindlig. Was, wenn Luke unerbittlich sein würde? Sie wusste, dass er bei seinen Geschäften nie nachgab und eisern auf seinem Standpunkt beharrte. Aber wollte er allen Ernstes ihre Liebe opfern?

Mit zitternden Händen steckte sie ihren Schlüssel ins

Schloss. Es schien eine Ewigkeit her zu sein, seit sie das letzte Mal hier gewesen war. Sie fühlte sich matt und elend. Sie wollte nicht mit ihm kämpfen. Alles, was sie wollte, war, in seine Arme zu sinken und zu hören, dass er sie liebte. Ihre Augen wurden schwer, sie war so müde. Aber sie musste da jetzt durch, sie wollte ihn nicht verlieren.

Zaghaft klopfte sie an seine Tür und vernahm daraufhin ein undeutliches »Herein«. Ihr Herz schien ihr aus der Brust zu springen, als sie die Tür öffnete.

Luke stand am Fenster, die Hände in den Hosentaschen vergraben und drehte sich wie in Zeitlupe zu ihr um. Sein Gesicht war völlig ausdruckslos, es verriet weder Freude noch irgendeine andere Gefühlsregung.

»Hallo Luke, können wir reden?« Jessicas Stimme schwankte. Luke verzog seinen Mund und sah sie eine Weile schweigend an. Seine Augen verrieten nichts, es lag keine Wärme darin, aber auch keine Ablehnung. Es war unmöglich zu ergründen, was gerade in ihm vorging.

Sag doch was, flehte Jessica innerlich. Sag doch einfach, dass du mich liebst und dass alles wieder gut wird.

Doch so einfach machte Luke es ihr nicht.

»Bitte.« Er wies kühl auf einen Besucherstuhl und nahm ihr gegenüber Platz. Kein Kuss, keine Umarmung, nicht mal ein Händeschütteln. Jessica wurde es eiskalt. Hatte er sich längst entschieden? War ihre große Liebe schon vorbei? Ein einziger Fehler – und das war es gewesen?

»Luke, ich weiß, ich habe einen Fehler gemacht«, begann Jessica. »Es tut mir unendlich leid. Aber willst du wegen dieses einen Fehlers allen Ernstes unsere Beziehung beenden? Wieso kannst du mir nicht verzeihen? Ich liebe dich über alles, das weißt du doch!«

Luke sah sie durchdringend an.

»Du liebst mich, aber du vertraust mir nicht«, sagte er, und seine Stimme klang eisig. »Du belauschst zufällig ein Telefonat und traust mir Dinge zu, die ich niemals tun würde. Du fragst mich ja nicht einmal, ob das, was du geglaubt hast zu hören, wahr ist. Das hat mich tief verletzt.«

»Luke, ich war auch verletzt«, sagte Jessica hitzig. »Alles brach wieder auf. Du weißt doch, wie alles mit uns anfing, wie viele Ängste ich hatte und wie schwierig es für mich war, über meinen eigenen Schatten zu springen. Das, was Patrick am Telefon sagte, passte so hundertprozentig, ich konnte gar nicht anders als zu glauben, dass er über dich sprach.«

Um Lukes Mund zuckte es. Er sah müde und abgekämpft aus.

»Das genau ist der Punkt«, sagte er und fuhr sich über die Augen. »Du hast nicht eine Sekunde lang in Erwägung gezogen, dass es anders sein könnte. Du hast keinen Gedanken daran verschwendet, dass ich unschuldig sein könnte. Aber wenn du mich liebst, musst du mir auch vertrauen. Ich kann nicht mit einer Frau zusammen sein, die alles Mögliche in Frage stellt und auf die ich mich nicht verlassen kann.«

Jessica wurde es ganz mulmig.

»Heißt das, du kannst … nicht mit mir zusammen sein?«, brachte sie stockend hervor. Das nun folgende Schweigen war furchtbar.

»Ich weiß es nicht.« Luke sah angestrengt aus dem Fenster. »Ich weiß es wirklich nicht.«

»Luke, warum kannst du mir nicht diesen einen Fehler verzeihen?« Jessica sah ihn flehend an. »Warum kannst du nicht begreifen, dass ich in Panik war, dass die alten Wunden wieder aufgerissen sind, dass ich dachte, das alte Trauma fängt von vorne an? Kannst du das wirklich nicht verstehen? Ich konnte in dieser Situation einfach nicht logisch denken, ich wollte nur weg.«

»Ja, das kam noch erschwerend hinzu.« Luke verschränkte seine Arme vor der Brust und hob seine Augenbrauen.

»Anstatt mit mir zu reden, rennst du weg und beschimpfst mich, als ich dir hinterhergereist bin.« Er schüttelte unwillig den Kopf. »Ich weiß wirklich nicht, ob eine Beziehung unter diesen Umständen noch irgendeinen Sinn macht.«

Jessica hatte das Gefühl, sie falle ins Bodenlose. Alles um sie herum begann sich zu drehen, und in ihren Ohren rauschte es. Ein dummer Fehler! Sie hatte einen einzigen dummen Fehler gemacht! Wie konnte Luke nur so unerbittlich sein? Was war mit seinen Gefühlen zu ihr? Waren die von einer Minute auf die andere abgestorben?

»Dass du nicht mehr hier arbeiten kannst, ist dir sicher klar. Ich werde dir selbstverständlich dein Gehalt für die nächsten drei Monate im Voraus zahlen.« Luke starrte die Wand an. Jessica traf es wie ein Keulenschlag. Um Himmels willen, jetzt hatte sie nicht nur ihren Freund verloren, sondern auch noch ihren Job!

»Luke, das … kannst du nicht machen«, stotterte sie. »Ich dachte, wir lieben uns!«

Endlich drehte Luke sich zu ihr herum. Sein Blick war eisig.

»Das dachte ich auch.«

»Aber … empfindest du denn gar nichts mehr für mich? Wir waren doch so glücklich! Luke, bitte, wirf nicht alles weg!«

Schwankend kam Jessica auf die Beine, ging auf Luke zu und wollte ihn in den Arm nehmen, doch er hob abwehrend die Hände.

»Lass das bitte!«

Jessica brach in Tränen aus.

»Wie kannst du nur so hart und kalt sein?«, rief sie. »Nach allem, was war? Ja, ich habe einen Fehler gemacht, ich hätte dir vertrauen sollen, aber Liebe verzeiht auch! Wenn du so halsstarrig und engstirnig bist und mich wegen eines einzigen Fehlers in die Wüste schickst, dann hast du vielleicht sogar recht damit, dass eine Fortsetzung unserer Beziehung keinen Sinn mehr macht. Und deine Großzügigkeit brauche ich nicht, ich finde schon wieder einen Job. Ich bin nicht auf dein Geld angewiesen.«

Tränenblind stolperte sie aus dem Zimmer. Es war vorbei, alles! Ihr Job, ihre große Liebe – alles dahin!

Jessica wusste kaum, wie sie nach Hause kam. Sie legte sich ins Bett und weinte den ganzen restlichen Tag und die halbe Nacht, bis sie vor Erschöpfung einschlief. Als sie am nächsten Morgen erwachte, kamen ihr schon die Tränen, bevor sie die Augen überhaupt geöffnet hatte. Sie kringelte sich ganz klein zusammen und weinte bitterlich. Alles in ihr sehnte sich nach Luke, nach seiner Liebe, seiner Nähe. Wie konnte er nur so grausam sein! Hatte er sie überhaupt geliebt? Wieso konnte er ihr nicht verzeihen? Sie war doch nun wahrlich zu Kreuze gekrochen, mehr konnte sie nicht tun!

Als ihr Telefon klingelte, blieb sie apathisch liegen. Dann jedoch fuhr sie alarmiert hoch. Luke! Der Anrufer konnte Luke sein!

Sie warf einen Blick auf das Display. Ja, das war seine Nummer! Er hatte seinen Fehler eingesehen und alles würde wieder gut werden.

»Ja, hallo?« Sie presste den Hörer fest an ihr Ohr, während sie am ganzen Körper zitterte.

»Hallo, Jessica, hier ist Patrick«, vernahm sie eine zerknirschte Stimme. Jessica sackte in sich zusammen. Es war nur Patrick!

»Patrick«, sagte sie schwach.

»Ja, ich weiß, du hattest sicher gehofft, es wäre Luke«, lag Patrick goldrichtig. »Es tut mir leid, dass nur ich es bin. Und noch mehr tut es mir natürlich leid, dass ich mich auf diese selten bescheuerte Wette eingelassen habe. Himmel, hätte ich diesen Schwachsinn nicht gemacht, wärt ihr jetzt immer noch im siebten Himmel. Ich fühle mich total schäbig.«

Jessica biss sich auf die Lippe.

»Mein Bruder ist extrem störrisch«, seufzte Patrick. »Das war er schon als Kind. O Gott, wenn ich ihm sein Lieblingsauto weggenommen habe, dann war aber die Hölle los! Er war tagelang beleidigt und hat mich gepiesackt, wo er nur konnte. Wenn ich ihm dann nicht mindestens meine Eisenbahn geschenkt habe, war er unnachgiebig – und das hat sich auch nicht geändert. Ich will damit sagen: Nur Entschuldigung sagen hilft nicht, da muss mehr kommen. Er wartet auf eine Geste von dir; irgendetwas, damit er sieht, dass es dir auch wirklich leidtut. Leider muss man bei Luke extrem zu Kreuze kriechen, bis er es über sich bringt, dir zu verzeihen. Aber er wird dir verzeihen, da bin ich mir ganz sicher.«

Jessica schloss ihre brennenden Augen.

»Bist du sicher, dass es Sinn macht? Ich habe das Gefühl, ich kann machen, was ich will, und es nützt nichts.«

»Das sieht nur so aus. Luke hat einen dicken Panzer, aber dahinter verbirgt sich eine weiche Seele, das hast du ja inzwischen sicher schon herausgefunden. Und ich weiß, dass er dich liebt und nichts lieber täte, als wieder mit dir zusammen zu sein.«

»Das versteht er im Moment aber wunderbar zu verbergen«, seufzte Jessica. »Ich habe das Gefühl, er hat mit unserer Beziehung total abgeschlossen.«

»Quatsch«, widersprach Patrick. »Er leidet Höllenqualen, aber er steht sich mal wieder selbst im Weg. Er kann einfach nicht über seinen Schatten springen und dir verzeihen, jedenfalls im Moment noch nicht.«

»Und was soll ich da machen?«, wollte Jessica wissen.

»Er ist morgen den ganzen Tag unterwegs und so gegen sieben Uhr wieder zu Hause«, sagte Patrick. »Vielleicht überraschst du ihn da einfach mit etwas Schönem. Lass dir was einfallen!«

»Hm …« Aber was?

»Es tut mir wirklich leid«, wiederholte Patrick. »Wenn ich dir irgendwie helfen kann, sag nur Bescheid.«

»Danke.«

Jessica drückte die Aus-Taste und ließ sich wieder in die Kissen zurückfallen. Konnte sie Patrick glauben? Würde Luke ihr tatsächlich noch eine Chance geben, oder würde sie sich nur zum Affen machen?

Ruckartig setzte sie sich auf. Na gut, dann würde sie sich eben zum Affen machen, aber sie musste alles versuchen, um ihn zurückzugewinnen! Diesmal würde sie kämpfen, denn er war es wert!

Nach einem weiteren Telefonat mit Patrick sprang sie auf und lief unter die Dusche. Sie liebte ihn, und sie würde ihn zurückerobern – egal, was es auch kostete!

Als Luke um kurz nach sieben Uhr erschöpft von seinen zahlreichen Besprechungen in seiner Villa eintraf, standen Patrick und Debbie schon an der Eingangstür bereit, um ihn zu begrüßen.

»Hallo Luke, du siehst aus, als könntest du ein wohltuendes Bad vertragen«, sagte Debbie und klapperte unschuldig mit ihren Wimpern. »Wir haben dir schon mal das Wasser eingelassen.«

Luke starrte sie an. »Seit wann seid ihr hier die Bademeister?«

Patrick nahm seinem Bruder fürsorglich die Jacke ab.

»Wir dachten, es würde dir guttun. Es wartet auch noch eine Überraschung auf dich.«

»So?« Luke runzelte die Stirn. Die Verhandlungen waren nicht so gelaufen, wie er sich das vorgestellt hatte. Er konnte sich einfach nicht konzentrieren, weil er andauernd an Jessica denken musste. Er vermisste sie unsäglich, doch irgendetwas in ihm konnte ihr einfach nicht verzeihen. Sie hatte ihm Unrecht getan, sie hatte ihn verletzt, und dafür sollte sie büßen. Nicht für immer natürlich, aber eine Weile wollte er sie zappeln lassen.

Müde streifte Luke sich den Rest seiner Kleidung ab, holte sich einen Bademantel und betrat die großzügige Badelandschaft im Souterrain, die eher an ein Freizeitbad als an ein gewöhnliches Badezimmer erinnerte. Es gab zwei Saunen, drei in den Boden gelassene Whirlpools und ein kleines Schwimmbad.

Als er die Tür öffnete, blieb er wie erstarrt stehen. Ein Meer von Kerzen leuchtete ihm entgegen, rote Rosen standen in dicken Vasen, ein sinnlicher Moschusduft erfüllte den Raum – und dann stockte Luke der Atem: Eine nackte Frau war mit Handschellen an den beheizbaren Handtuchhalter gekettet. Sie drehte ihm den Rücken zu, stand dort mit leicht gespreizten Beinen, und das Licht der flackernden Kerzen warf tanzende

Schatten auf ihren Körper. Lukes Schläfen begannen zu pochen. Was hatten Debbie und Patrick sich denn da wieder ausgedacht?

Mit klopfendem Herzen ging Luke ein paar Schritte auf die Frau zu. Es war Jessica. Quer über ihren Körper las er den Schriftzug »Bestrafe mich«.

Luke holte tief Luft. Er spürte, wie etwas in ihm weich und etwas anderes an ihm hart wurde. Da stand sie – klein und verletzlich, ihm ausgeliefert, demütig um Verzeihung bittend. Dieses Szenario war für Luke neu. Er trat ganz dicht an Jessica heran und sah, dass sie leicht zitterte. Es musste sie eine ungeheure Überwindung gekostet haben, sich hier so anketten zu lassen – ohne zu wissen, wie er reagierte. Er wusste es ja selbst nicht!

»Ich soll dir also verzeihen«, sagte er mit heiserer Stimme. »Denkst du, du hast das Recht, dies zu erwarten?«

Er betrachtete sie von oben bis unten. Sie war schön. Seine Frau.

Jessica schwieg. Sie war selbst erstaunt über sich, aber sie befand sich in fiebriger Erregung. Zu wissen, dass Luke dicht hinter ihr stand und sie so sah – nackt, schutzlos, hilflos – löste in ihr ein Prickeln im ganzen Körper und besonders zwischen ihren Beinen aus. Was würde er mit ihr machen? Bisher war er immer der Mann gewesen, der sie geliebt hatte. Jetzt aber war er der Mann, der stocksauer auf sie war, und dessen Liebe sie erst wieder gewinnen musste. Würde er ihr wehtun – so, wie sie ihm mit ihrem Misstrauen wehgetan hatte?

Jessica trug ihre langen Haare hochgesteckt, und Luke betrachtete ihren Haaransatz, an dem sich kleine Schweißperlen gebildet hatten. Plötzlich flammte in ihm heftige Liebe auf – und gleichzeitig wieder diese unbändige Wut, derer er einfach nicht Herr werden konnte. Sie sollte bekommen, was sie verdiente! Sie war ein Biest!

Ohne nachzudenken sauste seine flache Hand auf ihren Po. Jessica zuckte nicht einmal zusammen, denn der Schlag war sehr sanft gewesen. Demütig senkte sie den Kopf.

Luke spürte, wie seine Wut wieder die Oberhand gewann. Er hatte diese Frau geliebt, ihr alles gegeben – und sie belauschte ein albernes Telefonat und misstraute ihm. Sie hatte ihn verraten! Sie war eine Hexe!

Seine Hand klatschte erneut auf ihr Gesäß, diesmal um einiges härter. Jessica biss die Zähne zusammen. Es tat weh, aber sie hatte es verdient. Auch die nächsten Schläge waren hart und fest, aber auszuhalten. Als er von ihr abließ, merkte sie, wie ihr Po brannte. Es tat weh, war aber irgendwie ein süßer Schmerz. Jessica spürte seinen Zorn und seine Aggression. Ihr Herz hämmerte. Wie weit würde er gehen?

Luke war nun an ihren Pobacken angekommen. Er nahm sie in beide Hände und drückte sie hart zusammen. Dann fuhren seine Finger zwischen ihre Spalte. Jessica zuckte erschrocken zusammen.

Luke stellte erstaunt fest, wie feucht sie schon war. Er spürte, wie sich sein Schwanz aufrichtete. Es erregte sie offenbar, dass er so mit ihr umging! Und das wiederum erregte ihn. Sein Atem wurde schneller. Er stieß zwei seiner Finger in sie hinein. Jessica stöhnte auf.

Luke begann seine Finger in ihr zu bewegen. Ihre Nässe sickerte langsam von innen nach außen, und er roch ihren Duft. Sein Penis ragte bereits steil nach oben und zuckte sehnsüchtig hin und her.

Abrupt zog er seine Finger aus ihr heraus. Wie kam er überhaupt dazu, ihr Lust zu bereiten? Sie hatte etwas wiedergutzumachen, nicht er!

Er ließ von ihr ab und nahm seinen Penis in die Hand, der sich ihm begehrlich entgegenstreckte und dringend nach Stimulation lechzte. Luke schloss die Augen und rieb ein paar Mal über seinen Schaft. Beglückt stöhnte er auf. Himmel, tat das gut! Sanft glitt sein Daumen über seine Eichel. Dann hielt er inne. Nein, dazu war sie schließlich da!

Rasch löste er ihre Fesseln und drehte sie langsam zu sich herum. Sie trug eine Augenbinde, wie er mit Erleichterung feststellte. Er wollte ihr nicht in die Augen sehen, noch nicht. Sie sollte ihn jetzt befriedigen wie eine Nutte. Es war ihm egal, ob sie dabei ihren Spaß hatte oder nicht, jetzt ging es ausschließlich um seinen Genuss.

Er drückte sie nach unten und zwang sie somit in die Knie. Sein Herz hämmerte, als er sein Glied in die Hand nahm und es an ihr Gesicht führte. Jessica öffnete bereitwillig ihre Lippen. Ihre Zunge fuhr sanft über seine Eichel, und Luke stöhnte auf. Sie machte das so gut wie keine andere, und er hatte es so sehr vermisst! Nur sie konnte ihn so stimulieren, dass er fast den Verstand verlor!

Er packte ihren Schopf und drückte sie noch ein Stück nach unten. Gehorsam glitt Jessicas Zunge über seine Hoden. Luke spürte, wie sein ganzer Körper vom Scheitelansatz bis unter die Fußsohlen kribbelte. Sie hatte es wirklich drauf. Ihre warme, weiche Zunge dort zu spüren brachte ihn fast an den Rand des Wahnsinns. Und dass sie demütig mit verbundenen Augen vor ihm kniete, machte ihn nur noch mehr an.

Er nahm ihre Hand und führte sie zwischen seine Beine. Jessica wusste, was er von ihr erwartete. Sie bahnte sich einen Weg zu seiner Falte und streichelte diese sanft mit ihren zarten Fingern. Luke stöhnte auf. Es machte ihn verrückt und ließ seinen Penis gleich noch stärker anschwellen.

Jessica leckte sich über die Lippen und drang mit ihrem Finger leicht in Lukes Öffnung ein. Luke merkte, wie ihm die Sinne schwanden. Jessica begann ihren Finger kreisen zu lassen und merkte, wie sein Becken immer heftiger zuckte. Sein praller Penis rieb sich fordernd gegen ihr Gesicht, und sie öffnete den Mund. Gleichzeitig begann er seine Hoden zu stimulieren. Es war unbeschreiblich, Jessicas Zunge an seinem Penis zu fühlen, ihren Finger in seinem Anus und seine eigenen an seinen Hoden. Luke konnte sich kaum noch auf den Beinen halten, so schwindlig wurde ihm plötzlich. Und doch – er konnte jetzt nicht aufhören!

Mit der anderen freien Hand packte er Jessicas Kopf und bewegte ihn vor und zurück. Der Anblick, wie sie sich gehorsam von ihm führen ließ, ließ seine Knie endgültig weich werden. Er konnte sich einfach nicht mehr auf den Beinen halten und sank zu Boden, ließ Jessica dabei jedoch nicht los. Unerbittlich packte er ihren Schopf und achtete darauf, dass sie weiterhin sein Glied lutschte. Sie sollte jetzt bloß nicht aufhören, sonst würde er durchdrehen!

Er legte sich auf die Seite, so dass sie weiterhin seinen Anus stimulieren und es ihm gleichzeitig mit dem Mund machen konnte. Seine Sinne schwanden, und er gab ein wollüstiges Stöhnen von sich. Ja, das tat gut, das konnte sie stundenlang machen! Er wollte mehr davon, immer mehr!

Jessica bemühte sich sehr, ihm den größtmöglichen Lustgewinn zu bereiten. Sie nahm seinen Penis tief in ihrem Rachen auf, rieb mit ihren Lippen emsig über seinen Schaft und tänzelte mit ihrer Zunge über seine Eichel. An Lukes Reaktion merkte sie, dass sie es richtig machte. Sein Becken zuckte immer heftiger, sein Stöhnen wurde immer lauter. Sie wusste, dass er nicht mehr lange brauchen würde.

»Du wirst ... das nie mehr machen«, presste er mühsam hervor. »Nie mehr. Versprichst du mir das?«

Jessica versuchte ein Nicken, denn sprechen konnte sie mit seinem riesigen Phallus im Mund nicht.

»Zur Strafe wirst du diesmal ... schlucken«, ordnete Luke schwer atmend an, denn das war das Einzige, das Jessica ihm bisher verwehrt hatte. Aber wenn er ihr verzeihen sollte, musste sie das dieses Mal tun.

Jessica wusste, dass sie keine Wahl hatte. Sie wusste, dass sie alles tun musste, was er von ihr verlangte. Sie hatte ihm Unrecht getan und musste dafür büßen. Sie konnte keinen Widerstand leisten.

»Hast du gehört?« Lukes Stimme war nur noch ein heiseres Flüstern. »Du wirst schlucken. Alles.«

Jessica versuchte abermals ein Nicken. Heiße Schauer schossen durch Lukes verschwitzten Körper. Er hielt seine Erregung kaum noch aus. Das Wissen, dass sie ihren Kopf diesmal nicht zurückziehen würde, ließ sein Blut kochen. Diesmal würde sie es tun! Er sah ihren hochroten Kopf, der sich hin und her bewegte, ihre vollen, blutroten Lippen, die sich um seinen erigierten Schwanz schlossen, spürte ihre Zunge, die seine Eichel streichelte und fühlte zitternd, dass er gleich so weit war. Aufstöhnend krallte er seine Hände in ihr Haar und hielt sie so eisern fest, dass sie sich unmöglich entziehen konnte – und kam mit einem brünstigen, lauten Stöhnen in ihrem Mund.

Jessica dachte nicht nach, sie schluckte einfach. Sie hatte schließlich etwas wiedergutzumachen, und dies war ihre Geste zu sagen, dass es ihr leid tat. Sie würde alles für ihn tun!

Schwer atmend richtete Luke sich auf. Sein Penis war

immer noch in ihrem Mund. Sie hatte es tatsächlich für ihn getan! Eine heiße Welle von Zärtlichkeit überkam ihn plötzlich, denn er wusste, wie sehr sie sich immer dagegen gesträubt hatte.

Er zog sie ein wenig zu sich hoch und drückte sie fest an sich. Jessica legte ihre heiße Wange an seine verschwitzte Brust und hörte sein hämmerndes Herz. Sie hatte ihn befriedigt, wusste, dass es für heute dabei bleiben würde – obwohl ihr Unterleib sich sehnsüchtig zusammenzog und sie gern seine Finger oder seine Zunge dort gespürt hätte. Doch dies war sein Spiel gewesen, es war um ihn gegangen und nicht um sie. Und es war in Ordnung so.

Sie blieben eine lange Weile so liegen, dann schob Luke sanft die Augenbinde von Jessicas Gesicht. Mit strahlenden Augen sah sie ihn an. Er lächelte. Jessicas Herz machte einen dreifachen Salto. Jemand, der sie so warm anlächelte, konnte ihr nicht mehr böse sein!

»Es war wunderschön für mich«, flüsterte Luke und strich ihr eine verklebte Haarsträhne aus dem Gesicht. Jessica drückte ihre Lippen auf seine Brustwarze.

»Für mich auch«, flüsterte sie zurück.

Luke zog eine Augenbraue hoch. »Tatsächlich?«

Jessica nickte. »Ich glaube, wenn man jemanden wirklich liebt, kann man alles tun«, sagte sie. »Auch Dinge, die man sich früher nicht getraut hat.«

Luke rückte ein Stück zu ihr hinunter und gab ihr einen zärtlichen Kuss auf den Mund.

»Heißt das, du wirst jetzt immer … äh …«

Jessica lächelte. »Abwarten.«

Sie kuschelte sich in seine Arme und sah den flackernden Kerzen zu. Alles war wieder gut. Sie waren wieder zusammen. Und sie wollte nie, nie wieder so einen blöden Fehler machen!

Als Luke und Jessica eine ganze Weile später auf der Terrasse auftauchten, erwarteten Patrick und Debbie sie bereits mit gespannten Gesichtern.

»Na, hat euch das kleine Spiel Spaß gemacht und seid ihr wieder friedlich vereint?«, fragte Debbie ohne Umschweife und sah die beiden neugierig an.

»Kann man so sagen«, erwiderte Luke und legte seinen Arm um Jessicas Taille. »Jessica hat sozusagen Abbitte geleistet.«

Jessicas Wangen röteten sich etwas, als sie daran dachte, in welcher Form sie Abbitte hatte leisten müssen.

»Dann sind wir jetzt ja zwei glückliche Paare«, meinte Patrick zufrieden und gab Debbie einen Kuss auf ihren feuerrot geschminkten Mund. »Darauf sollten wir anstoßen.«

Debbie grinste und warf ihre lange Mähne zurück. »Anstoßen kannst du mich sehr gerne, aber vielleicht warten wir damit, bis wir allein sind.«

Patrick grinste anzüglich zurück. Er hätte Debbie Tag und Nacht Freuden bereiten können – und manchmal kam es ihm so vor, als täten sie wirklich nichts anderes. Wenn sie erst im Bett waren, konnten sie einfach nicht mehr herauskommen, so verrückt waren sie nacheinander. Irgendwann schliefen sie vor Erschöpfung ein, aber wenn sie dann aufwachten, hatten sie sofort wieder Lust. Es wurde auch nie langweilig; Im Gegenteil, es wurde von Mal zu Mal besser. Für Patrick, der sonst schon nach drei Dates das Interesse verloren hatte, war das eine völlig neue, überwältigende Erfahrung.

Das Telefon klingelte. Luke runzelte die Stirn.

»Ich fürchte, das wird die Mammut-Telefonkonferenz sein, die unser potentieller neuer Auftraggeber einberufen hat«, seufzte er.

Patrick sprang auf.

»Ladies, ihr müsst uns leider für einige Stunden entbehren«, bedauerte er und folgte seinem Bruder.

Jessica sah den beiden kopfschüttelnd nach.

»Früher war Patrick bei solchen Telefonkonferenzen grundsätzlich nicht da«, erinnerte sie sich. »Er hat sich wirklich kolossal verändert.«

Debbie grinste.

»Tja, was die Liebe so ausmacht.«

Jessica lächelte ihre Freundin an.

»Und du hast dich auch total verändert. So strahlend und ausgeglichen habe ich dich selten gesehen. Patrick tut dir wirklich gut.«

»Ja, und wie!« Debbie strahlte und bekam einen ganz warmen Gesichtsausdruck. »Patrick ist wirklich der tollste Mann auf der ganzen Welt, und ich bin so ein verdammter Glückspilz, dass ich ihn habe.«

Jessica fühlte ein tiefes Gefühl in sich aufsteigen. Es war wunderbar, ihre Freundin so glücklich zu sehen – nach allem, was sie durchgemacht hatte. Debbie war endlich angekommen, bei sich selbst und bei Patrick. Jessica gönnte ihr dieses Glück von ganzem Herzen.

»Und, fühlst du dich jetzt eingeengt?«, wollte sie wissen.

»Nö.« Debbie schwang sich auf die Marmor-Anrichte und fuchtelte wild mit den Armen in der Luft herum.

»Ganz ehrlich, Jessy, ich erkenne mich selbst nicht mehr! Ich bin Tag und Nacht mit Patrick zusammen, und wenn wir uns dann doch mal trennen, bin ich todunglücklich, vermisse ihn total und kann es gar nicht erwarten, bis er wieder da ist! Ausgerechnet ich! Ich, die die Männer nach dem Sex sofort aus der Wohnung geworfen hat! Ich bin so gerne mit Patrick zusammen, er ist so witzig und einfach umwerfend und im Bett sowieso der Knaller ... das ist absolut verrückt!«

Jessica lachte.

»Nein, das ist Liebe«, sagte sie und nahm Debbie spontan in den Arm. »Ach, Debbie, ich freue mich so wahnsinnig für dich, dass du das jetzt endlich auch mal erlebst.«

Debbie wurde ganz rot vor lauter Freude.

»Ich könnte den ganzen Tag singen und tanzen vor lauter Glück«, sagte sie und zappelte mit ihren langen Beinen herum.

»Du hattest ja so recht! Aber ich habe echt nicht gewusst, dass es so sein kann. Und ich habe auch überhaupt keine Angst mehr. Ich will einfach immer nur mit Patrick zusammen sein und die Zeit, die wir haben, genießen. Ich bin so froh, dass du mir die Augen geöffnet hast. Zum ersten Mal in meinem Leben liebe ich wirklich. Stell dir vor, wir wollen sogar zusammenziehen!«

»Wow!« Jessica riss ihre Augen weit auf. Das hätte sie Debbie allerdings nicht zugetraut, jedenfalls nicht so schnell.

»Ja.« Debbie nickte eifrig. »Ich will da ja jetzt nicht vorgreifen, aber ...« Sie machte ein geheimnisvolles Gesicht.

»Was denn?«, fragte Jessica ungeduldig. »Wandert ihr aus oder was?«

»Mitnichten.« Debbie sah ihre Freundin vergnügt an.

»Das Haus ist doch viel zu groß für die drei Jungs. Da haben sich Patrick und Luke überlegt, dass wir doch eine Vierer-WG gründen könnten.« Sie kicherte. »Na ja, WG ist bei dieser Villa wohl das falsche Wort. Patrick hat in seinem Westflügel ja allein zwölf Zimmer, das ist echt der Hammer. Und ich hätte einen begehbaren

Kleiderschrank, ist das nicht toll? Du hättest natürlich auch einen.«

»Wieso ich?« Jessica war heute anscheinend etwas schwer von Begriff.

»Na, weil Luke dich bald fragen wird, ob du auch hier einziehen willst!« Debbie verdrehte die Augen. »Dieses Hin- und Herfahren ist doch albern, und hier gibt es doch Platz genug.«

»Ich soll hier einziehen?« Jessica riss ihre Augen auf. »Wer sagt das?«

Debbie lachte. Ihre grünen Augen sprühten Funken, und Jessica dachte nicht zum ersten Mal, dass es kein Wunder war, dass alle Männer Debbie hinterherstierten. Sie war nicht nur schön, sondern sie besaß auch noch diese unglaubliche Ausstrahlung, die sich noch verstärkt hatte, seit sie mit Patrick zusammen war.

»Luke und Patrick haben darüber gesprochen, bevor du dir diesen Fauxpas geleistet hast«, erklärte Debbie. »Und jetzt, wo zwischen euch wieder alles klar zu sein scheint, wird er dich sicher demnächst fragen. Könntest du dir das denn vorstellen, oder meinst du, Patrick und ich würden euch stören?«

Verblüfft starrte Jessica ihre Freundin an. Das ging ihr fast ein bisschen zu schnell. Eben hatte sie noch gefesselt vor Luke gestanden und nicht gewusst, ob er ihr überhaupt verzeihen würde – und nun sollte sie schon hier einziehen?

»Äh … nein«, stammelte sie. »Ich meine, natürlich würdet ihr mich nicht stören, aber … ich muss ja wohl erst mal warten, bis Luke mich fragt.«

»Das tut er hiermit.« Unbemerkt war Luke hinter sie getreten, und Jessica fuhr herum.

»Bist du nicht in deiner Telefonkonferenz?«

»Wurde soeben verschoben.« Luke setzte sein charmantestes Lächeln auf. »Liebste Jessica, möchtest du gemeinsam mit deinen drei Karnickeln bei uns einziehen? Ich verspreche dir auch ein eigenes Kleiderzimmer und einen riesigen Schuhschrank.«

»Ich will auch einen Schuhschrank haben!«, rief Debbie, die einen wahren Schuhtick hatte und mindestens 500 Paar Schuhe besaß.

Luke grinste. »Ich denke, darüber lässt sich reden. Und deine Kaninchen bekommen draußen ein schönes Gehege mit Unterschlupf«, wandte er sich wieder an Jessica.

Zärtlich sah sie ihn an. Er dachte sogar an ihre Tiere und hatte begriffen, dass die zu ihr gehörten. Für Robin waren sie immer nur eine einzige Störquelle gewesen, und er hatte keine Gelegenheit ausgelassen, ihr mitzuteilen, dass Kaninchen doch höchst überflüssig waren – außer, man hatte sie gebraten vor sich auf dem Teller. Jessica verstand überhaupt nicht mehr, dass sie diesem Vollidioten so viele Jahre geschenkt hatte.

»Das hört sich einfach wunderbar an«, sagte sie strahlend und schmiegte sich in Lukes Arme. »Ich ziehe gerne bei dir ein – je eher, desto besser.«

»Dann können wir uns wenigstens jeden Abend und jeden Morgen ausgiebig lieben«, murmelte Luke dicht an ihrem Ohr, und Jessica lachte. Was für wunderbare Aussichten!

ENDE

Dawn Porter

Internet Lover

Mein erotisches Tagebuch

Deutsche Erstausgabe

ISBN 978-3-548-26496-7
www.ullstein-buchverlage.de

Ein Inserat auf einer Internet-Dating-Seite wird für Dawn zum Beginn einer aufregenden erotischen Reise durch die Männerwelt: ein Kurztrip führt sie nach New York, sie entdeckt ihre Vorliebe für Latex-Anzüge, lässt sich auf eine entzückende Ménage à trois ein und erfährt, warum man unbedingt einen französischen Liebhaber braucht …

In ihrem erotischen Tagebuch beschreibt Dawn Porter freizügig ihre abenteuerlichen Streifzüge durch den Dschungel des Großstadtdatens.

UB390

ullstein